Andreas Scheepker: Tote brauchen keine Bücher
Kriminalroman

Andreas Scheepker:
Tote brauchen keine Bücher
Kriminalroman aus dem Fürstentum Ostfriesland

1. Auflage 2004
ISBN 3-934927-47-5

© Leda-Verlag. Alle Rechte vorbehalten
Leda-Verlag, Kolonistenweg 24, D-26789 Leer
info@leda-verlag.de
www.leda-verlag.de

Satz: Heike Gerdes
Lektorat: Maeve Carels
Titelillustrationen: Andreas Herrmann
Grundschrift: Times
Druck und Gesamtherstellung: Bariet, Ruinen
Printed in Netherlands

Andreas Scheepker

Tote brauchen keine Bücher

Kriminalroman aus dem
Fürstentum Ostfriesland

ANDREAS SCHEEPKER wurde 1963 in Hage (damals Landkreis Norden) geboren. Studium: Evangelische Theologie in Münster und Göttingen. Später im Fernstudium: Literaturwissenschaft, Pädagogik, Geschichte. 1990-1992 Vikar in Georgsmarienhütte und Loccum. 1992-2002 Gemeindepastor in Norden, Schwerpunkte: Gemeindeaufbau, Arbeit mit Kindern und Jugendlichen, Aussiedlerarbeit, Unterricht an der gymnasialen Oberstufe, Bildungsarbeit.

Seit 2002: Leiter der Evangelischen Jugendbildungsstätte Asel.
Neben dem mit Leidenschaft ausgeübten Beruf liest er gern und viel, interessiert sich u.a. für Literatur, für ostfriesische Geschichte und für Krimis.

Er ist verheiratet und hat einen Sohn.

2001 erschien sein historischer Kriminalroman »Du sollst nicht stehlen« über die Reformationszeit in Ostfriesland.

Der neue Roman *Tote brauchen keine Bücher* spielt »beinahe« im heutigen Ostfriesland: Er verdankt seine Rahmenhandlung dem nicht ganz ernst gemeinten Gedankenspiel »Was wäre, wenn Ostfriesland heute noch ein Fürstentum wäre?«

Wäre ein Fürstentum Ostfriesland in unserer Zeit vorstellbar? Man müsste die Phantasie wohl ziemlich bemühen, um das zu konstruieren – so wie in diesem Buch. Vermutlich wäre das Leben in dieser Region gar nicht so viel anders als jetzt. Aber wer kann das wirklich genau sagen …?

Geschichtlich interessierte und gebildete Leserinnen und Leser mögen mir diese Kunstgriffe verzeihen und das Wort »Kriminal*roman*« besonders beachten.

Auch das meiste andere in diesem Buch ist Phantasie. Keine Person im Roman steht für eine reale Person. Ähnlichkeiten mit tatsächlich lebenden Personen wären wirklich rein zufällig, auch wenn es sicher viele Menschen gibt, die dieselben oder ähnliche Namen tragen wie die Personen im Buch. Ein Blick in die ostfriesischen Telefonbücher zeigt, dass das auch gar nicht anders möglich ist.

Dennoch kommen neben Phantasieorten wie Itzumersiel auch Orte vor, die es tatsächlich gibt, zum Beispiel die Stadt Norden, in der meine Frau und ich zehn Jahre zu Hause waren.

Herzlich danke ich Herrn Dr. Karl-Heinz Menßen aus Wittmund für seine Hilfe. Ebenso herzlich danke ich meiner Frau für viele kritische und hilfreiche Hinweise.

Widmen möchte ich dieses Buch Hilmar und Irene Menke, Kurt und Elfi Perrey, Wilhelm und Jutta Kokkelink, Fred und Hildegard Endler.

Andreas Scheepker, Januar 2004

Es suchen:

Carl Edzard II.	Fürst, braucht einen politisch korrekten Mörder
Johannes Fabricius	Buchhändler, hat die Lust am Lesen verloren.
Gerrit Roolfs	Kommissar, hat die Lust am Telefonieren verloren.
Habbo Janssen	Kriminal-Oberkommissar, hat die Liebe zu Ostfriesland nie verloren.
Uwe Osterloh	Sciencefiction-Fan, hat manchmal seine Zweifel, ob es intelligentes Leben auf diesem Planeten gibt.
Lothar Uphoff	Kriminaldirektor, muss sich auf das Dosenpfand einstellen.
Siebo Remmers	Ortsvorsteher, ist bis zur Deichlinie grundsätzlich für alles zuständig.
Christina de Boer	Rechtsanwältin, glaubt an die Gerechtigkeit.
Gesine Akkermann	Staatsanwältin, hat es wirklich nicht leicht.
Edmund Richardson	Wirtschaftsjurist, ist am Computer genau so virtuos wie auf der Flöte.

Es werden besucht:

Weert Pohl	hat im ersten Kapitel seinen letzten Auftritt.
Waldemar Klein	Vater, macht Fehler.
Alexander Klein	Sohn, macht Fehler.
Helena Klein	Ehefrau und Mutter, macht sich Sorgen.
Edeltraut Büscher	Zeugin, hat eine Vorliebe für Waschbeton und Plüschtiere.
Krino van Westen	Geschäftsmann und Politiker, hat eine Vorliebe für gute Geschäfte und schlechte Politik.
Beverly van Westen	Ehefrau, lacht gern.
Ilona Friesen	Freundin, fährt gern in den Urlaub.
Dr. Jörg Schatz	Hausarzt, würde gern in den Urlaub fahren.

Weert Pohl wird überrascht

Wütend schlug Weert Pohl die Haustür zu. Einen Augenblick sah er durch die bunten Glasscheiben seinem Gast nach. Sollte er noch einmal die Tür aufreißen und ein paar Beschimpfungen hinterherrufen?

Weert Pohl überlegte es sich anders. Der Rausschmiss war deutlich genug gewesen. Außerdem begann es zu regnen.

Er ging durch den kalten Flur wieder in seine unaufgeräumte Küche und setzte sich an seinen Tisch. Zwischen Prospekten, Fernbedienungen, einer geöffneten Dose Ölsardinen, einer Margarinepackung und einem aufgerissenen Paket mit Schwarzbrot lag der Umschlag mit sechzig Fünfhundert-Euro-Scheinen. Damit würde er sich nicht abspeisen lassen. Das war höchstens eine Anzahlung. Und das hatte er seinem Gast auch unmissverständlich zu verstehen gegeben.

Sein Herz schlug heftig, aber langsam wurde er ruhiger, als er die Geldscheine in seinen Händen fühlte. Er schaute sich um in seiner Küche, sah die schäbigen Möbel und das Durcheinander. Damit war jetzt endlich Schluss. Jetzt fing ein neues Leben an.

Er schaltete das Radio ein, und er zählte die Scheine noch einmal durch. Er rieb sie zwischen seinen Fingern und hörte das weiche und volle Rascheln.

Er bemerkte, dass sich am Fenster etwas bewegt hatte. Bekam er noch einmal Besuch, oder kehrte sein Gast von vorhin zurück?

Schnell stopfte er die Geldscheine zurück in den Umschlag und öffnete die Klappe des Backofens, der schon seit Ewigkeiten nicht mehr funktionierte. Er legte den Umschlag in seinen Karton, den er hier versteckte.

Und dann öffnete er mit einem Ruck die Küchentür.

JOHANNES FABRICIUS SCHLÄFT

Johannes Fabricius lehnte sich entspannt zurück. Eine seltsame Fantasie überkam ihn seit einiger Zeit in solchen Momenten. Tief in seinem Inneren lag ein Mann unter einem dicken Federbett. Dunkle Nacht umgab ihn, nur ein paar verstreute Sterne blinkten zurückhaltend durch das kleine Fenster in die Kammer. Tief und fest schlief der Mann, und tief waren seine Atemzüge. Sie gingen sogar fast in ein Schnarchen über. In der Tiefe seines Atems war dieser Mann eins mit sich selbst und mit dem Kosmos.

Und wie jedes Mal, wenn ihn diese Fantasie überkam, wurden Johannes Fabricius' Atemzüge auch immer regelmäßiger und tiefer. Er fühlte sich geborgen in einer Kammer – unsichtbar um ihn herum, wo er doch mitten unter Menschen war. Er achtete auf seinen Atem, ob er von einem regelmäßigen tiefen Luftholen langsam in ein schweres Schnaufen und schließlich sogar in ein sonores Schnarchen übergehen würde – so wie bei dem Mann, der tief in seinem Inneren schon seit vielen Wochen schlief, tief im Frieden mit sich selbst.

War das eine Todesfantasie? Eine Sehnsucht nach einem Ort auf der anderen Seite dieses Lebens? Oder wurde es langsam Zeit für ihn, einmal für längere Zeit auszuspannen und Urlaub zu machen? Johannes Fabricius entschied sich für die zweite Interpretation. Er wusste, dass das Leben manchmal banaler und weitaus weniger tiefsinnig war, als man hineindeutete.

»Herr Fabricius, der Mann vom Krimi-Verlag ist da!«

Johannes Fabricius schreckte auf. »Ja, äh, vielen Dank, Tanja, ich war etwas in Gedanken.«

Er erhob sich von seinem bequemen Schreibtischsessel, um den Vertreter zu begrüßen, der für einen Verlag mit dem wenig aussagekräftigen Namen *Maier und Meyer* unterwegs war.

Johannes Fabricius gab ihm die Hand. »Was bringen Sie uns für Verbrechen?«

Der Vertreter legte ein Taschenbuch auf den Tisch. Auf dem Cover waren ein Blumenstrauß und eine Pralinenschachtel zu sehen. »Dies hier wird Ihnen bestimmt gefallen, Herr Fabricius: Alles Schlechte zum Muttertag.«

Tanja packt aus

»Ach, äh, der Wagen war gerade da. Tanja, würden Sie bitte die Kartons übernehmen? Ich muss kurz nach nebenan ins Schuhgeschäft.« Buchhändler Johannes Fabricius sah seine Auszubildende freundlich über seine Brillengläser hinweg an. Es war ihm immer etwas unangenehm, seinen Angestellten Anweisungen zu erteilen.

»Klar, Chef!«, sagte sie. Sie wusste, dass Fabricius diese Anrede nicht besonders mochte, aber sie wusste auch, dass er heute gut gelaunt war, denn sonst hätte er sie nicht zu den Kartons geschickt.

Diese Aufgabe liebte Tanja Becker. Jeden Morgen kam um zehn Uhr der Bücherwagen mit den Bestellungen, und diesmal waren auch die meisten Neuerscheinungen für den März dabei. Sie liebte es, die neuen Bücher auszupacken und ein bisschen darin zu blättern. Überhaupt liebte sie Bücher. Darum hatte sie sich entschlossen, nach ihrem Abi zuerst eine Lehre als Buchhändlerin zu machen und dann zu studieren – am liebsten Deutsch und ein anderes Literaturfach dazu.

Sie staunte über die Bücher, die ihre Kunden sich bestellten: Ein Kochbuch für isländische Spezialitäten, die Lebenserinnerungen eines vierundzwanzigjährigen Talkmoderators unter dem Titel »Ich hab's weit gebracht!« und eine Monografie über den ostfriesischen Regionalhistoriker Heinrich Reimers waren dabei – alles andere waren die üblichen Romane und Taschenbücher.

Bevor sie sich über die Neuerscheinungen hermachen konnte, fiel ihr Blick auf ein Paket, das sie übersehen hatte, obwohl es eigentlich nicht zu übersehen war. Sechs schwere großformatige, gebundene Bücher holte sie aus dem Karton: *Dr. Feldmanns Handbibliothek der Teichwirtschaft, 298,– €.* Die Bände waren in einem Schuber und in Folie eingeschweißt – leider. Zu gerne hätte Tanja gewusst, was man in sechs solch dicken Büchern über Teichwirtschaft schreiben konnte.

Sie sortierte die Neuerscheinungen in ein eigenes Regal und notierte sich, was sie selbst kaufen wollte. Zum Glück gewährte Fabricius seinen Angestellten einen großzügigen Preisnachlass. Fabricius erwartete von seinen Mitarbeitern und Mitarbeiterinnen, dass sie gern und viel lasen, nicht zuletzt, um Kunden gut beraten zu können. Vor allem ging es ihm um die kultivierte Atmosphäre in einer Buchhandlung. »Sie sind nicht Verkäufer, sondern Buchhändler. Buchhandel ist ein Bildungsberuf!«, ermahnte er sein Personal alle paar Wochen – eine Gewohnheit, die seine Angestellten wirklich nervte.

»Weert Pohl, Itzendorfer Schulweg 1, Westermarsch« las Tanja auf dem Bestellzettel, der an dem Bücherkarton klebte. Sie erinnerte sich, dass der seltsame Mann aus der Nachbarschaft ihres Chefs vor ein paar Tagen vermutlich das erste Mal in seinem Leben die Buchhandlung betreten und sogleich verlangt hatte, den Chef persönlich zu sprechen. Wichtigtuerisch hatte er Fabricius ein abgerissenes Stück Zeitungsrand übergeben, auf dem der Buchtitel in einer krakeligen Handschrift notiert worden war.

Die Bücher waren so groß, dass sie nicht in das Regal hineinpassten. Gerade wollte sie Fabricius, der eben wieder hereinkam, mit ›Chef‹ titulieren und ihn fragen, wohin sie mit diesen Büchern sollte. Tanja merkte gerade noch rechtzeitig, dass seine Laune merklich umgeschlagen war. »Herr Fabricius, die Bücher für Ihren Nachbarn passen nicht in das Abholfach, soll ich sie hinten im Lager lassen?«

»Stellen Sie das Paket oben auf meinen Schreibtisch. Ach nein, stellen Sie die Bücher nach hinten in den Flur.«

Fabricius war nicht ganz bei der Sache. Er hatte gerade vom Inhaber des Schuhgeschäftes nebenan eine schlechte Neuigkeit erfahren. Sein Handy klingelte, aber er drückte den Knopf mit dem roten Hörer und steckte es in die Jackentasche. Schnellen Schrittes verließ er die unteren Verkaufsräume und ging nach oben in sein Reich.

JOHANNES FABRICIUS IST BUCHHÄNDLER

Die Buchhandlung Fabricius, oder, wie sie richtig hieß, die »Fürstliche Hofbuchhandlung Hero Fabricius«, war in zwei Bereiche aufgeteilt. Unten waren großzügige Geschäftsräume mehr stilvoll als modern eingerichtet. Hier standen stapelweise Bestseller von Stephen King bis John Grisham, von Charlotte Link bis Barbara Wood, Regale mit Büchern für Freizeit und Hobby, Taschenbüchern, Krimis, Sachbüchern, Liebesromanen, Kinderbüchern, Reiseführern, Kochbüchern und Neuerscheinungen.

Im Stockwerk darüber hatte Fabricius so etwas wie eine zweite Buchhandlung aufgebaut. Die große und helle obere Etage war eingerichtet wie ein riesiges Arbeitszimmer – oder besser wie mehrere Arbeitszimmer und Privatbibliotheken, die man zusammengestellt hatte. In Bücherschränken und Regalen standen Romane, Gedichtbände, Gesamtausgaben, Biografien, Kunstbände, Bücher zu historischen und anderen geisteswissenschaftlichen Themen. In einem Nebenraum gab es sogar ein Antiquariat mit ausgewählten Büchern. Drei große Bücherschränke präsentierten CDs mit klassischer Musik, Jazz und Popmusik der siebziger Jahre.

Zwischen den Regalen und Schränken waren jeweils an den Fenstern Schreibtische oder Sitzgelegenheiten aufgestellt, damit seine Kunden sich hier in Ruhe die Bücher ansehen konnten, die sie interessierten. Hauptkommissar Gerrit Roolfs – Fabricius' bester Freund – kam sogar manchmal hierher, um seine gefürchteten Spottgeschichten über Norden und dessen Einwohner zu schreiben.

Inzwischen machten Interessierte auch weitere Wege, um hier Bücher auszusuchen und zu kaufen. Im vergangenen Jahr hatten zwei Magazine sogar Bildberichte über die »Fürstliche Hofbuchhandlung« gebracht. Dass Gerrit Roolfs diese Räumlichkeiten als »Erlebnismuseum für pubertäre Bücherträume« bezeichnete, tat seiner Freundschaft mit Johannes Fabricius keinen Abbruch.

Im Stockwerk darüber hatte Fabricius zwei Wohnungen einbauen lassen, von denen er eine vermietet hatte und die andere ab und zu selbst nutzte oder Freunden zur Verfügung stellte.

Fabricius ist frustriert

Im Moment war Fabricius' Freude über sein Bücherreich nicht ganz ungetrübt. Der Inhaber des benachbarten Schuhgeschäftes hatte ihm erzählt, dass der alte Ferdinand Popkes sein Geschäft an einen Buchhändler aus Westfalen übergeben hatte, der den Laden ganz neu aufziehen wollte. Der alte Popkes hatte ihm also doch einen Strich durch die Rechnung gemacht.

Popkes war mit seiner kleinen Buchhandlung bisher nie ein ernsthafter Konkurrent gewesen. Aber das Geschäft war immerhin so gut gelaufen, dass er sich nun auf Gran Canaria zur Ruhe setzen konnte. Seit die Nachricht von Popkes' Ruhestand durchgesickert war, hatte Johannes Fabricius sich mit der Idee angefreundet, in Norden eine Filiale zu eröffnen. Dort wollte er vor allem Bestseller, Reiseführer, Kochbücher, Modernes Antiquariat, Spiele, Computerzubehör und Pop-CDs verkaufen.

Fabricius war alles andere als ein gewiefter Geschäftsmann. Aber von diesem Projekt hatte er sich einen sicheren Erfolg versprochen. Er hasste Risiken. Inzwischen hatte er sogar sein Interesse angemeldet, Popkes' Ladenlokal zu übernehmen. Nun hatte der Alte ihm diesen Plan gründlich verdorben.

Vermutlich sitzt Popkes jetzt auf Gran Canaria in seinem Haus am Strand und amüsiert sich über mich, dachte Fabricius. Da er ein bisschen zum Selbstmitleid neigte, kostete er diese Idee noch etwas aus.

Er musste sich diese Sache noch einmal überlegen. Ein bisschen frische Luft wäre ganz gut. Er würde sich ein paar Stunden frei nehmen und nach Hause fahren. »Ich fahre nach Hause und nehme mir ein paar Unterlagen mit, ich bin heute Nachmittag wieder da«, rief er seinem leitenden Angestellten zu. Fast ein bisschen zu schnell und zu leise klang das, als müsste er sich entschuldigen.

Der Regen hatte gerade aufgehört. Fabricius klimperte mit seinen Schlüsseln und ging in den Innenhof, wo er seinen alten Golf geparkt hatte. Er hielt nichts von teuren Autos und gab sein Geld lieber für andere schöne Dinge aus. Sein Handy klingelte, aber er drückte den Knopf mit dem roten Hörer.

Gerade hatte er den Motor angelassen, da fiel ihm das Buchpaket ein. Die Bücher hatte Pohl bei ihm bestellt – vor einer knappen Woche. Da Fabricius in der Westermarsch ganz in seiner Nähe wohnte, kannten sie sich flüchtig.

Bei einem Mann wie Pohl war eine flüchtige Bekanntschaft schon das Äußerste, was erstrebenswert war. Aber wenn er schon einmal im Leben Bücher bestellt und das sogar für so viel Geld, dachte Fabricius, dann kann ich sie ihm ja auch auf dem Weg nach Hause vorbeibringen. Er stieg wieder aus und holte den Karton.

Fabricius klopft an

Fabricius fuhr auf der Alleestraße in die Westermarsch. Vereinzelte Höfe und ein paar kleine Straßensiedlungen bildeten den gleichnamigen Ortsteil, der von Nordens Stadtrand bis an die Küste reichte.

Fabricius hatte sich vor sechs Jahren entschieden, ein Landhaus in der Westermarsch zu kaufen und renovieren zu lassen. Da er handwerklich völlig unbegabt war und alles durch Firmen gemacht werden musste, war das ein teures Vergnügen geworden, aber nun bewohnte er ein Landhaus, wie er es sich immer gewünscht hatte.

Vor sieben Jahren hatte er die Buchhandlung übernommen. Es war ein traditionelles Familienunternehmen. Einer seiner Vorfahren, Hero Fabricius, hatte 1799 die Buchhandlung in Norden eröffnet. Er war Mitherausgeber einer der ersten Zeitungen Ostfrieslands gewesen und hatte eine gute Verbindung zum Fürstenhaus gehabt. 1824 hatte er den fürstlichen Titel für sein Geschäft bekommen. Seitdem hatte die Buchhandlung Fabricius das Vorrecht, diese traditionsreiche Bezeichnung im Titel zu führen und die fürstliche Bibliothek in Aurich sowie die Bibliotheken der Gymnasien zu beliefern, was je nach Bildungsinteresse der Regenten ein mehr oder weniger einträgliches Geschäft war. Bei dem jetzigen Fürsten war es ein gutes Geschäft.

Johannes Fabricius liebte die ostfriesische Landschaft in der Westermarsch, die grüne Weite mit dem Himmel, der nirgendwo so blau, aber nicht selten auch so grau und schwermütig sein konnte. Früher hatten am Straßenrand die Windlooper gestanden, hohe Bäume, die der Wind gebogen hatte – eine Art Wahrzeichen für die Westermarsch, bis die Straße ausgebaut und die Bäume gefällt worden waren.

Von der Hauptstraße aus führten Wirtschaftswege ins Land und Einfahrtswege zu den großen Höfen. Dazwischen standen Landarbeiterhäuschen und Bummerts – kleine Zweifamilienhäuser mit einem Schornstein in der Mitte. Die meisten dieser Häuser waren inzwischen zu Ferienhäusern umgebaut.

Plötzlich trat Fabricius auf die Bremse. Er war an Pohls Häuschen vorbeigefahren. Schnell drehte er auf der Straße um.

Auf dem Radweg kam ihm der Westermarscher Ortsvorsteher Siebo Remmers entgegen, der offensichtlich über Fabricius' Wendemanöver lachte und ihm zuwinkte. Johannes Fabricius winkte zurück und bog dann in Pohls Einfahrt ein, wenn man dem holperigen Grasweg so eine Bezeichnung zubilligen konnte.

Er sah noch, wie der Ortsvorsteher sich auf seinem Rad umdrehte. Wahrscheinlich würde er während des ganzen Weges bis Norden darüber nachdenken, was Fabricius wohl ausgerechnet von Weert Pohl wollte.

Fabricius stellte das schwere Buchpaket vor der Haustür ab und klopfte. Eine Klingel gab es nicht. Die grüne Farbe an der Tür war stark abgeblättert, und auch die Fenster wurden anscheinend nur noch durch den sich auflösenden Anstrich zusammengehalten.

Ganz schön runtergekommen, genauso wie der Typ, der drin wohnt, dachte Fabricius. Und gleichzeitig bekam er ein bisschen ein schlechtes Gewissen, dass er so über den Mann urteilte. Aber Weert Pohl war in Westermarsch als streitsüchtiger Eigenbrötler bekannt, als einer, mit dem man am besten nichts zu tun haben sollte. Diese Gefahr bestand allerdings nicht, da Pohl mit niemandem näheren Kontakt pflegte. Es wurde auch erzählt, dass er einige krumme Geschäfte betrieb. Immerhin hatte er schon ein paar Mal für ein bis zwei Jahre im Gefängnis gesessen. Womit Pohl seinen Lebensunterhalt bestritt, wusste Fabricius nicht.

Johannes Fabricius klopfte noch einmal. Nichts rührte sich. Der Wagen von Pohl stand im Schuppen, das konnte Fabricius sehen, und er wusste, dass Pohl keinen Weg, der weiter als die Entfernung zur Garage war, ohne sein Auto machte. Er stellte das Paket ab, ging einmal um das Haus und guckte durch die Fenster.

In der Westermarsch war es durchaus üblich, dass man als guter Bekannter oder Nachbar durch die Hintertür ins Haus kam, und dann vom Flur aus an die Küchen- oder Wohnzimmertür klopfte.

Aber Weert Pohls Haus hatte nur eine Vordertür. Also nahm Fabricius seinen Mut zusammen, probierte, ob sie offen war und trat – gewissermaßen als guter Nachbar – in das Haus ein.

»Hallo, Herr Pohl!«, rief er und ging den Flur hinunter bis zu der Tür, hinter der er das Wohnzimmer oder die Küche vermutete. Er hielt das schwere Paket in den Armen und klopfte mit den Knöcheln der rechten Hand gegen die angelehnte Tür. Schließlich drückte er sie auf, und das Bild, das er nun sah, sollte er nie im Leben wieder vergessen.

Weert Pohl lag mitten in seiner Küche auf dem Rücken, die Arme dicht beim Körper, das rechte Bein ausgestreckt, das linke angewinkelt. An der linken Schläfe hatte er eine große Wunde, auf dem Boden hatte sich eine dunkelrote Pfütze ausgebreitet. Daneben lag ein großer Bierkrug, dessen Boden blutverschmiert war – vermutlich das Mordinstrument, das noch einmal heil davongekommen war. Der Bierkrug war verziert mit einem aufgedruckten Ostfrieslandwappen, umgeben von dem Schriftzug: »In Ostfreesland is' t am besten«.

Johannes Fabricius sah sofort, dass sein Nachbar tot war. Sein Herz klopfte, und trotzdem stellte er ruhig den Bücherkarton auf den Fußboden und beugte sich über Pohl. Kein Lebenszeichen. Er beschloss, nichts anzufassen, und griff in die Tasche. Hatte er sein Handy doch im Geschäft liegen lassen?

Fabricius ging nach nebenan, denn bis zu seinem Haus war es etwas weiter. Er bat die alte Frau, die das Nachbarhaus bewohnte, bei der Polizei anzurufen und Bescheid zu geben, dass Weert Pohl tot aufgefunden worden war. Dann ging er zurück in Pohls Küche. Schon nach wenigen Minuten hörte er aus der Ferne das Martinshorn. Er dachte darüber nach, was man ihn fragen würde, und legte sich schon die Antworten zurecht.

Lehnders verhaftet

Als Johannes Fabricius hörte, wie der Polizeiwagen vor dem Haus hielt und die Autotüren klappten, ging er nach draußen.

»Nanu, was machen Sie denn hier?«, fragte ihn ein junger Mann mit saurer Miene. Er hielt Fabricius seinen Dienstausweis vor – genauso wie im Fernsehen. Seine blonden Locken wehten im Wind, und er klopfte sein Sakko ab. Sah teuer aus. Zwei Beamte waren zusammen mit dem Arzt in Pohls Haus gegangen.

»Lutz Lehnders, Kriminalpolizei Norden«, stellte sich der junge Mann vor und sah Fabricius missbilligend an.

›Du aufgeblasener Wichtigtuer‹, dachte Fabricius, und er sagte: »Guten Tag, mein Name ist Johannes Fabricius.«

»Na, denn erklären Sie mir mal, was Sie hier zu suchen haben!«, wies Lehnders ihn an.

»Wie bitte?« Fabricius verstand nicht recht. Wurde er jetzt verhört?

»Was haben Sie denn von Pohl gewollt?«, fragte Lehnders.

Fabricius erzählte ihm von den Büchern, und Lehnders sah ihn dabei so skeptisch an, dass er sich wie ein schlechter Lügner vorkam.

»Na, wollen wir mal sehen«, sagte Lehnders und angelte mit zwei Fingern ein Brillenputztuch aus seiner Innentasche. Er begann seine rechteckigen Brillengläser umständlich zu putzen und wiederholte dabei Fabricius' Geschichte so, als würde ein Vater seinem kleinen Kind mit einfachen Worten die Funktionsweise eines Fernsehers erklären.

»Sie sagen also, Sie haben Bücher bekommen. Und diese Bücher, so sagen Sie, wollten Sie Weert Pohl nun bringen. Und wann«, fragte Lehnders, als er am Ende seiner Zusammenfassung angekommen war, »sind Sie denn aus dem Geschäft losgefahren?«

»So etwa elf Uhr.«

»Aaah ja! Sie wissen, dass wir das sofort nachprüfen können!«, sagte Lehnders so deutlich, dass man beinahe das Ausrufezeichen hören konnte. »Und angerufen hat uns eine Nachbarin um elf Uhr neunundzwanzig.«

»Ich habe unsere Nachbarin gebeten, bei Ihnen anzurufen, weil ich mein Handy im Geschäft vergessen habe«, erklärte Fabricius.

Betont atmete Lehnders aus und nickte mit dem Kopf in Richtung Tür. »Kommen Sie mal mit!«

Vor Fabricius' Golf zeigte er in das Innere des Wagens. »Und was liegt da auf dem Beifahrersitz?«

Johannes Fabricius errötete wie ein schlechter Lügner, den man ertappt hatte. »Mein Handy. Ich muss es in Gedanken da hingelegt haben, oder es ist mir aus der Tasche gerutscht, als ich das schwere Paket …«

»Natürlich, Herr Fabricius.« Lehnders lächelte ihn von oben herab an. »Von der Stadtmitte bis hierher braucht man doch wohl höchstens zehn Minuten. Was haben Sie die restliche Zeit gemacht?«

Lehnders ging in das Haus. Fabricius ging ihm hinterher und versuchte die letzte halbe Stunde zu rekonstruieren. Sie blieben im Flur stehen. »In der Stadt war viel Verkehr, dreimal musste ich an roten Ampeln warten. Dann habe ich noch ein paar Briefe eingeworfen und bin zweimal um den Markt gefahren, um einen Parkplatz bei der Post zu finden. Sieht ja schön aus, nach der Umgestaltung, mit den Bäumen, aber die Parkplätze fehlen doch.«

»Schweifen Sie bitte nicht ab!«, ermahnte ihn Lehnders. Dabei versuchte er, gleichzeitig seriös und genervt zu wirken, und irgendwie hatte er das sehr professionell drauf.

»Und dann habe ich etwa drei oder vier Minuten hier vor dem Haus verbracht, habe geklopft und bin einmal rumgegangen.«

»Und wann sind Sie hier angekommen?«

»Na, das müsste so etwa zwanzig nach elf gewesen sein, wenige Minuten vor dem Anruf.«

Lehnders schloss für einen kurzen Moment die Augen. »Also, das behaupten *Sie*, dass Sie erst dann hier angekommen sind. Das kann ja sicher niemand bezeugen. Ich sehe Blut an Ihrem Ärmel, und ich finde, Ihre Geschichte hört sich doch etwas hanebüchen an.«

Jetzt platzte Fabricius der Kragen. »Ich lasse mich hier von Ihnen nicht als Verbrecher hinstellen. Sie wissen wohl nicht, wer ich bin. Ich bin Mitglied des fürstlichen Hofrates, und Ihr schlechtes Benehmen kann sehr unvorteilhafte Konsequenzen für Sie haben! So geht das doch nicht!« Johannes Fabricius konnte einfach nicht richtig ausrasten.

Lehnders kniff seinen Mund zu. Er wartete einen Moment, und dann sah er Fabricius scharf an. »So, mein Freund, das Beste ist, wir machen hier Schluss, und Sie kommen erst mal mit.«

Remmers übernimmt

»Wat is hier los?« Die Bassstimme des Ortsvorstehers nahm genauso mächtig den kleinen Flur ein wie der große und schwergewichtige Körper des dazugehörigen Mannes. Mit seinem schwarzen Vollbart war er eine imponierende Erscheinung, und das wusste er auch. Siebo Remmers ließ durch sein Auftreten keinen Zweifel daran, dass alles zwischen dem Westermarscher Ortsschild und der Deichlinie grundsätzlich in seinen Zuständigkeitsbereich fiel.

Empört drehte sich Lehnders zu ihm um und taumelte angesichts dieses Riesen zurück. »Wer sind Sie überhaupt, und was fällt Ihnen ein, hier so einfach durch die Absperrung …«

Remmers übersah und überhörte ihn und dröhnte gleich weiter. »Is was mit Pohl los? Als ich die Polizei kommen sah, bin ich gleich mit meinem Rad umgedreht. Fabricius, nu sagen Sie doch mal, was hier überhaupt los is!«

Lehnders keifte gleich dazwischen: »Mein lieber Mann, hier ist gleich was bei Ihnen los, wenn Sie nicht sofort ...«

Remmers unterbrach ihn mit seiner mächtigen Brummstimme: »Fabricius, wat ist dat hier för'n Keerl?«

Lehnders war sprachlos vor Ärger. Während er nach Luft und nach Worten rang und nicht wusste, was er von beidem jetzt am nötigsten brauchte, regte sich etwas vor dem Fenster. Habbo Janssen kam, und Lehnders gewann die Fassung zurück. »Also, Sie haben nicht das Recht, hier eine Ermittlung zu stören, und außerdem muss ich Sie ganz entschieden ...«

Weiter kam Lehnders wieder nicht, denn für Remmers schien er einfach nicht zu existieren. »Moin, Herr Kommissar!«, sprach der Ortsvorsteher den Kriminalbeamten an. »Können Sie mal ein bisschen Licht in diese Sache bringen? Das hier scheint ja wohl ein bisschen durcheinander zu laufen, und der hier ist ja auch wohl ein bisschen van't Pad of.« Dabei nickte er kurz in Lehnders' Richtung. »Der verhaftet hier wild drauf los. Sückse Lü könn' wi hier nich bruken in Westermarsch.«

Lehnders lief puterrot an. Er wandte sich an Oberkommissar Janssen. »Also, Herr Kollege Janssen, es ist gut, dass Sie kommen. Lassen Sie die beiden hier doch bitte gleich abführen!«

Gutmütig legte Habbo Janssen seine Hand auf Lehnders' Oberarm. »Lassen Sie man gut sein, ich mach hier weiter. Kümmern Sie sich man um die Spurensicherung draußen.«

Lehnders sah, dass dies seine letzte Möglichkeit für einen einigermaßen würdigen Abgang war, und er verließ mit erhobenem Haupt wortlos das Haus.

Johannes Fabricius informierte Ortsvorsteher Remmers und Oberkommissar Janssen über das, was bisher geschehen war. Habbo Janssen stellte kurze, präzise Fragen und schrieb in mikroskopisch kleinen Buchstaben etwas auf den winzigsten Notizblock, den Fabricius jemals gesehen hatte. Schnell verschaffte er sich ein Bild von der Situation. Eben kamen Hauptkommissar Gerrit Roolfs und zwei weitere Polizeibeamte herein.

»So viel Volk passt hier nich rein«, murrte Remmers und schickte sich an, nach draußen zu gehen.

Fabricius hielt ihn kurz fest. »Danke.«

»Wir Westermarscher müssen zusammenhalten«, meinte Remmers mit einem Augenzwinkern. Er setzte sich auf die Treppe und drehte sich eine Zigarette.

ROOLFS REGT SICH AUF

Erstaunt begrüßte Hauptkommissar Gerrit Roolfs seinen Freund. »Was hast du denn hier zu tun? Hier soll ein Toter sein, aber du siehst ja noch einigermaßen lebendig aus!«

»Mir ist nicht nach Witzen zumute«, sagte Fabricius ein bisschen kleinlaut. »Ich habe Pohl tot hier gefunden. Und dein Hilfssheriff wollte mich am liebsten gleich da draußen an der Schuppenwand standrechtlich erschießen lassen – wegen Mord, Verdunklungsgefahr und Beamtenbeleidigung.«

Interessiert hörte sich Roolfs die Geschichte an, aber als Fabricius Lehnders' Verhalten beschrieb, verdüsterte sich Gerrit Roolfs' Miene. Im Nu war er draußen und die Worte, die er in ziemlicher Lautstärke an Lehnders richtete, klangen nicht freundlich.

Der Ortsvorsteher verschluckte sich vor Lachen fast am Rauch seiner Zigarette. »Völ better harr ik dat ok nich kunnt«, sagte Remmers zu Kommissar Roolfs, als sie in die Küche gingen.

Der Arzt hatte inzwischen alles genau untersucht. »Schlag mit einem harten, stumpfen Gegenstand an die rechte Schläfe. Sicherlich mit dem Krug hier. Der Mann muss sofort tot gewesen sein, oder fast sofort. Er muss so etwa anderthalb Stunden tot sein. Genauer kann ich es nachher noch sagen.«

»Auf jeden Fall habe ich dann ja wohl ein Alibi«, sagte Johannes Fabricius. »Außerdem hat Siebo Remmers genau gesehen, wann ich gekommen bin.«

»Jaja.«, sagte Roolfs. »Ist schon gut. Keiner verdächtigt dich. Immer locker bleiben.«

Remmers verhört

»Munter holl'n ...«, brummte Ortsvorsteher Siebo Remmers und legte den Zeigefinger an seine Prinz-Heinrich-Mütze. »Ich will mich nu mal umhören und ein bisschen Amtshilfe leisten.«

Gerrit Roolfs rief ihm hinterher: »Das lassen Sie uns mal besser machen!« Aber Remmers schien ihn nicht mehr zu hören – oder hören zu wollen.

Obwohl Siebo Remmers – wie er selber immer wieder beteuerte – ›nicht von hier‹ stammte, sondern aus dem ein paar Kilometer entfernten Norddeich, zählte er zu den Originalen des Landstriches zwischen der Stadt Norden und dem Küstendeich. Und was bestimmte Informationen anging, war er eine Goldader – allerdings von der besonderen Art, dass er mit Informationen nur dann herausrückte, wenn es wirklich von außerordentlicher Wichtigkeit war. Und über den Grad der Wichtigkeit entschied im Falle des Zweifels er selbst.

Er würde in den nächsten Stunden mit dem Rad alle benachbarten Häuser abklappern und bis heute Abend etliche Tassen Tee, Flaschen Bier, Gläser Schnaps und Informationen aufgenommen haben.

»Fahr am besten nach Hause, ich komm nachher noch vorbei oder ruf an«, sagte Roolfs und klopfte dem Freund auf die Schulter.

Johannes Fabricius zuckte die Achseln. »Wenn du meinst.« Er setzte sich ins Auto. Unterwegs sah er, wie Siebo Remmers auf seinem Fahrrad in die Einfahrt eines Nachbarhauses einbog und seine Ermittlungsarbeit begann.

Fabricius feiert Hochzeit

Zu Hause zog Johannes Fabricius wie immer zuerst die Schuhe aus, dann die Krawatte und zuletzt die Jacke. Er stellte das Teewasser an und ging in sein Wohnzimmer, das etwa die Hälfte der unteren Etage einnahm. Die Post, die er im Vorbeigehen aus seinem unansehnlichen grünen Plastikbriefkasten geholt hatte, legte er auf den riesigen Schreibtisch seines Großvaters am Fenster. Er öffnete die Terrassentür, die in den Garten führte.

Johannes Fabricius hatte bei der Gestaltung der Räume die Hilfe einer Freundin in Anspruch genommen, die Inneneinrichtung als eine Art Hobby betrieb. Deshalb sah sein Haus von innen ein wenig aus wie ein Vorführmodell für eine englische Wohnzeitschrift. »Du bewohnst ein Klischee!«, pflegte Gerrit Roolfs zu spotten. Immerhin hatte Fabricius durch viele Bücherregale, in denen neben Unmengen von Büchern auch Reihen von CDs und Stapel von DVDs standen, dem Wohnbereich etwas Charme verliehen.

In der Mitte des großen Raumes befand sich eine Sitzgarnitur, auf die sich Johannes Fabricius fallen ließ, nachdem er die seiner Meinung nach einzige CD eingeschaltet hatte, die seine Stimmung jetzt noch retten konnte: Figaros Hochzeit in der Drottningholmer Einspielung. Aber noch bevor die quirlige Ouvertüre zu Ende war, stellte er die Musik ab.

Er ging nach oben in sein kleines Arbeitszimmer. Er setzte sich in den Sessel und sah aus dem Fenster in die Westermarscher Landschaft. Weites Grün, Wiesen und Felder und vereinzelte Bäume und Baumgruppen, dazwischen ein paar rote Tupfer – die wenigen Häuser und Höfe – und darüber der strahlend blaue ostfriesische Himmel mit weißen Wolkentupfen.

Wie für einen ostfriesischen Fotokalender – dachte Johannes Fabricius, und dann musste er daran denken, dass in einem der Häuser in seiner Nachbarschaft ein Mensch erschlagen worden war. Kein sympathischer Mensch, aber ein Mensch. War der Mörder ein Einbrecher gewesen? Wenn der Einbrecher zu einer anderen Tageszeit und in ein anderes Haus, in sein Haus gekommen wäre, hätte er selbst erschlagen in seinem Wohnzimmer oder sonst irgendwo liegen können, grübelte er weiter.

Und wäre es um ihn selbst eher schade gewesen? Er sah auf eines der wenigen Bilder an der Wand neben dem Schreibtisch. Sein Gesicht spiegelte sich ein wenig im Glas. War er ein Gewinn für die Gesellschaft? Für seine Familie, seine Mitmenschen?

In den Augen seiner Mitmenschen war er ein erfolgreicher Geschäftsmann, eine Person des öffentlichen Lebens. Aber man konnte es auch anders sehen, und er sah es immer häufiger anders.

Nach dem Abitur hatte er mit dem Medizinstudium begonnen und nachdem er bei der Zwischenprüfung durchgefallen war, war er dann auf die Fächer Germanistik und Musik umgestiegen. Seine Doktorarbeit hatte er nach einem Jahr abgebrochen, um das Referendariat zu beginnen. Nach einigen Jahren im Schuldienst hatte er genug und wollte den Lehrerberuf an den Nagel hängen. Er wollte noch einmal neu anfangen.

Damals war sein Vetter, der Inhaber der Hofbuchhandlung, tödlich verunglückt. Sein Onkel war schon zu alt und zu krank gewesen, um die Buchhandlung auf lange Sicht wieder zu übernehmen, und Geschwister gab es nicht. So bestimmte sein Onkel ihn als Neffen zum Erben und Nachfolger und arbeitete ihn in seinen letzten Lebensjahren ein. Johannes Fabricius ließ sich aus dem Schuldienst beurlauben und machte seine Prüfung als Buchhändler.

Seit acht Jahren leitete er nun die Buchhandlung. So lange hatte er noch nie eine einzelne Tätigkeit ununterbrochen ausgeführt.

Waren es immer Zufälle und besondere Ereignisse gewesen, die sein Leben verändert hatten? Oder waren diese Ereignisse willkommene Ausreden, eine Sache abzubrechen, die ihn langweilte? Wie lange würde es noch dauern, bis die Buchhandlung ihn ermüdete? Würde er dann noch die Kraft haben, etwas Neues zu beginnen? Und was sollte er anfangen? Schließlich wurde er in ein paar Wochen dreiundvierzig.

Nun war er wirklich in einer Stimmung, in der nur noch Figaros Hochzeit helfen konnte. Er entschied sich für das Finale des zweiten Aktes.

Helena heult

»Nanu, was ist denn mit Ihnen?«, fragte Johannes Fabricius besorgt, als er am nächsten Morgen den Abstellraum seiner Buchhandlung betrat. Er hievte den schweren Karton mit »Dr. Feldmanns Handbibliothek der Teichwirtschaft« auf das oberste Regal. Helena Klein schluchzte und schüttelte nur den Kopf.

»Kommen Sie doch eben mit«, lud Fabricius seine Angestellte in ein kleines Arbeitszimmer im hinteren Bereich des Geschäftes ein. Hier erledigte er nur die Büroarbeiten.

»Ist etwas mit Ihrem Mann?«, fragte er sie.

Helena und Waldemar Klein waren vor fünf Jahren aus Kasachstan nach Norden gekommen. Ihre Vorfahren waren vor mehr als zwei Jahrhunderten von Deutschland nach Russland ausgewandert – wie in der darauf folgenden Zeit viele andere Familien auch. Seit der Ära Gorbatschow kamen viele russlanddeutsche Familien nach Deutschland zurück und mussten feststellen, dass sie in der Heimat ihrer Vorfahren Fremde waren.

Und wie in so mancher deutschen Familie aus Russland konnte Helena Klein sich als Frau besser auf die veränderte Situation einstellen als ihr Mann. Sie sprach und lernte schneller Deutsch. Sie hatte bald die Arbeitsstelle in der Buchhandlung bekommen, bei der sie berufsbegleitend ihre Ausbildung und gleichzeitig einen besseren Schulabschluss machen konnte. Fürst Carl-Edzard hatte sich damals persönlich für ein solches Berufsausbildungskonzept eingesetzt und die Schirmherrschaft für das Projekt übernommen.

Waldemar kam mit der neuen Situation nicht zurecht. In seinem Beruf als Fahrer bekam er keine Arbeit, und auch nach drei Jahren sprach er nur wenige Worte Deutsch. Er verbrachte die meiste Zeit vor dem Fernseher und hatte vor einiger Zeit wieder mit dem Trinken angefangen. Helena Klein verdiente nicht nur das Familieneinkommen, sondern machte auch noch allein den Haushalt.

Fabricius konnte nicht verstehen, dass Helena Klein diese Aufgabenteilung als etwas ganz Normales erschien.

»Alexander!«, sagte sie. »Er ist heute Morgen verhaftet worden.«

Alexander war der Sohn von Helena und Waldemar Klein. Während die sechzehnjährige Tochter Ludmilla inzwischen die Oberstufe des Norder Johann-Christian-Reil-Gymnasiums besuchte, hatte Alexander mit Mühe und durch viel Hilfe seiner Lehrer den Hauptschulabschluss geschafft und kurz nach dem achtzehnten Geburtstag seine Lehre abgebrochen. Nun besuchte er die Berufsschule und war schon zweimal wegen Körperverletzung verwarnt und für ein paar Wochen vom Unterricht ausgeschlossen worden.

Stück für Stück erzählte die aufgelöste Helena Klein, was passiert war.

Während sie schon vor Arbeitsbeginn die Einkäufe erledigt hatte, war die Polizei gekommen und hatte Alexander festgenommen. Der Vater war nüchtern genug, um die Tür zu öffnen und einigermaßen mitzubekommen, was geschah, aber betrunken genug, um alles teilnahmslos geschehen zu lassen. Außerdem konnte er sich ja wie immer darauf verlassen, dass seine Frau gleich wiederkommen und sich um alles kümmern würde.

Bei der Polizei hatte Helena dann erfahren, dass Alexander verhört werden sollte, weil er gestern beim Haus von Weert Pohl gesehen worden war. Man hatte die Anwältin hinzugezogen, bei der die Familie schon einige Male wegen Alexander vorstellig geworden war, eine engagierte, junge Juristin, die vor wenigen Jahren eine Kanzlei in Norden übernommen hatte.

»Immerhin!«, seufzte Johannes Fabricius und wusste selber nicht, was diese Äußerung bedeuten sollte, außer, dass er Helena Klein beruhigen wollte.

»Alexander ist schwierig«, sagte sie. »Aber er ist kein Mörder! Sie müssen uns helfen!«

Der Fürst gibt ein Interview

»Durchlaucht, die Herren Journalisten sind da. Ich habe sie in der Bibliothek platziert.«

»Danke, Herr Steffens«, murmelte Fürst Carl-Edzard II. seinem Referenten zu. Er erhob sich schwerfällig aus dem Sessel in seinem Arbeitszimmer. »Nützt ja wohl nichts ...«

»Der Volksmund pflegt diese Problematik genau so zum Ausdruck zu bringen, Durchlaucht.«

»Ich habe kein gutes Gefühl bei dieser Sache.« Der Fürst drehte sich in der Tür noch einmal um. »Bitte schauen Sie alle zwanzig Minuten mal herein und wenn ich Sie hilfesuchend ansehe, dann holen Sie mich zu einem dringenden Telefonat.«

Eine bekannte deutsche Wochenzeitung brachte eine kleine Serie mit monatlichen Berichten über die regierenden Adelshäuser in Liechtenstein, Luxemburg und Ostfriesland. Dazu gehörte jeweils ein ausführliches Interview mit dem regierenden Fürsten.

Carl-Edzard hatte die Artikel über Liechtenstein und Luxemburg sehr aufmerksam gelesen, um sich über die Form der Berichterstattung zu informieren. Für seinen Geschmack war das zu kritisch ausgefallen. Das war nicht die Form von Öffentlichkeitsarbeit, die der Fürst mochte. Aber er wusste auch, dass es sich dieser unangenehmen Pflicht schwerlich entziehen konnte.

»Guten Tag, mein Herren!« Carl-Edzard begrüßte die Journalisten, die sich bei seinem Eintreten mit einem Ruck erhoben. Die beiden waren ihm auf den ersten Blick unsympathisch.

»Georg Jostefeld«, stellte sich der Jüngere der beiden vor. »Vielen Dank, dass Sie sich so viel Zeit für uns nehmen.« Schwarze Jeans, schwarzes T-Shirt, schwarzes Jackett. Er musste nach Carl-Edzards Informationen Ende dreißig sein und sah aus wie einer der greisenhaften Jugendlichen, die in Modeanzeigen diese seltsame Mischung aus Langeweile und schlechter Laune zum Ausdruck brachten.

Sein Kollege trug einen grauen Anzug und zum weißen Hemd eine leuchtend gelbe Krawatte. »Arnold Küppers mein Name. Vielen Dank, dass Sie uns empfangen.«

»Keine Ursache«, sagte der Fürst. »Ein bisschen Öffentlichkeitsarbeit gehört dazu.«

Nachdem der Tee gebracht worden war, stellten die beiden eine Reihe harmloser Fragen zu Lebensgeschichte und Privatleben des Fürsten. Carl-Edzard antwortete freundlich, blieb aber vorsichtig, da er befürchtete, dass die beiden sich erst warm laufen wollten.

Mit der Frage nach der zweiten Tasse Tee legte Jostefeld dann auch vor. »Mal ganz offen gefragt, wozu brauchen wir im einundzwanzigsten Jahrhundert noch eine Monarchie? Ist das – verzeihen Sie mir diese Offenheit – nicht sehr museal?«

Auf diese Frage hatte der Fürst gewartet. »War Lady Di museal? Wissen Sie, was hier vor ein paar Jahren los war, als die Queen auf ihrer Deutschlandreise hierher kam? Haben Sie eine Ahnung, wie viele Menschen die königliche Hochzeit vor einem halben Jahr im Fernsehen verfolgt haben? Ich habe das Gefühl, wir können mit Ihren Musik- und Sportikonen ganz gut mithalten, was die Popularität angeht.«

Es klopfte, und Steffens sagte sein Sprüchlein auf.

»Nicht jetzt. Sagen Sie, ich rufe nachher zurück.« Der Fürst winkte Steffens freundlich wieder nach draußen.

»Können Sie unseren Lesern auf ganz einfache Art erklären, warum es überhaupt noch ein Fürstentum Ostfriesland gibt?«, fragte Jostefeld. »Alle anderen Monarchien sind doch nach dem Ersten Weltkrieg sang- und klanglos verschwunden, wenn ich richtig informiert bin.«

»Sind Sie, sind Sie«, antwortete Carl-Edzard und entspannte sich etwas. Dieses Terrain beherrschte er souverän. »Unser Fürstentum verdankt seine kuriose Existenz – so stellt sich das in Ihren Augen vermutlich dar! – einer Reihe von Zufällen und Faktoren.«

Die beiden Journalisten wurden sichtlich neugierig.

»Mein Namensvorgänger Carl-Edzard I. war sterbenskrank. Beinahe wäre er im Mai 1744 ohne Nachkommen von uns gegangen, und es wäre aus gewesen. Der Bremer Mediziner Sutorius behandelte ihn auf dem Sterbebett. Nur anderthalb Lebensjahre waren es, zu denen der Arzt Carl-Edzard verhelfen konnte. Immerhin gelang es ihm in dieser kurzen Zeit noch, einen Thronfolger zu zeugen, den seine Frau Sophia Wilhelmine im Frühjahr 1745 zur Welt brachte. Edzard-Albrecht wiederum war dann von robuster Gesundheit und einer solchen Vitalität, dass er im Alter von achtundsechzig Jahren noch an den Befreiungskriegen gegen Napoleon kämpfte.«

»Und fiel«, ergänzte Josefeld.

»Sie sind gut vorbereitet«, lobte ihn der Fürst. »Er fiel in einem Gefecht, und mit ihm fielen einundneunzig Mann seines Regimentes. Edzard-Albrecht hinterließ vier gesunde Söhne. Damit war die Thronfolge gesichert. Sonst hätte Preußen die Erbnachfolge für Ostfriesland angetreten, und unser Land wäre heute vermutlich Hannoversches Hinterland.«

»Ist es das nicht trotzdem?«, fragte Josefeld.

»In gewisser Weise haben Sie sogar Recht. Sie können Ostfriesland nicht mit Luxemburg oder Liechtenstein vergleichen. Unser Land ist faktisch eher zu vergleichen mit einem teilautonomen Gebiet innerhalb der BRD mit enger Anlehnung an das Land Niedersachsen ...«

»So etwas wie die Färöer-Inseln im Königreich Dänemark?«

Der Fürst überging diesen Einwurf und erläuterte weiter: »Über den Grad der Anlehnung entscheiden wir.«

»Und die wirtschaftlichen und finanziellen Rahmenbedingungen für Ihr Land und Ihre Familie spielen da sicher eine ganz untergeordnete Rolle ...« Josefeld schaute den Fürsten über seine Brillengläser hinweg an.

Carl-Edzard hatte das Gefühl, dass jetzt der ungemütliche Teil begann.

ROOLFS TELEFONIERT NICHT GERN

Der Schreibtisch von Hauptkommissar Gerrit Roolfs war penibel aufgeräumt. Kein Stück Papier, nicht einmal ein Zettel lag herum. Der Computer war ausgeschaltet, alle Schreibutensilien lagen in der dafür vorgesehenen Box, alle Papiere waren sorgfältig in die Ablagekästen eingeordnet.

Nur in den Schubfächern herrschte das Chaos. Hier lagen Akten, Papiere, Notizen, Prospekte, Bücher und viele Fotokopien zusammengeheftet, gefaltet und verklammert in heillosem Durcheinander. Dazwischen tummelten sich Coladosen, angebrochene Schokoladentafeln, Bonbontüten und Computer-CDs.

So wie der Schreibtisch war auch Gerrit Roolfs' Seele.

Die einzige Ausnahme war, dass in seinen Schreibtisch niemand hineinsehen durfte. Zu seinem Innenleben hatten zwei Menschen Zugang: seine Freundin Ilona und sein bester Freund Johannes Fabricius.

Roolfs schaltete den PC ein. Das Telefon klingelte. Gleichzeitig klopfte es an die Tür. Er rief »Herein!« und nahm den Hörer ab. In den Hörer grunzte er einen Laut, aus dem sich mit einer ausreichenden Mischung von Sprachwissenschaft und Phantasie die Wortwurzel seines Nachnamens rekonstruieren ließ. Obwohl das in seinem Beruf selten war, telefonierte Roolfs äußerst ungern.

Johannes Fabricius kam herein und setzte sich, während Roolfs auf dem inzwischen eingeschalteten PC Moorhühner jagte und etwa alle zehn Sekunden die Buchstaben M, N, J und A in unterschiedlichen Zusammenstellungen und mit unterschiedlichen Melodien in den Hörer summte.

Johannes Fabricius war besonders von den unterschiedlichen Sprachmelodien amüsiert, und er schrieb Noten auf das Papier, während Roolfs' Telefonat andauerte. Endlich beendete Roolfs mit einem abrupten »Jau!« das Gespräch und legte auf.

Er schaute erstaunt auf Fabricius' Notenfolge. »Was ist das?«

»Ich habe mitgeschrieben, was du von dir gegeben hast. Oder besser gesagt: wie du etwas von dir gegeben hast. Vielleicht mache ich daraus eine schöne brummelige Cellosonate.«

»Was willst du?« Roolfs sah den Freund genervt an.

»Alexander Klein!«, erwiderte Fabricius. »Seine Mutter arbeitet bei mir. Warum habt ihr ihn mitgenommen?«
»Zwei Nachbarn haben ihn bei Pohls Haus gesehen. Aber er will nicht sagen, was er da gemacht hat. Ich glaube nicht, dass er's war, aber aus ihm ist kein Mucks rauszukriegen. Und seine Anwältin macht es nur noch schlimmer. Irgendjemand muss mit ihm reden.«
Wieder klingelte das Telefon. Roolfs richtete sich plötzlich auf. Er hielt mit der Hand die Sprechmuschel zu und flüsterte: »Pohls Schwester aus Bad Schwartau.«
Ungeschickt sprach Roolfs ihr seine Anteilnahme aus, und aus der Lautstärke der Antwort konnte Johannes Fabricius erahnen, dass sich die Trauer der Schwester wohl in Grenzen hielt. Fabricius widmete sich wieder seiner Komposition und erarbeitete aus den etwas chaotischen Notennotizen ein komisches Thema.
Gerade als er das Nebenthema angehen wollte, legte Roolfs wieder auf. »Sie kommt am Freitag zur Beerdigung. Mit dem Bestatter und dem Pastor will sie alles am Telefon besprechen. Sie hatte vor zwölf Jahren das letzte Mal Kontakt mit ihrem Bruder.«
»Kann ich etwas für Alexander Klein tun?«
»Ja, indem du dich da heraushältst.«
»Ein toller Vorschlag ...«
»Johannes, der Fall ist politisch brisant. Einige warten nur darauf, dass ein Russlanddeutscher so etwas tut, oder jedenfalls verdächtig ist. Es gibt nicht wenige, die das Thema ›Einwanderungsgesetze‹ zum Wahlkampfthema machen wollen. Das ist ein Minenfeld. Lothar Uphoff will sogar den Fürsten informieren.«
»Aber man muss doch irgendetwas tun können!«
»Warte mal. Du kennst doch die Familie. Du musst jemanden auftreiben, dem der Junge vertraut und mit dem er redet.«
Wieder klingelte das Telefon. Roolfs bellte seinen Nachnamen in die Sprechmuschel. Er lauschte einen Moment aufmerksam und antwortete dann »Mnja, hmnjaa ...«, während er das Icon für die Moorhuhnjagd auf dem Computerbildschirm anklickte.

Der Fürst wird unterbrochen

»Ist ein eigener ostfriesischer Zwergstaat überhaupt lebensfähig?« Zum ersten Mal schaltete sich Jostefelds Kollege, dessen Name der Fürst schon wieder vergessen hatte, in das Gespräch ein.

»Ostfriesland ist kein Zwergstaat. Ostfriesland ist größer und hat etwas mehr Einwohner als Luxemburg; es ist sogar zwanzigmal so groß wie Liechtenstein, das Sie vielleicht mit dem unschönen Wort ›Zwergstaat‹ bezeichnen mögen. Wir haben etwa hunderttausend Einwohner mehr als Island. Wir sind ein Kleinstaat.« Carl-Edzards Augen durchsuchten während seiner Ausführungen die Notizen nach dem Namen des zweiten Journalisten.

Jostefelds Kollege legte nach: »Sie haben jetzt aber die Frage noch nicht beantwortet.«

»Ich bin gerade dabei, das zu tun«, berichtigte Carl Eduard ihn und war erleichtert, dass ihm der Name seines Gesprächspartners plötzlich wieder eingefallen war. »Herr Küppers, auf dem Umweg über Ihre nicht ganz korrekte Bezeichnung ›Zwergstaat‹ komme ich jetzt dazu. Zwergstaaten leben immer ein bisschen aus Gnaden der Großen. Und sei es, dass sie Steuerprivilegien ermöglichen, die sich eine Gesellschaft mit den sozialen Aufgaben, die sich ab einer bestimmten Größenordnung ergeben, nicht leisten kann.«

»Spielen Sie auf ein bestimmtes Land an?«

»Ich spiele überhaupt nicht. Die meisten Kleinstaaten benötigen die Infrastrukturen des Kontextes – in politischer, wirtschaftlicher, kultureller und anderer Hinsicht. Sie verstehen, was ich meine, Herr Küppers?«

»Nicht so ganz.«

»Ganz konkret: Wir haben drei Hochschulen, aber keine Universität. Wir haben mehrere Krankenhäuser, aber keine medizinische Fakultät. Die meisten Akademiker, die bei uns in Ostfriesland tätig sind, können wir nicht selbst ausbilden. Wir haben keine eigene Armee und keine eigene Währung. Unser System ist so klein, dass es sich nicht selbst versorgen kann. Das können größere politische Einheiten übrigens auch nicht.«

»Mit anderen Worten: Ihr Fürstentum genießt die Privilegien eines eigenen Staates, kann aber auch alle Vorteile der Infrastruktur

Deutschlands nutzen?« Jostefeld hatte sich wieder in das Gespräch eingeschaltet.

Diese Frage hatte Carl-Edzard in den vergangenen Jahren zu oft beantwortet, um sich provozieren zu lassen. Er lehnte sich entspannt zurück. »Sie können es auch so sagen: Die Bundesrepublik genießt alle Vorteile, die sie von einem Nachbarland hat, und gleichzeitig kann sie alle Möglichkeiten nutzen, die wir als teilautonomes, föderatives Bundesland bieten.«

»Glauben Sie wirklich an die Monarchie? Verstößt das nicht gegen die Gleichheit aller Menschen? Können Sie als gebildeter Mensch von heute eine solche Ideologie vertreten?« Angriffslustig schaute Jostefeld ihn an, und Carl-Edzard wurde es ein wenig mulmig.

Es klopfte, und Steffens trat ein. »Durchlaucht, ein dringender Anruf.«

Erleichtert erhob sich der Fürst und entschuldigte sich bei seinen Gästen. Die Erleichterung hielt jedoch nur so lange an, bis Steffens ihm auf dem Flur das Handy reichte. »Der Polizeipräsident. Es ist dringend!«

Captain Kirk rettet das Universum

Johannes Fabricius bog von der Norddeicher Straße rechts ab. Man merkte, dass die Saison langsam begann. Immer mehr Autos mit Kennzeichen wie DO, EN, UN, HA fuhren Richtung Fähranleger. Sie setzten nach Norderney über, um dort während des ganzen Urlaubs auf teuren Großparkplätzen zu stehen, während ihre Besitzer in Übernachtungs- und Freizeitanlagen geparkt wurden. Glücklicherweise gab es genug Nebenstrecken, und Johannes Fabricius fuhr durch ein Neubaugebiet.

In der vergangenen Zeit waren in Norden viele große Baulücken geschlossen worden. Zwischen Stadtrand und Innenstadt hatte es früher ausgedehnte Grünflächen gegeben, so dass die Stadt immer ein ländliches und grünes Flair gehabt hatte. Hier hatte er als Kind gespielt. Auf diesen Flächen hatten die Bewohner des Stadtrandes bis in die sechziger Jahre Gemüse und Kartoffeln auf großen Ackerflächen angebaut, um ihre Familien zu ernähren und den Überschuss an Händler zu verkaufen. Und für die landwirtschaftlichen Betriebe, die es besonders am Stadtrand gegeben hatte, waren einige der Wiesen Weideland gewesen.

In den letzten Jahren waren diese Grünflächen Stück für Stück verschwunden, und kleine Grundstücke mit großen Häusern waren entstanden. Der Charakter der Stadt hatte sich dadurch verändert.

Von Helena Klein hatte Fabricius den Hinweis auf einen der wenigen Menschen bekommen, zu denen Alexander Klein Vertrauen hatte. Da die ganze Familie wegen der Verfolgung der evangelischen Kirche in der Sowjetunion nicht getauft war, hatten die Kleins Kontakt zu Pastor Uwe Osterloh aufgenommen, der für ihren Wohnbereich zuständig war.

Osterloh hatte nicht nur die ganze Familie getauft, sondern sich auch bemüht, ihr beim Einleben am neuen Wohnort zu helfen. Und er hatte Alexander nach der Schule eine Lehrstelle besorgt. Auch seinen jetzigen Job in der Gärtnerei verdankte er vor allem der Tatsache, dass der Gärtnermeister im Kirchenvorstand von Pastor Osterloh war.

Johannes Fabricius stand vor dem Pfarrhaus, einer typischen Bausünde der siebziger Jahre aus rotem Klinker. Er drückte auf die Klingel und statt eines Klingelgeräusches ertönten Computer-Pieptöne.

Eine pummelige, kleine Frau mit kurzen, rot gefärbten Haaren öffnete die Tür. Sie hatte sich in einen engen Jeansanzug gezwängt und trug ein Mickey-Mouse-T-Shirt. Johannes Fabricius räusperte sich. »Moin, mein Name ist Johannes Fabricius. Ist der Pastor zu sprechen?«

Auf einmal erstrahlte das Gesicht der Frau zu einem bezaubernden Lächeln. »Moin! Sind Sie nicht der Buchhändler?« Als Johannes Fabricius bejahte, schob sie ihn sofort durch den dunklen Flur. »Kommen Sie rein, mein Mann ist drüben im Büro. Ich rufe eben durch, dann kommt er. Sie können in seinem Amtszimmer warten. Tasse Tee?«

Sie lotste ihn durch die nächste Tür und wies ihm einen Platz in einem Siebziger-Jahre-Sofa an, das höchstens vierzig Zentimeter hoch war. Fabricius versank in einem tiefen Polstersumpf.

»Ja, gern, aber ohne alles.« Er lächelte zu der Frau hoch, die sich nun wie eine Riesin über ihm erhob.

Nachdem sie gegangen war, sah Johannes Fabricius sich im Arbeitszimmer um – vom Sofa aus, denn er wusste nicht, ob dieses Möbelstück ihn jemals wieder freigeben würde.

Dieser Raum entsprach überhaupt nicht dem, was er sich unter dem Studierzimmer eines Pastors vorstellte. Auf dem Schreibtisch standen zwei gigantische Computermonitore, seitlich davon der Rechner mit etlichen Zusatzgeräten, von denen Fabricius niemals ahnen würde, welche technischen Möglichkeiten in ihnen schlummerten. Womöglich könnte man eine Klimakatastrophe oder den Zusammenbruch der Weltwirtschaft von diesem Arbeitszimmer aus inszenieren.

An der Wand stand ein Ikea-Regal mit ein paar theologischen Werken und einigen zerknautschten Taschenbüchern. Im Regal war ein Modell des Raumschiffs Enterprise aufgestellt und von der Decke hing in ähnlicher Fertigung die Raumstation Deep Space Nine in der Größe eines Fußballs.

Über dem Sofa waren an der Wand zwei etwa gleich große Poster mit Martin Luther und Captain Kirk angebracht. Auf dem Poster von Kirk stand mit einem Silberstift handgeschrieben das Zitat: »Ich habe schon die Galaxis gerettet, als ihr Großvater noch in die Windeln machte.«

Das sieht ja vielversprechend aus, dachte Fabricius. Dann hörte er, dass jemand zur Haustür hereinkam.

Captain Picard weiss immer eine Alternative

Der Mann, der kurz darauf das Zimmer betrat, hätte ein Zwillingsbruder der Frau sein können, die Johannes Fabricius hereingelassen hatte.

»Uwe Osterloh. Moin, Herr Fabricius. Was kann ich für Sie tun?« Er trug einen dunkelgrünen Jogginganzug, war klein und kräftig. Er hatte stoppelige blonde Haare. Irgendwie sah er aus wie die Comicversion eines Marsmännchens.

Johannes Fabricius fühlte sich verunsichert. Menschen, die keine oder nur wenige Bücher hatten, irritierten ihn.

»Ich entspreche vermutlich nicht ganz dem Bild, das Sie von einem Pastor haben, Herr Fabricius?«, sagte Pastor Osterloh.

Fabricius war von dieser Offenheit etwas überrascht.

Osterloh grinste. »Ich kenne Ihren Vater gut. Er hat mich im Examen geprüft und mit seiner Gutmütigkeit und durch den Pastorenmangel habe ich es gerade noch geschafft. Glauben Sie mir, seit dem Examen habe ich außer Sciencefiction-Literatur und den Predigten von Martin Luther und Karl Barth kaum ein Buch gelesen. Aber ich denke, ich bin trotzdem kein schlechter Pastor.«

In diesem Moment kaum Frau Osterloh herein und brachte ein Tablett mit einer Teekanne, Kluntje und Süßstoff und zwei Tassen.

»Aber Sie machen hier sicher keinen Kontrollbesuch, sondern wollen etwas von mir«, fuhr Osterloh fort.

Langsam wurde der Mann ihm sympathisch, und Johannes Fabricius kam gleich zur Sache: »Alexander Klein. Er wurde verhaftet und steht unter Mordverdacht.«

»Oh, Scheiße«, stöhnte Osterloh. Für einen Moment sagte keiner von ihnen etwas. Dann kramte Osterloh in seiner Schreibtischschublade und holte ein zusammengedrücktes grün-weißes Päckchen mit Mentholzigaretten hervor. »Für Notfälle. Wollen Sie auch eine?«

Johannes Fabricius überwand sich und nahm eine Zigarette. Osterloh zündete sie umständlich mit einem Feuerzeug an, das in den letzten Zügen lag.

»Alexander Klein ist nicht ohne. Aber Mord?« Osterloh nahm einen tiefen Zug und schüttelte den Kopf, während er den Rauch aus der Nase ausatmete. »Kann ich mir nicht vorstellen! Was ist passiert?«

Geduldig hörte er sich Fabricius' Erzählung an und stellte präzise Nachfragen. Dann tranken sie schweigend ihren Tee und rauchten noch eine von den Pfefferminzzigaretten. Schließlich fasste Osterloh einen Entschluss: »Jean-Luc Picard sagt, dass es immer eine Alternative gibt. Kommen Sie, wir machen erst mal einen Besuch!«

Gerrit Roolfs küsst

»Mach's gut, Schatzi, und lass die Ohren nicht hängen. In ein paar Tagen bin ich wieder da, und du kannst immer bei meinen Eltern essen. Musst nur vorher anrufen. Tu das bitte! Du kannst ja auch an deinem Buch weitermachen. Jetzt hast du mal richtig Zeit zum Schreiben!«

»Ilona, ist das wirklich eine gute Idee, allein in den Urlaub zu fahren?«

Ilona Friesen setzte einen betont naiven Gesichtsausdruck auf. »Das machen doch jetzt alle. Und ich habe gelesen, dass ich damit etwas für unsere Beziehung tue.«

»Du nimmst meine seelischen Bedürfnisse nicht ernst.« Gerrit Roolfs tat beleidigt.

»Och, Gerrit. Wenn ich morgen im schwarzen Sand von Lanzarote liege, werde ich eine Gedenkminute für dich einlegen. Außerdem fahr ich ja gar nicht allein. Sabine und Steffi steigen in Oldenburg dazu. So, jetzt zieh nicht so eine Schnute und küss mich lieber.«

»Ich wünsch dir eine schöne Zeit.«

»Wenn wir angekommen sind, lass ich von mir hören. Grüß Johannes von mir. Er soll sich endlich mal 'ne anständige Frau suchen. So eine wie mich zum Beispiel. Und nun sieh zu, dass du Land gewinnst. Du weißt ja, ich mag keine Bahnhofsabschiede.«

»Erhol dich gut von mir und schreib mal eine Karte.«

»Wenn du artig bist, schreib ich dir sogar ein Paket.«

Fabricius und Osterloh sind andächtig

Nachdem Osterloh seinen Jogginganzug mit halbwegs zivilisierter Kleidung vertauscht hatte – einer roten Jeans und einem ausgewaschenen Cordhemd unter einer Cowboy-Jacke, die tatsächlich aus der Zeit des Wilden Westens zu stammen schien, fuhren sie mit Osterlohs Auto, einem nagelneuen Alpha Romeo, los.

Sie fuhren durch Straßen mit mehrstöckigen Mietshäusern. Hier spielte sich ein Teil des Lebens noch auf der Straße oder auf dem

Spielplatz ab. Frauen saßen auf den Bänken und unterhielten sich. Zum ersten Mal seit Jahren sah Fabricius wieder Kinder Gummi-Twist spielen.

Osterloh hielt vor einem Mehrfamilienhaus. Fabricius folgte ihm zu einem der Hauseingänge und sah zu, wie er zielsicher einen der tabellenartig angeordneten Klingelknöpfe drückte.

Nach wenigen Sekunden erklang ein Geräusch, das sich anhörte, als käme es aus einer Filiale der Unterwelt. Osterloh rief einige Worte in russischer Sprache direkt in die Stelle, aus der die verzerrten Laute kamen. Gleich darauf ertönte das Summen des Türöffners.

Vielleicht könnte man ein kurzes Musikstück mit dem Titel »Im Eingangsbereich eines Mietshauses« komponieren und diese Geräusche als Originaleinspielung mit einbauen, dachte Johannes Fabricius. Aber diese Idee kam sogar ihm zu abgedreht vor.

Er und Osterloh stiegen die Treppen hinauf. Es roch nach Reinigungsmittel mit Zitrusduft. Im Flur standen Blumentöpfe mit Plastikbegonien auf einem kleinen Tisch mit Häkeldeckchen.

»Warum wohnen die Leute, die ich besuchen will, immer ganz oben?«, fragte Johannes Fabricius.

»Warum gibt es das Böse in der Welt?«, schnaufte Osterloh zurück, der schon eine halbe Treppe Vorsprung hatte.

Oben stand ein kleiner dicker Mann in einem braunen Anzug mit weißem, offenem Hemd und strahlte die beiden an. Neben ihm stand seine Frau, genauso klein, genauso dick, genauso strahlend.

Als sie ins Wohnzimmer kamen, beschlugen Johannes Fabricius' Brillengläser, obwohl es draußen eigentlich gar nicht so kalt war. Aber hier drinnen war es sehr warm. Sessel, Stühle und zwei Sofas standen an die Wände gerückt. An einer Wand eine riesige Schrankwand – ohne die unvermeidlichen eingeschweißten Bücher aus dem Bücherbund, dafür bestückt mit Dekorationsfiguren aus Porzellan, Glas und Kunststoff, mit buntem Geschirr und Plastikblumen.

In der Mitte des Raumes stand ein großer Esstisch und auf der rotweißgewürfelten Wachstuchdecke lagen eine aufgeschlagene Bibel im Großformat und zwei andere ältere Bücher.

»Lieber Bruder Pastor, halten Sie uns eine Andacht!«, forderte der Mann Osterloh auf. Osterloh wirkte kein bisschen überrascht von dieser Bitte. Alle standen um den Tisch und Osterloh las einen Abschnitt aus einem der Bücher.

Vermutlich ein Andachtsbuch aus dem neunzehnten Jahrhundert, dachte Johannes Fabricius, und als innerhalb weniger Minuten mindestens ein Dutzend Mal das Wort »Heiland« vorkam, fühlte er sich an die Predigten seines älteren Bruders erinnert. Er schämte sich für seine spöttischen Gedanken, als er sah, wie andächtig und ergriffen die beiden zuhörten und – wirklich – kaum erkennbar die Lippen bewegten und die Worte auswendig mitflüsterten.

Fabricius isst Süssigkeiten

Beim anschließenden Tee, der heiß und süß mit in Fett ausgebackenen Küchlein und mit klebrigen Süßigkeiten serviert wurde, sprachen die beiden vom Volk Israel in Ägypten, von Stalins Lagern und von der Vertreibung nach Sibirien, vom Bau der Vorratsstädte Pitom und Ramses am Nil, von der harten Arbeit im Holzfällerlager in der bitteren Kälte Sibiriens, von den heimlichen Andachtsstunden und vom Manna in der Wüste. Und sie erzählten von der Herausführung aus dem Sklavenhaus in die alte Heimat ihrer Vorfahren, eine Heimat, in der sie sich fremd und als Fremde behandelt fühlten.

Johannes Fabricius wurde jedes Mal verlegen, wenn die beiden eine Pause in ihrer Erzählung machten. Um das Schweigen zu überbrücken, packte er dann immer umständlich eine der süßen Pralinen aus und schob sie sich in den Mund.

Die beiden erzählten von ihren Kindern, die kaum noch Deutsch konnten und sich nicht mehr zum alten Glauben hielten. Und sie erzählten von ihrem Enkel Alexander. Sie wussten, dass er mit einem gleichaltrigen Freund häufig bei Weert Pohl am Deich gewesen war, und dass der keinen guten Einfluss auf die beiden Jungen gehabt hatte. Aber mehr wussten sie nicht.

»Wer war der Freund?«, fragte Osterloh.

Pastor Osterloh verhört

Uwe Osterloh war stinksauer. Hinter seiner Windschutzscheibe eingeklemmt flatterte ein Strafzettel wie ein stolzes Fähnlein im Wind und verkündete die Allwissenheit und Allgegenwart der Stadt Norden und ihr gut funktionierendes System der Parkkontrolle.

Osterloh hatte versehentlich mit einem Rad auf dem Gehsteig geparkt. Er ärgerte sich über die fünfzehn Euro, die er dafür bezahlen sollte, dass er seiner Meinung nach sinnvolle Tätigkeiten für den sozialen Frieden in der Stadt verrichtete. Er war genau in der richtigen Stimmung für seinen nächsten Hausbesuch, bei dem er einen Boxhandschuh für ein sinnvolleres Hilfsmittel erachtete als ein mitfühlendes Herz.

Familie Grootjaan war durchaus nicht unbekannt in Norden. Mindestens einmal im Monat beschäftigten die zahlreichen Angehörigen den Rettungsdienst, den Sozialdienst, die Kirche, die Polizei oder sogar die Feuerwehr. Immerhin war noch niemals jemand aus der Familie in ein wirklich schweres Verbrechen verwickelt gewesen.

Uwe Osterloh hatte in den vergangenen Jahren fünf Grootjaans beiderlei Geschlechts unterrichtet und konfirmiert. Darunter war auch Maurice, mit dem sie jetzt reden wollten.

Das Domizil der Grootjaans war ein winziges Einfamilienhaus mit unzähligen Anbauten. Garagen und überdachte Zwischenräume waren als zusätzlicher Wohnraum in das Haus einbezogen. Johannes Fabricius musste an das Buch »Hilfe, die Herdmanns kommen« von Barbara Robinson denken.

Alle Grootjaans waren als geschickte und geradezu geniale Handwerker bekannt. Allerdings blieben sie an keinem Arbeitsplatz länger als ein paar Monate, weil sie sofort mit allen Kollegen im Streit lagen. Doch wegen ihrer Fähigkeiten fanden sie immer wieder Jobs und viele Arbeiten erledigten sie unter der Hand.

Vater Helmut Grootjaan war ein gefragter Kfz-Mechaniker. Besitzer von Oldtimern reisten zum Teil von weit her an, um ihre geliebten Automobile von diesem Wunderheiler kurieren zu lassen. Zur Zeit war er bei einer Firma mit der Auflage angestellt, nur zu Hause Autos zu reparieren. So war ein zusätzlicher Garagenanbau mit einer Hebevorrichtung und anderen Hilfsmitteln entstanden.

Pastor Osterloh drehte ein paar Mal die altertümliche Klingel an der Haustür und trat ein, ohne eine Antwort abzuwarten. Johannes Fabricius schob sich unauffällig hinterher. Er fühlte sich in seinem Tweedanzug mit Weste inzwischen mehr als deplatziert. Vielleicht hätte er sich von Osterloh eine Jeansjacke ausleihen sollen.

Eine unglaublich dicke Frau begrüßte sie mit einem Lächeln, das sogar mit der Zigarette im Mund strahlend war.

»Das is ja 'ne Überraschung! Kommse rein, Pastor. Na, wieder Ärga mit mein' Jungs?« Sie musterte Fabricius von oben bis unten: »Aus welchen Katalog sin' Sie denn? Na, is ja auch egal.«

Sie bot den beiden selbstgedrehte Zigaretten aus einem Etui an, und als Osterloh sich eine nahm, griff Johannes Fabricius auch zu. Sie saßen in einer Eckbank in der Küche und plauderten, bis Osterloh zur Sache kam.

»Maurice!«, dröhnte sie in den dunklen Flur hinter dem Vorhang, der die Küche von der übrigen Wohnung trennte. »Nix als Ärger mit die Jungs!« Frau Grootjaan ließ sich ächzend auf einem winzigen Küchenstuhl nieder, der ebenfalls ächzte, aber scheinbar Kummer gewohnt war.

»Im Sommer isser mit die Schule feddich. Hamse nich' ne Lehrstelle für ihn, Pastor? Sie ham doch auch für Pasquale und Chantal was organisiert.«

Maurice kam herein. Er hatte die letzten Worte gehört und sah Osterloh und Fabricius erwartungsvoll an. Wie alle Grootjaans hatte er strubbelige schwarze Haare.

Osterloh setzte sein coolstes Pokerface auf. »Mal sehn, hängt ganz davon ab, wie gut wir jetzt zusammenarbeiten. Maurice, erzähl mir alles, was du über Weert Pohl und Alexander Klein weißt.«

Maurice verzog das Gesicht. Er zuckte die Schultern. »Koine Ahnung!« Er nahm sich eine Zigarette aus dem Etui seiner Mutter, das auf dem Tisch lag. Osterloh drückte seine Zigarette im Kunststoffaschenbecher aus. »Okay, wir vergessen die Sache mit der Lehrstelle.« Er stand unvermittelt auf.

Frau Grootjaan verhört

Frau Grootjaan sprang auf und versetzte Maurice zwei schallende Ohrfeigen auf die rechte und die linke Wange, so dass Zigarette und Feuerzeug in entgegengesetzte Richtungen davonflogen. »Wenn der Pastor was fraacht, gibsu Antwort, verstan'n?« Frau Grootjaans Befehlston ließ keinen Zweifel aufkommen, dass sie jetzt sehr konkrete Ergebnisse erwartete. Und die kamen.

Maurice erzählte ihnen von Weert Pohl, der während seiner Arbeit als Hausmeister Material und Werkzeug mitgehen ließ, das er und Alexander dann im Freundeskreis verhökerten. Und er berichtete, dass Pohl immer davon gesprochen hätte, er würde hier bald Schluss machen und ein ganz neues Leben anfangen und hätte einen ganz großen Fisch an der Angel. Aber mehr hatte Pohl nicht verraten wollen.

Osterloh nickte zufrieden.

»Un' die Lehrstelle?« Frau Grootjahn zündete sich die nächste Zigarette an, die vierte, seit Fabricius und Osterloh hier waren.

»Ich ruf mal 'n paar Leute an. Versprochen. Melde dich nächste Woche bei mir. Du weißt ja sicher noch, wo die Kirche ist«, sagte Osterloh.

Frau Grootjahn bot noch einmal aus ihrem Etui an.

Roolfs trinkt Tee

Erleichtert kam Hauptkommissar Gerrit Roolfs zur Deichkrone herauf. Er hatte bei den letzten vier Befragungen in Pohls Nachbarschaft mindestens fünfzehn Tassen Tee getrunken. Da es fast keinen Busch oder Baum gab und die Deichstraße immerhin doch so häufig befahren wurde, dass er sein Geschäft nicht am Straßenrand erledigen konnte, war der Deich seine Rettung.

Er wusste, dass man für ein offenes Gespräch auch eine bestimmte Atmosphäre brauchte. Die Zeit, in der das Teewasser kochte, Tassen, Kluntje und Sahne aufgedeckt und Kekse oder Honigkuchen hervorgeholt wurden, war nicht vergeudet. Gastgeber und Gast wurden warm miteinander und während der Tee zog, konnte man sich schon mal ein wenig beschnuppern.

Würde Roolfs gleich mit der Tür ins Haus fallen, bekäme er sicher auch korrekte Antworten, aber er wollte hinter die Dinge sehen und verstehen, was mit Weert Pohl los gewesen war.

Erschwert wurden seine Gespräche dadurch, dass der Ortsvorsteher in gut gemeintem Übereifer schon alle Häuser besucht und Fragen gestellt hatte. Die Leute, mit denen Roolfs jetzt sprach, hatten das Gefühl, alles schon einmal gesagt zu haben. Und Roolfs hatte das Gefühl, überall nur eine Wiederholung in Kurzfassung präsentiert zu bekommen.

Erst viele gezielte Nachfragen bei ausreichend Tee mit Kluntje und Sahne brachten neue Informationen ein. Die Gespräche bestätigten das Bild des Eigenbrötlers Weert Pohl, der mit allen Nachbarn im Streit und mit einigen sogar schon vor Gericht gewesen war. Roolfs hörte viele Geschichten von eigenartigen Gästen, die im Laufe der Jahre bei Pohl zu Besuch gewesen waren, und von krummen Geschäften, die er angeblich betrieben hatte.

Einen Besuch hatte Roolfs noch vor sich. Er sah vom Deich über das Land. Hinter Bäumen und Büschen konnte er Johannes' Haus sehen. Er ließ seinen Blick schweifen über kleine Land- und Deicharbeiterhäuschen, die alte Schule und einige herrschaftliche Bauernhöfe.

Wie riesige Spargel mit Propeller ragten die Windräder in den Himmel, der sich langsam grau verfärbte. Die Errichtung der Windparks und einzelner Windräder hatte die Landschaft vor Jahren nachhaltig verändert und prägte sie heute.

Zwei Autos mit Bottroper Kennzeichen fuhren die schmale Deichstraße entlang und bogen nach einiger Zeit in die lange Zufahrt von Bronsemas Hof. Nicht wenige landwirtschaftliche Betriebe verdienten mit ihren Ferienvermietungen dazu, um den Betrieb halten zu können. Und manchmal wurde aus dem Nebenerwerb rasch der Haupterwerb, und die Landwirtschaft entwickelte sich zum Zusatzgeschäft und zum reizvollen Ambiente für Familienurlauber aus der Großstadt.

Gerrit Roolfs ging zu dem kleinen Landarbeiterhäuschen an der Straße. Eine alte Frau öffnete.

»Frau Willms?«, fragte Roolfs.

»Moin, Herr Kriminal. Komm' Se man 'rein.«

Roolfs trat durch die niedrige Tür ein und folgte ihr in den Flur. Er wunderte sich, dass eine so alte Frau so weit draußen so allein lebte. Aber Remmers hatte erzählt, dass die Nichte jeden Tag bei ihr sei.

»Frau Willms, hat Herr Fabricius bei Ihnen die Polizei angerufen?«

»Nee, nich' bei mir. Ich bin ja man bloß die Nichte. Tante Taline sitzt schon in der Stube zu warten, dass Sie kommen. Tee is' gleich fertig.«

Roolfs regt sich auf

»Spinnst du, oder was?« Mit gemischten Gefühlen hatte Gerrit Roolfs zugehört, als Johannes Fabricius ihm von seinen Gesprächen mit Alexanders Großeltern und Maurice Grootjaan erzählte. Osterlohs Namen hatte Fabricius außen vor gelassen, um ihn nicht hineinzuziehen.

»Der Ortsvorsteher macht seine private Ermittlungstour mit dem Rad durch die Westermarscher Nachbarschaft, und du machst ein paar nette Hausbesuche, und so werden Mörder gefunden oder wieder entlastet. Soll meine Arbeit jetzt von lauter Hobby-Detektiven gemacht werden?«

»Es tut mir Leid, dass ich dich nicht einbezogen hab.«

»Mich nicht mit einbezogen? Ihr habt sie wohl nicht mehr alle!«

»Alexanders Mutter war völlig aufgelöst, und da musste ich doch irgendetwas tun.«

»Und? Bist du jetzt weitergekommen? Hast du wirklich irgendwelche Entlastungsbeweise? Wir wissen nur, dass Pohl mit den beiden ein paar kleine Dinger gedreht hat und dass jetzt vermutlich irgendeine große Sache am Laufen war.«

»Immerhin ...«

»Ja, immerhin. Besten Dank für die Amtshilfe. Aber Alexander ist dadurch kein bisschen entlastet. Wenn ich diesen Maurice in die Mangel genommen hätte ...«

»Dann hätte Mutter Grootjaan dich in die Mangel genommen! Und mehr Informationen als sie hättest du niemals aus ihm herausbekommen.«

»Im Ernst, Maurice ist ein wichtiger Zeuge, und wenn du so unprofessionell an die Sache rangehst, vermasselst du alles. Wichtig ist, wie jemand auf eine Frage eingeht, wie jemand reagiert, wenn er mit etwas konfrontiert wird. Das erste Verhör ist sehr wichtig, und dieser erste Schuss ist jetzt verschossen. Na ja, vielleicht nicht so ganz.« Roolfs wurde etwas milder. »Ich weiß, du hast es gut gemeint. Aber beim nächsten Mal möchte ich, dass du zuerst mit mir sprichst. Und wenn du dann deine Augen und Ohren offen hältst, kannst du mir wirklich helfen.«

»Entschuldige.« Fabricius wusste, dass er im Unrecht war. Aber es fiel ihm schwer, Kritik einzustecken.

»Bleibt es bei unserem Auftritt nächste Woche?«, fragte Roolfs. Unter dem nicht sonderlich originellen Namen »Literacello« veranstalteten die beiden Freunde etwa zweimal im Jahr einen Abend, an dem sie Musik und Literatur vorstellten. Für eine gute Stunde gestalteten die beiden ein Abendprogramm, bei dem Fabricius eigene Kompositionen für Cello solo spielte und Roolfs einige Texte vorlas, die er selbst geschrieben hatte.

»Die Karten sind alle verkauft, und die Leiterin des Museums hat sich schon im Vorfeld für den Erlös bedankt. Wir müssen das jetzt durchziehen. Ich weiß allerdings nicht, ob ich wirklich etwas Neues zustande bringe. Wahrscheinlich muss ich in meiner Schublade kramen.«

Roolfs erfährt Neuigkeiten

Das Telefon klingelte. Johannes Fabricius stand auf, um sich zu verabschieden, und Roolfs nickte ihm zu, während er die vertraute Folge von Brummlauten in den Hörer eingab.

»Johannes, bleib noch einen Moment hier!« Mit der einen Hand hielt Roolfs die Sprechmuschel zu, und mit der anderen forderte er Fabricius auf, wieder Platz zu nehmen.

»In Ordnung, bringt die Klamotten her! Ich warte.« Roolfs legte auf. »Tja, großes Pech für deinen Schützling. In Alexanders Zimmer haben sie einen Schuhkarton gefunden mit fast fünfzigtausend Euro. Auf dem Karton und auf den Scheinen sind Pohls Fingerabdrücke. Und Pohls Kontoauszüge lagen bei Kleins im Altpapierkarton ganz unten. Zerrissen, aber meine Leute kriegen das schon wieder hin. Nicht sehr geschickt, muss ich schon sagen.«

»Ich geh dann wohl lieber.«
»Ich rufe dich nachher noch mal an.«
»Bis nachher. Ist Ilona heute abgefahren?«
»Ja, ich hab sie vorhin zum Bahnhof gebracht.«
»Und warum bist du nicht mitgefahren?«
»Verzieh dich, bevor ich ausraste!«

JOHANNES BEKOMMT BESUCH

Johannes Fabricius fuhr deprimiert nach Hause. Unterwegs nahm er sich aus einem chinesischen Schnellrestaurant eine Tüte Frühlingsrollen mit. Frühlingsrollen und eine Oper von Händel, das war das einzige, was seine Laune jetzt noch verbessern konnte.

»Vo' far guerra …«, sang Emma Kirkbys wunderbare Stimme aus Rinaldo, während die Frühlingsrolle von einer Flutwelle aus Sojasauce überschwemmt wurde und ein Tuborg dunkel und goldgelb im Glas leuchtete.

Es klingelte an der Tür. Johannes Fabricius hasste Überraschungsbesuche. Sogar von guten Freunden. Überraschungsbesuche brachten ihn immer aus dem Gleichgewicht. Andere Menschen betraten seinen Lebensraum und drangen in seine Zeitplanung ein und er musste sich irgendwie dazu verhalten. Überraschungsgästen gegenüber fühlte er sich unterlegen. Er kam sich vor, als wäre er bei etwas Verbotenem ertappt worden, wenn unangemeldete Gäste in sein Haus kamen und sich umsahen.

Es klingelte noch einmal, etwas ungeduldiger. Fabricius ließ die Frühlingsrollen im Backofen verschwinden, das Bierglas stellte er in den Schrank. Welchen Eindruck würde es machen, wenn am helllichten Tag ein Bierglas auf dem Tisch stünde? Ein Druck auf die Fernbedingung ließ Emmas Stimme fast unhörbar leise werden. Er konnte sie trotzdem hören.

Ein drittes Mal klingelte es, diesmal richtig aufdringlich. Johannes Fabricius öffnete. Eine junge Frau stand vor der Tür. Kurze blonde Haare, Jeans, T-Shirt und Blazer.

»Entschuldigen Sie, dass ich hier so hereinplatze. Im Geschäft und am Telefon konnte ich Sie nicht erreichen. Mein Name ist Christina de Boer. Ich bin die Anwältin von Alexander Klein.«

»Ich bin Johannes Fabricius, aber das wissen Sie ja sicher.« Fabricius gab ihr verlegen die Hand und bat sie herein.

Sie nahmen im großen Wohnzimmer Platz. Christina de Boer schnupperte. »Sie kochen asiatisch?«

»Ab und zu, aber heute war es der Hongkong-Imbiss. Ich wollte gerade Mittag essen. Darf ich Ihnen auch etwas anbieten? Es sind leider nur Frühlingsrollen.« Wieder wurde er verlegen.

Christina de Boer lachte. »Wenn die Einladung ehrlich gemeint war, sage ich direkt ja. Denn außer einem halben Brötchen heute Morgen habe ich den ganzen Tag noch nichts gegessen.«

CHRISTINA DE BOER ISST FRÜHLINGSROLLEN

Von den sechs Frühlingsrollen hatte Christina de Boer vier verzehrt. Johannes Fabricius hatte höflicherweise auf seine beiden so viel Zeit verwendet, dass sie gar nicht bemerkte, dass ihr der Löwenanteil zugefallen war.

»Aus dem Jungen ist nichts herauszukriegen. Es liegt sicher auch daran, dass ich eine Frau bin, und diese kleinen Machos haben es schwer, sich von einer Frau etwas sagen zu lassen. Aber der Kollege, mit dem ich oft zusammenarbeite, liegt mit einer dicken Grippe im Bett, und ich kenne die Familie auch schon ein bisschen.«

Sie trank ihr Glas Mineralwasser ganz aus. »Ich weiß nur, dass er in Pohls Haus war, vermutlich kurz vor oder nach dem Mord. Er sagt kein Wort. In der Einfahrt gibt es mehrere Reifenspuren, aber es hat fast den ganzen Vormittag geregnet. Da ist nichts mehr zu erkennen. Alexanders Mutter glaubt an seine Unschuld, aber welche Mutter würde das nicht tun? Gerade höre ich von Kommissar Roolfs etwas über einen Schuhkarton mit Geld und Kontoauszügen. Ich möchte dem Jungen gern helfen, auch wenn er mir vielleicht nicht gerade sympathisch ist. Und nun weiß ich nicht mehr weiter und komme zu Ihnen. Roolfs hat mir erzählt, dass Sie sich um die Familie kümmern.«

Johannes Fabricius holte noch eine Flasche Mineralwasser und goss beide Gläser voll. Und dann erzählte er von seiner Besuchstour mit Pastor Osterloh.

»Einen dicken Fisch hatte Pohl an der Angel? Was hat er damit gemeint?«, unterbrach Christina de Boer.

»Keine Ahnung. Das ist die Formulierung von Maurice Grootjaan. Es hörte sich aber ganz so an, als würde er hier Weert Pohls eigene Worte wiedergeben.«

»Dieser dicke Fisch an der Angel ist also das Einzige, was wir haben.«

»Ich fürchte nein, Frau de Boer. Das Einzige, was wir haben, ist ein toter Angler.«

Roolfs ruft an

»Komisch«, sagte Johannes Fabricius, »jetzt fällt mir erst auf, dass Pohl sich vor ein paar Tagen Bücher über Fischzucht und Teichwirtschaft bestellt hatte. Sie liegen noch in meinem Geschäft. Wollen Sie sie sehen? Die Polizei konnte nichts damit anfangen.«

Das Telefon klingelte.

»Entschuldigen Sie«, sagte er und ging in sein Arbeitszimmer.

»Fabricius«, sagte er wie immer deutlich artikuliert in den Hörer, und als er eine Art Bellen aus den Konsonanten R, L und F zur Antwort bekam, wusste er, dass es Roolfs war.

»Hallo, bist du es, Gerrit, oder bin ich in eine Hörprobe einer Schulband geraten?«

»Ja, hier ist Gerrit. Morgen wird der rote Teppich ausgerollt. Der Fürst lässt bitten.«

»Was ist los?«

»Die fürstliche Kanzlei hat gerade angerufen. Morgen tagt der Hofrat gemeinsam mit der Polizei und denen, die mit der Pohl-Sache zu tun haben. Ich habe ihnen gesagt, dass ich sowieso noch bei dir anrufe und dir Bescheid gebe. Morgen um neun Uhr. Ist die Anwältin noch bei dir?«

»Ja. Soll ich sie holen?«

»Nee, nicht nötig. Ich will eure Zweisamkeit nicht stören. Sie soll auch mitkommen. Sag ihr Bescheid und du hast einen Gutpunkt bei mir.«

»Ich glaube, mein Punktekonto kann's gebrauchen. Tschüss, bis morgen.«

»Halt, noch was. Der Schuhkarton von Pohl ist da. Wenn Frau de Boer ihn sehen will, kann sie jetzt kommen.«

»In Ordnung, wir kommen«, sagte Johannes Fabricius und legte auf, noch bevor Gerrit Roolfs widersprechen konnte.

Christina de Boer sah sich inzwischen interessiert die Bücherregale an.

»Frau de Boer, der Schuhkarton ist im Kommissariat. Roolfs hat angerufen. Sie können ihn sich gern ansehen. Also, den Schuhkarton natürlich. Wenn Sie nichts dagegen haben, würde ich gern mitkommen. Und morgen sollen wir um neun Uhr beim Fürsten sein.«

»Ach du liebe Zeit, was muss ich denn da anziehen?«

Johannes Fabricius grinste. »Am Besten einen Jogginganzug in den ostfriesischen Landesfarben, in jeder Hosentasche eine Bierdose. Das ist die traditionelle Hofkleidung.«

Christina de Boer sah ihn einen Moment mit großen Augen an und lächelte dann. »Kann es sein, dass Ihr Humor ein wenig gewöhnungsbedürftig ist?«

ROOLFS WIRD BELOGEN

Als Christina de Boer und Johannes Fabricius das Büro betraten, stand vor Gerrit Roolfs ein Schuhkarton voller Geldscheine und Kontoauszüge.

»Inzwischen wissen wir, dass Pohl einen Art Hausmeister-Job bei der *Ostfriesland-Investment* hatte. Die Sparkasse besorgt uns eine Kontoübersicht aus den letzten drei Jahren, alle Aus- und Eingänge und so weiter.« Gerrit Roolfs schob der Rechtsanwältin die Hinterlassenschaft des Toten hin.

»Damit wir uns richtig verstehen«, er drohte Fabricius mit dem Zeigefinger, »du bist nicht die Rechtsanwältin, und du hast keine Einsicht. Also, wehe, wenn du deine Nase in diesen Karton steckst!«

»Immerhin gelte auch ich als Mordverdächtiger und wäre fast verhaftet worden. Außerdem glaube ich, dass ich als Mitglied des Hofrates Einsicht nehmen kann.«

Christina de Boer nickte. »Es kann sogar ernste Konsequenzen für Sie haben, Herr Roolfs, wenn Sie einem Mitglied des fürstlichen Rates so etwas verwehren. Und vergessen Sie nicht, dass einer Ihrer eifrigen Beamten sogar den Herrn Hofrat verhaften wollte. Was meinen Sie, wie Ihre Abteilung dasteht, wenn das an die Öffentlichkeit kommt? Denken Sie mal an den Polizeiskandal vor zwei Jahren.«

Gerrit Roolfs war verunsichert, und das war er nur sehr selten. »Stimmt das wirklich?«

»Darauf sollten Sie Ihren Zeigefinger nicht verwetten.«

Verdutzt schaute Roolfs auf seinen Zeigefinger, den er immer noch erhoben hatte. »Wehe, ihr verscheißert mich, dann is was los! Ich hol mir jetzt einen Kaffee. Soll ich euch einen mitbringen?«

»Sehr gern, mit Milch und Zucker. Sie haben ja doch ein goldenes Herz, Herr Wachtmeister.« Christina de Boer schenkte ihm ihr bezauberndstes Lächeln.

FABRICIUS BLÄTTERT

»Sie wissen genauso gut wie ich, dass ich für diese Einsichtnahme absolut keine Berechtigung habe.« Johannes Fabricius sah die Anwältin fragend an.

»Verschwenden Sie keine Zeit mit Skrupeln. Ihretwegen habe ich sogar Kaffee bestellt, damit er draußen länger zu tun hat und gar nicht erst auf die Idee kommt, die Sache juristisch durchchecken zu lassen. Also los.«

Johannes Fabricius durchblätterte mit den geübten Fingern eines Lesers die Auszüge, die inzwischen von der Polizei chronologisch geordnet waren. Monat für Monat kam zum Fünfzehnten das Gehalt von der *Ostfriesland-Investment*. Nur kleine Beträge wurden vom Konto abgehoben. Pohl lebte bescheiden und bestritt seinen Alltag vermutlich mit kleinen Jobs und Gaunereien.

Ab Anfang 2000 war etwa alle zwei Monate ein Betrag von zweitausend Mark auf sein Konto bar eingezahlt worden. Als Einzahler war der Name »Pohl« angegeben. Die Einzahlungen waren nicht zu einem bestimmten monatlichen Stichtag vorgenommen worden. Nach ein paar Monaten war die doppelte Summe eingezahlt worden und im Folgemonat dann nichts. Einmal – im Mai 2001 – waren sogar sechstausend eingezahlt worden, und dann ging es erst im November weiter. Ab 2002 waren dann etwa alle zwei Monate elfhundert Euro überwiesen worden, bis zum vergangenen Monat.

Drei Tage vor seinem Tod hatte Weert Pohl alles abgehoben: fast zwanzigtausend Euro. Und die waren, laut des angeklebten Notizzettels, auch in diesem Karton: neunzehntausendachthundert Euro in Hundertern und Fünfzigern. Und zusätzlich war ein Umschlag darin mit dreißigtausend Euro.

»Sieht aus wie ein Bankraub«, sagte Fabricius und nahm ein paar der Scheine in die Hand.

»Für einen Bankraub gibt's nicht viel mehr Strafe als für den Zirkus, den ihr beide hier veranstaltet habt!« Gerrit Roolfs stand mit einem Kaffeebecher in der Tür. »Einsichtnahme für Mitglieder des Hofrates … Ihr meint wohl, ihr könnt mich für doof verkaufen! Raus jetzt mit euch. Beide!«

Gerrit Roolfs' Stimme ließ keinen Zweifel daran, dass er auf hundertachtzig war.

Der Fürst hat Befürchtungen

Fürst Carl Edzard II. blickte sorgenvoll auf die Samstagsausgabe der »Ostfriesischen Morgenpost«. Das Haus von Weert Pohl war auf der Titelseite abgebildet. Darüber stand die Schlagzeile: »Alter Westermarscher von Weißrussen ermordet?«

Simone Iken hatte wieder einmal ganze Arbeit geleistet. Die Reporterin der »OMP« liebte viel versprechende Schlagzeilen und bewegte sich gern in der Grauzone zwischen kritischem und unterhaltendem Journalismus. Schon manche unschöne Kampagne war durch einen ihrer Artikel ausgelöst worden. Unter ihren Kolleginnen und Kollegen galt sie deshalb als schwarzes Schaf, aber in bestimmten Leserkreisen war sie durchaus beliebt.

Die heutige Überschrift war immerhin als Frage formuliert, auch wenn die meisten Leser sie sicher als Information oder Anklage lasen. Carl Edzard ahnte, was dieser Artikel bei vielen Zeitungslesern auslösen würde. Und er wusste, dass es nur eine Frage der Zeit war, bis er selbst ins Schussfeld geriete.

In einer halben Stunde würde er sich mit dem Hofrat treffen.

Diese Sache könnte sich angesichts der anstehenden ostfriesischen Landtagswahlen verheerend auswirken.

Ostfriesland hatte als föderatives Mitglied der Bundesrepublik Deutschland einen großen Anteil der Spätaussiedler aus der ehemaligen UdSSR aufgenommen. Dafür hatte sich der Fürst stark in der Öffentlichkeit engagiert. Während die ältere Generation sich ohne große Schwierigkeiten eingliederte und besonders durch die Volkshochschulen, Vereine und Kirchen viel Hilfe beim Einleben in die so ganz andere moderne Gesellschaft fand, war es mit Teilen der jüngeren Generation schwierig.

Der Fürst verfolgte Meldungen über Straftaten aus dieser Bevölkerungsgruppe deshalb mit besonderer Sorge. Dabei dachte er aber auch an die anstehenden Wahlen. Das Problem »Innere Sicherheit« wollte der Fürst durchaus nicht als Wahlkampfthema sehen.

Zur Zeit formierte sich eine rechtspopulistische Partei, und die bürgerlichen Parteien sahen sich unter dem Druck, diese Stimmung auffangen zu müssen, um nicht ihre Wähler zu verlieren. Carl Edzard fürchtete um den inneren Frieden in seinem kleinen Land.

Mochte das einzige monarchische Bundesland in der BRD ein interessantes Kuriosum sein, und mochten die sehr klar ausgewiesenen Sonderrechte – besonders im steuerlichen Bereich – gewisse Vorteile bringen, so schlugen bei inneren Krisen die Wellen besonders hoch, weil jeder jeden kannte und alles schnell auf eine persönliche Beziehungsebene kam.

Manchmal beneidete Carl Edzard seinen Nachbarn, den niedersächsischen Ministerpräsidenten. In so einem großen Bundesland wurde vieles sicher von selbst ausgeglichen und manche Sturmwelle lief sich tot. Von Osnabrück nach Cuxhaven war der Weg eben doch etwas weiter als von Asel nach Leer.

Der Hofrat tagt

Carl Edzard sah auf die Uhr. In zwanzig Minuten würde die Sitzung beginnen. Er ging durch den langen Flur mit den Porträts seiner Vorfahren, um die Ratsmitglieder im Sitzungsraum zu erwarten und zu begrüßen. Er blieb wie so oft vor dem Porträt seines

Namensvorfahren Carl Edzard I. stehen und betrachtete das Bild einen Moment.

Mitunter sorgte der Fürst sich, ob ein so kleines System wie Ostfriesland in einem von modernen gesellschaftlichen Entwicklungen geprägten Europa nicht sehr instabil und zu krisenanfällig werden könnte. Vielleicht konnte der Zwischenfall, der Anlass für die heutige Sitzung war, schon zu einer solchen Krise eskalieren.

Der Hofrat war ein beratendes Gremium, das nur Empfehlungen aussprechen konnte. Es diente dem Fürsten in seiner Amtsführung. Zu diesem erlauchten Kreis, der alle zwei Wochen und in besonderen Krisensituationen tagte, gehörten der Regierungspräsident, der Vorsitzende der zweitgrößten Partei im Landtag – in der Regel war das die Oppositionspartei –, je ein Vertreter von Justiz, Verwaltung, Kirche und Schule sowie ein gemeinsamer Vertreter für Industrie- und Handelskammer, Handwerkskammer und Landwirtschaftskammer. Dazu kamen vier Mitglieder, die der Fürst im Einvernehmen mit dem Landtag ernannte.

Da die Osterferien begannen und der Termin kurzfristig angesetzt worden war, kamen nur wenige: der Vertreter des Regierungspräsidenten – ein ewiger zweiter Mann und gehorsamer Parteisoldat –, der selbstgefällige Oppositionsführer, die leitende Juristin, der schüchterne Verwaltungsmann, der joviale Kirchenmann und der hochgebildete Vorsitzende der Handwerkskammer. Als berufene Mitglieder waren eine Ärztin, ein Kreislandwirt und Johannes Fabricius anwesend. Insgesamt eine starke, gute ostfriesische Mischung, sinnierte der Fürst.

Er begrüßte alle beim Eintreten mit Handschlag, und wie immer gehörten die ersten zehn Minuten dem zwanglosen Tischgespräch bei der ersten Tasse Tee.

»Hallo, Johannes!«

Johannes Fabricius drehte sich zur Stimme seines Vaters um.

»Nanu, bist du in bischöflichen Würden?«

»Die Bischöfin macht ihren Frühlingsurlaub auf den Kanalinseln. Jetzt kommt die zweite Wahl an die Reihe, und das gilt wohl nicht nur für mich.« Hillrich Fabricius deutete mit dem Kopf zum stellvertretenden Regierungspräsidenten.

Hillrich Fabricius war Mitglied der Kirchenleitung. Vor ein paar Jahren wäre er fast zum Bischof der Evangelischen Kirche in Ostfriesland gewählt worden, aber ein Finanzskandal hatte ihm einen

Strich durch die Rechnung gemacht. Immerhin war er so schnell rehabilitiert worden, dass er Oberkirchenrat bleiben konnte. Und nun stand in einem guten Jahr seine Pensionierung an. Als Senior der Kirchenleitung war er der Vertreter der Bischöfin, und in diesem Amt machte er eine gute Figur.

Jemand klingelte mit dem Teelöffel an der Tasse.

»Meine Damen und Herren, Sie haben heute Morgen alle die Zeitung gelesen. Gleich kommen Vertreter der Polizei sowie die Staatsanwältin und die Rechtsanwältin, die mit dem Fall Alexander Klein zu tun haben. Ich muss Ihnen nicht sagen, dass dieser Fall eine Bombe ist, besonders angesichts der Wahlen.«

Der Fürst warf einen Seitenblick zu den beiden Politikern, die seinen Blick spürten und konzentriert in ihre Teetassen sahen.

»Sie werden nicht im Ernst auch nur einen einzigen Gedanken daran verschwenden, das Thema Zuwanderung oder innere Sicherheit in den Wahlkampf aufzunehmen.« Der Fürst sah die beiden, die etwas verlegen wirkten, streng an.

»Wir werden nun über den Stand der Ermittlungen informiert werden.« Carl Edzard nickte seinem Sekretär zu, der Gerrit Roolfs und den Kriminaldirektor sowie Rechtsanwältin Christine de Boer und Staatsanwältin Gesine Akkermann hereinholte.

Roolfs ist reizbar

Kriminaldirektor Lothar Uphoff trug in angestrengter Nüchternheit die Fakten vor.

»Bitte, wenn Sie Fragen an die Polizei haben …«, eröffnete der Fürst die Runde.

Hillrich Fabricius räusperte sich. Er hatte sich die kirchliche Aussiedlerarbeit auf die Fahne geschrieben und fühlte sich hier besonders in die Verantwortung genommen. »Und? Was sagt Alexander Klein dazu?«

Der Kriminaldirektor sah Roolfs fragend an, der die Antwort gab: »Heute Morgen hat sein Großvater ihn besucht. Alexander gibt zu, den Schuhkarton aus dem Haus von Weert Pohl mitgenommen zu haben. Angeblich sei Pohl schon tot gewesen, und der

Karton habe neben ihm auf dem Boden gelegen. Klein behauptet, den Karton einfach mitgenommen zu haben. Zu Hause habe er dann Angst bekommen und darum die Polizei nicht angerufen.«

Hillrich Fabricius stieß einige Mal ein laut hörbares »Hm« durch Nase und Mund und wiegte den Kopf. Johannes Fabricius kannte das. Es war eine typische Gewohnheit seines Vaters, wenn er nicht weiter wusste.

Hillrich Fabricius ließ sich nichts anmerken und erteilte seinem Nebenmann, dem Verwaltungsdirektor das Wort: »Sie haben doch sicher auch eine Frage.«

Der schreckte verstört hoch und äußerte sich zum ersten Mal in diesem Gremium: »Ich? Also, eigentlich nicht.«

»Interessante Sache!« Die Stille wurde durch die energische Stimme der Richterin unterbrochen. Belustigt sah sie die beiden Kriminalbeamten an. »Nun müssen Sie wohl in zwei Richtungen suchen: Entweder ein gewöhnlicher Raubmord, der die Stützen unserer Gesellschaft erschüttert, oder ein Mörder, der nicht scharf aufs Geld ist und fünfzigtausend Euro einfach so zurücklässt. Na, dann legen Sie man los!«

Oberkirchenrat Fabricius schaltete sich wieder ein: »Besonders die zweite Spur scheint ja noch nicht weiter verfolgt worden zu sein.«

Roolfs unterbrach ihn gereizt: »Was heißt hier zweite Spur, Hillrich? Wir haben doch nur eine. Zeig mir eine zweite Spur, und ich werde persönlich die Witterung aufnehmen.«

»Entschuldige, Gerrit, das sollte kein Vorwurf sein«, beschwichtigte Hillrich Fabricius.

DER OPPOSITIONSFÜHRER MISCHT AUF

»Entschuldigen Sie, wenn ich das so direkt anspreche...«, mischte sich der Oppositionsführer ein, »stimmt es, dass einer der hier anwesenden Herren am Tatort verhaftet und nur wieder freigelassen wurde, weil er mit Hauptkommissar Roolfs befreundet ist?«

Die Runde war überrascht und zugleich peinlich berührt, denn alle wussten, dass Fabricius und Roolfs alte Freunde waren.

Johannes Fabricius' Herz klopfte.

»Lehnders!«, zischte Roolfs.

»Herr Roolfs?«, fragte der Fürst etwas verunsichert.

Kriminaldirektor Uphoff winkte Roolfs, der etwas entgegnen wollte, ab und antwortete mit gefährlich leisem Ton in Richtung des Oppositionsführers: »Darf ich fragen, welcher Beamte Ihnen diese vertrauliche Information zugeleitet hat? Dieser Vorfall wird erhebliche disziplinarische Konsequenzen für diesen Beamten haben.«

Nun wurde der Oppositionsführer sichtlich verlegen. »Sie erwarten doch nicht, dass ich meine Quellen preisgebe.« Mit einem gewinnenden Lächeln versuchte er, die peinliche Situation zu überbrücken.

Uphoff sah ihn mit ernstem Blick an. »Dann muss ich Sie leider bitten, im Anschluss an diese Sitzung auf unsere Dienststelle mitzukommen und unsere Fragen zu beantworten. Die Weitergabe interner polizeilicher Informationen ist ein schweres Vergehen, auf das wir mit aller disziplinarischen Konsequenz reagieren müssen. Ich erwarte Sie in der Mittagszeit in meinem Büro.«

Der Oppositionsführer lief rot an. Alle Blicke waren auf ihn gerichtet, und er wusste, dass er durch diese Aktion seine Wahlchancen nicht gerade erhöht hatte.

In diesem Augenblick empfand Roolfs fast zärtliche Gefühle für seinen Chef, während ihm gleichzeitig wegen der Sache mit dem Schuhkarton etwas mulmig wurde.

Er meldete sich zu Wort: »Herr Johannes Fabricius hat seinen toten Nachbarn gefunden und sofort die Polizei verständigt. Kriminalassistent Lehnders hat ihn daraufhin etwas übereifrig wegen Einbruch, Raub, Mord und wegen Beamtenbeleidigung verhaftet. Die Norder Polizei hat sich bei Herrn Fabricius wegen dieses peinlichen Vorfalls entschuldigt.«

»Mit anderen Worten: Herr Fabricius ist aus dem Schussfeld?«

Staatsanwältin Akkermann antwortete: »Er war nie drin. Der Vorfall ist für uns alle sehr unangenehm, und wir werden mit Herrn Lehnders ein Gespräch führen.« Sie sah entschlossen den Oppositionsführer an, der merklich auf seinem Stuhl zusammengeschmolzen war. »Und mit Ihnen natürlich auch.«

Uphoff meldete sich noch einmal zu Wort. »Es ist vielmehr so, dass wir Herrn Fabricius' Aufmerksamkeit einige sehr hilfreiche Hinweise verdanken.«

Der Fürst zieht einen Joker

»Wegen der politischen Brisanz des Falles und wegen dieser Entwicklung mache ich von meinem fürstlichen Privileg Gebrauch, Herrn Fabricius als Mitglied des Hofrates den Ermittlungsarbeiten beizuordnen. Ist das die richtige Formulierung?«

Johannes Fabricius erschrak. Carl Edzard war bekannt für seine spontanen Ideen, die er für so gut hielt, dass er sie gleich in die Tat umsetzte, ohne sie in Ruhe zu bedenken oder mit jemandem zu bereden.

Die leitende Richterin blätterte in ihrer Gesetzessammlung und sprach schon mal etwas zerstreut los, während sie fieberhaft nachdachte. »Ich denke wohl … Obwohl ich dieses Gesetz eher als Thema der Rechtsgeschichte kenne und nicht so sehr aus der Anwendung … Hier habe ich es. Es stammt aus der Verfassung von 1815 und wurde bei jeder Verfassungsänderung übernommen. Ich glaube nicht, dass es in der jüngeren Geschichte jemals angewandt wurde.«

Der Fürst beugte sich angriffslustig nach vorn und sagte: »Ich weiß. Das letzte Mal wurde es 1929 angewandt, als ein Kreislandwirt einer Sonderkommission zugeteilt wurde und entscheidend dazu beitrug, den Mord an zwei Großbauern aufzuklären. Ich denke, es ist sinnvoll, eine gute alte Tradition wieder neu zu beleben. Nach dem Polizeiskandal vor zwei Jahren können wir ein bisschen Öffentlichkeitsarbeit gut gebrauchen.«

Allmählich lief Carl Edzard zur Bestform auf. Er wandte sich an die Richterin: »Können Sie kurz zusammenfassen, wie es laufen kann?«

Die Juristin wirkte etwas unsicher auf diesem Terrain. »Also, Herr Fabricius, Frau Staatsanwältin Akkermann und Kriminaldirektor Uphoff werden natürlich eine schriftliche Information bekommen. Kurz gesagt, Herr Fabricius kann bei allen Schritten der Ermittlungsarbeit dabei sein. Außer in begründeten und klar ausgewiesenen Ausnahmefällen darf er aber selber nicht ermitteln. Er hat keinerlei polizeiliche Befugnisse. Er darf keine Verhaftungen vornehmen und darf keine Anweisungen innerhalb der Polizei geben.«

»Das ist doch schon was. Ich möchte von diesem Privileg nur dann Gebrauch machen, wenn niemand von uns dagegen ist. Ich bitte um Handzeichen.«

Sogar der Oppositionsführer stimmte brav zu, was von Uphoff mit einem dankbaren Lächeln quittiert wurde. Hillrich und Johannes Fabricius enthielten sich natürlich.

»Und?«, fragte Carl Edzard. »Nehmen Sie die Wahl an, Herr Fabricius?«

»Ja, und ich bedanke mich für Ihr Vertrauen.« Er wagte es nicht, in Roolfs' Richtung zu sehen.

Der Fürst schloss erleichtert die Fragerunde. »Dabei wollen wir es vorerst bewenden lassen. Bitte halten Sie mich auf dem Laufenden. Ich würde alle gern am Donnerstag um dieselbe Zeit zum Gespräch einladen.«

Einige der Anwesenden sahen gequält in ihren Terminkalender. »Ansonsten bitte ich Sie alle, dass jeder und jede von Ihnen beim Chefredakteur der Morgenpost anruft und sich über diese Form von Journalismus beschwert. Die einzige Grenze, die es in unserem Land für die Presse geben sollte, ist die Anständigkeit seiner Bürgerinnen und Bürger.« Fürst Carl Edzard neigte zu majestätischen Formulierungen.

»Bravo!«, rief der Oppositionsführer und klopfte auf den Tisch. »Ein fürstliches Wort!«

Oberkirchenrat Fabricius, der neben ihm saß, rempelte ihn genervt an. »Halten Sie sich doch bitte etwas zurück.«

Er ging auf Roolfs zu und lächelte ihn väterlich an. »Ich wollte deine Autorität natürlich nicht in Frage stellen, Gerrit. Entschuldige bitte!«

»Schon okay, ich weiß, dass du es nicht so gemeint hast. Wir tun, was wir können«, erwiderte Roolfs.

»Mich wundert, dass du überhaupt hier bist, ich dachte, du und Ilona, ihr wolltet verreisen.«

JOHANNES FABRICIUS IST VERLEGEN

»Ehrlich! Du kannst mir glauben! Ich wusste wirklich nicht, dass er so etwas vorhatte. Ich wusste noch nicht einmal, dass es so ein Gesetz gibt.« Johannes Fabricius hob beschwörend die Hände.

Fabricius und Roolfs saßen zum Sonntagsbrunch in der Gaststätte *Jerusalem*. Die Geschichte dieses Norder Gasthofs ließ sich bis in das siebzehnte Jahrhundert zurückverfolgen. Er war eine gute Adresse für alle, die anspruchsvoll essen wollten. Zu Beginn der sechziger Jahre hatte es den Plan gegeben, das historische Gebäude abzureißen, aber ein vorausschauender Investor hatte Norden vor dieser Bausünde bewahrt und die über dreihundertjährige Tradition der Gaststätte erhalten.

»Ach, Scheiße!«, schimpfte Gerrit Roolfs. »Kannst Du mir mal sagen, was das heißt: ›beigeordnet‹? Was würdest du sagen, wenn ich mal für ein paar Wochen deinen Laden übernähme? Das hier ist meine Arbeit. Das habe ich gelernt. Und da kannst du doch nicht als Hobby-Detektiv von fürstlichen Gnaden kommen und mit Lupe und Sherlock-Holmes-Mütze auf Mörderjagd gehen. Willst du nicht auch mal dem Chirurgen-Team in einer Herzklinik beigeordnet werden? Das ist bestimmt genauso spannend wie dies hier!«

»Ich bitte dich um Entschuldigung für das, was gestern hier gelaufen ist. Das war nicht in Ordnung, und es tut mir Leid. Aber ich schwöre dir, dass ich mit dieser Ernennung nichts zu tun habe.«

»Und warum hast du nicht abgelehnt?«

»Der Fürst ist mein Patenonkel. Den kann ich doch nicht im Regen stehen lassen.«

»Aber mich könnt ihr so einfach abservieren!«

»Sei nicht sauer. So hat er das nicht gemeint. Der Fürst hält große Stücke auf dich, aber du weißt ja, wie er ist, wenn er sich in seiner Patriarchenrolle gefällt. Ich verspreche dir, dass ich mich zurückhalte und nichts unternehme, ohne dich zu fragen. Und: Ein Wort von dir genügt, und ich bin draußen. Ohne Gegenargumente und ohne Diskussion. Versprochen!«

»O.k. Dein Versprechen ist angenommen. Heute muss ich den Tag mit meinen Leuten haben. Dabei kann ich dich nicht brauchen. Du hast ja sicher selbst auch eine Menge zu tun. Aber zwischendurch nehme ich dich mit. Und du musst unser Essen bezahlen!«

Roolfs bespricht den Dienst

Gerrit Roolfs saß am Sonntagmittag mit seinem Team im Besprechungszimmer. Staatsanwältin Akkermann und Kriminaldirektor Uphoff saßen rechts und links neben ihm, und gegenüber hatten Lehnders und Janssen Platz genommen. Nur in äußerst dringenden Fällen tagten sie am Sonntag. Aber der Fürst hatte die Sache mehr als dringend gemacht.

Uphoff hatte Lehnders auseinandergenommen – zuerst fein säuberlich mit einem Seziermesser, und was dann noch von ihm übrig war, war gerade mit einer Dampfwalze überfahren worden. Uphoff war zu einer Lautstärke aufgelaufen, dass sich sogar ein Kollege draußen auf dem Parkplatz umdrehte und zum Fenster des Besprechungszimmers schaute.

Roolfs erledigte den Rest. »Aus diesem Fall sind Sie raus. Da hilft Ihnen auch Ihre gute Beziehung zum Oppositionsführer nicht weiter. Wir haben mit dem Chef gesprochen und uns für Sie eingesetzt. Sie werden verwarnt und dürfen vorerst bei uns weiterarbeiten. Melden Sie sich bitte bei Hauptkommissarin Wessels. Die wird Ihnen eine neue Aufgabe zuweisen.«

Uphoffs freundliches Nicken war eine unmissverständliche Aufforderung an Lehnders, schleunigst zu verschwinden. Der erhob sich leichenblass, verabschiedete sich mit belegter Stimme und torkelte hinaus.

Uphoff zischte eine Dose Bitter Lemon auf. Schon von der neongrünen Farbe der Dose bekam Roolfs Sodbrennen. Alle im Zimmer starrten Uphoff atemlos an, als er die Dose in einer Folge hörbarer Schlucke leerte, zusammendrückte und mit einem gezielten Wurf in den Abfalleimer beförderte.

»So, Gerrit, wie geht's weiter?«

»Warte nur, bald wird auch bei uns das Dosenpfand eingeführt.«

»Bis dahin haben wir noch genug Zeit, diesen Fall zu lösen. Was liegt an?«

Gerrit Roolfs lehnte sich entspannt zurück und berichtete.

»Neben fast fünfzigtausend Euro hatte Pohl eine Sammlung von Bankauszügen in seinem Karton. Inzwischen haben wir von der Sparkasse einen Computerausdruck mit den Kontobewegungen aus den letzten vier Jahren. Seit Frühjahr 99 hat er den Job bei der *Ost-*

friesland-Investment. Pohl hat zweimal im Monat sein Geld abgehoben. An Überweisungen gibt es nur das Übliche: ein paar Versicherungen, ab und zu eine Katalogbestellung, Telefon, Stadtwerke und solche Geschichten. Seit 2000 zahlt ihm dann irgendjemand alle zwei Monate zweitausend Mark und ab 2002 dann elfhundert Euro.«

Uphoff mischte sich ein: »Von wem kommt das Geld?«

»Keine Ahnung. Das Geld wird von jemandem in verschiedenen Geldinstituten in fast ganz Niedersachsen eingezahlt, hauptsächlich im Großraum Osnabrück, Hannover, manchmal auch aus dem Bremer Umland. Als Einzahler ist der Name Pohl vermerkt. Es gibt aber keine regelmäßigen Zahlungstermine.«

»Pohl hat jemanden erpresst«, vermutete Habbo Janssen.

»Vermutlich. Aber da bei jeder Filiale das Geld nur einmal eingezahlt worden ist, halte ich es für aussichtslos, alle Geldinstitute abzufahren. Das können wir uns noch als letzten Trumpf zurückhalten.«

»Der wird uns auch nicht helfen«, stellte Uphoff fest. »Aber man kann ja nie wissen. Manchmal gibt es auch Glückstreffer. Ich denke, wir machen zuerst hier vor Ort weiter. Was schlägst du vor, Gerrit?«

»Ich schlage vor, wir verfolgen erst einmal die Spur mit dem Erpressten.«

Uphoff unterbrach: »Der Erpresste braucht nicht der Mörder zu sein. Vielleicht sitzt er jetzt erleichtert vor Glück in einem schönen Einfamilienhaus in Hannover oder hier ein paar Straßen weiter, und ein anderer hat aus einem anderen Grund Pohl das Licht ausgeblasen. Aber trotzdem: Außer Alexander Klein ist dies unsere heißeste Spur. Habt ihr ihn durchgecheckt?«

»Haben wir. Ich glaube, der war's nicht. Aber bis jemand anders überführt ist oder entlastende Hinweise auftauchen, bleibt er unser Mann, auch wenn es für den Fürsten innenpolitisch nicht opportun ist. Wir müssen herauskriegen, wen Pohl erpresst hat. Vielleicht ist es wegen eines Verbrechens, von dem niemand etwas weiß, weil Pohl das Geheimnis gut gehütet und gut daran verdient hat.«

»Dann sehen wir ganz schön alt aus, wenn wir ein Verbrechen aufklären sollen, von dem wir gar nicht wissen, dass es überhaupt stattgefunden hat«, seufzte Habbo Janssen.

»Die andere Möglichkeit«, überlegte Gerrit Roolfs weiter, »ist ein ungeklärtes Verbrechen. Wir wissen, dass es passiert ist, aber nur Pohl kennt den Täter und hat den Namen mit ins Grab genommen. Hier möchte ich gern einsetzen. Ist ja auch wohl das Einfachste. Wir schauen uns alle größeren Sachen aus 99 und zur Not auch aus 98 an, in denen alles oder noch etwas Wichtiges offen ist. Vielleicht gibt es ja irgendeine Verbindung zu Pohl. Seid ihr einverstanden?«

Kriminaldirektor Uphoff nickte. »Muss ich ja wohl. Sonst lässt du mich nie in einer von deinen Geschichten mitspielen. Aber wir dürfen uns in nichts verrennen. Wir haben da eine Menge von Vorentscheidungen getroffen, das müssen wir uns immer klarmachen.«

Roolfs grinste: »Machen wir, Herr Direktor. In meinem nächsten Buch bist du der Held. Los, ich geb einen Kaffee aus, und dann machen wir weiter.«

ROOLFS RÄTSELT

Den Abend hatten Roolfs, Uphoff und Janssen im Kommissariat verbracht und jeder von ihnen hatte einen Haufen Papier mit nach Hause genommen. Dafür mussten alle am Montagmorgen erst um elf Uhr gut ausgeschlafen und mit Ergebnissen im Besprechungsraum sein.

Sie hatten sich geeinigt, nur nach schweren Fällen zu suchen, die es wert schienen, sich über viele Jahre lang mit so viel Geld Stillschweigen zu erkaufen. Dabei sollte es keine Rolle spielen, ob der Fall schon geklärt war, denn es konnte ja auch in einem angeblich geklärten Fall ein dunkles Geheimnis geben.

Weihnachten 1998 war die alte Trientje Thalen, ein Norddeicher Original, vermutlich von einem Einbrecher in ihrer Wohnung erschlagen worden. Damals war bei den Ermittlungsarbeiten geschlampt worden, und Gerrit Roolfs' Vorgänger war in den Vorruhestand verabschiedet worden. Vom Täter gab es immer noch keine Spur.

Im Frühjahr 1999 wollte eine Immobilienfirma große Landflächen im Enno-Edzard-Groden aufkaufen, weil sie angeblich als Bauland ausgewiesen werden sollten. Nach Abschluss der Vorverträge wurde bekannt, dass in einem anderen Ortsteil größere Baugebiete entstehen sollten. Die Banken zogen die Zusagen für die Kredite zurück, und die Landverkäufe im Groden platzten. Kurz danach wurde die Firma gelöscht.

Der Vorgang hatte eine erhebliche Öffentlichkeitswirkung gehabt. Schon im Vorfeld hatte es im ostfriesischen Landtag Streit um die Ausweisung von Bauland gegeben. Zur selben Zeit musste der Bauminister der fürstlichen Regierung wegen eines Bestechungsskandals zurücktreten, und es wurde ermittelt.

Die Ermittlungen schleppten sich seitdem mühsam hin, weil niemand so recht in das Wespennest von Verwaltung, Regierung, Banken und verschiedenen Firmen hineinstechen wollte. Nutznießer des Skandals war die Bio-Farm, die im Enno-Edzard-Groden günstig Land für Versuchsaussaaten aufkaufen konnte. Im Grunde gab es kaum Geschädigte, aber in der Öffentlichkeit wurde diese Sache als »Bauland-Fall« im Zusammenhang mit dem wirtschaftlichen Niedergang in Ostfriesland breit diskutiert.

Im Sommer 1999 hatte das Ehepaar Feldhausen gemeinsam Selbstmord begangen. Der Fall war an sich geklärt und zu den Akten gelegt worden, hatte damals aber viel Aufsehen erregt, da die beiden erst drei Wochen danach in ihrem Haus aufgefunden worden waren.

Nur ein paar Tage später war der bekannte Norder Geschäftsmann Eilert Dreesmann in seiner Wohnung erschlagen worden. Verschiedene Spuren waren verfolgt worden. Dreesmann war nicht besonders beliebt gewesen, aber dennoch waren alle Spuren im Sand verlaufen, und der Fall war niemals aufgeklärt worden.

Im Dezember war eine Bank in Hage überfallen worden. Als ein Kunde den Täter überwältigen wollte, hatte sich ein Schuss gelöst und den Kunden tödlich getroffen. Vom Täter, der ohne Beute sofort geflohen war, fehlte immer noch jede Spur.

»War's das?«, fragte Lothar Uphoff.

»Nee«, erwiderte Roolfs, »dazu kommen sechs überfallene Kioske und Tankstellen, elf Einbrüche, achtunddreißig Fälle von Vandalismus, eine Brandstiftung und ein Unfall mit Fahrerflucht, bei dem jemand leicht verletzt worden ist. Aber diese Fälle haben wir jetzt außer Acht gelassen.«

Besonders die vielen Fälle von Vandalismus waren auffällig, obwohl sie hier nichts zur Sache taten. Der Polizei wurde vorgeworfen, sie nicht mehr ernsthaft zu verfolgen und nur schlecht gelaunt die Anzeigen entgegenzunehmen. Die regelmäßigen kurzen Zeitungsnotizen über verwüstete und zerstörte Bushäuschen, Spielplätze, Vereinsheime und öffentliche Einrichtungen erregten kaum noch Aufsehen. Aber sie hatten eine deprimierende Wirkung auf die Gesellschaft.

Roolfs verteilte die Aufgaben. Janssen sollte sich um den Fall in Norddeich und den Bankraub kümmern, Roolfs würde den Selbstmord des Ehepaares, den Mord an Dreesmann und die Bauland-Sache in Angriff nehmen. Vor allem musste nach einer Verbindung zu Weert Pohl gesucht werden.

Der Fürst erklärt

»Entschuldigen Sie bitte, dass wir unser letztes Gespräch abbrechen mussten. Ich hoffe, dass wir diesmal ungestört weitermachen können.« Fürst Carl-Edzard begrüßte die beiden Journalisten, nachdem er Steffens vorher Instruktionen gegeben hatte, diesmal nicht alle zwanzig Minuten zu kommen.

»Wackelt Ihr Thron?«, fragte Jostefeld direkt. Heute war er ganz in Grau gekleidet, und der Fürst musste an Loriots ›frisches Steingrau‹ denken.

»Ich verstehe Ihre Frage nicht so ganz.«

»Sie haben sich sehr dafür eingesetzt, die Einwanderungsbestimmungen zu lockern und haben sich persönlich stark dafür gemacht, die Grenzen zu öffnen. Und nun gibt es eine Menge Ärger.«

»Ich gehe davon aus, dass die Menge des Ärgers in einem System immer gleichbleibend ist.«

Die beiden Journalisten sahen den Fürsten fragend an.

»Wenn wir sehr strenge Einwanderungsbestimmungen behalten, dann bekommen wir halt andern Ärger, der nicht weniger … ärgerlich ist.«

»Und nun haben Sie ein Problem?« Jostefeld ließ nicht locker.

»In gewisser Hinsicht ist das so. Aber solange die Ermittlungen noch nicht abgeschlossen sind, will ich da nicht Stellung nehmen.«

»Krino van Westens Partei stellt in ihrem Programm die Frage nach der Zeitgemäßheit der Monarchie.« Küppers schaltete sich in das Gespräch ein. Heute trug er eine leuchtend grün gemusterte Krawatte.

»Die letzten Wahlergebnisse wiesen nicht gerade auf eine Zeitgemäßheit dieser Partei hin«, antwortete der Fürst trocken. »Unser Fürstentum hat schon ganz andere Stürme überstanden.«

»Bei unserem letzten Besuch sprachen Sie von einer Reihe historischer Zufälle.«

Der Fürst beschloss, in diesem Fahrwasser zu bleiben und das Steuerrad nicht wieder so schnell aus der Hand zu geben. »Der Wiener Kongress entschied 1815, das Fürstentum Ostfriesland bestehen zu lassen. Da sind ja noch eine ganze Reihe sehr viel kleinerer Territorien übrig geblieben…«

»Und im November 1918 sind alle deutschen Monarchien weggefegt worden. Nur die ostfriesische nicht.«

»1917 verunglückten der damalige Fürst und seine Frau tödlich bei einem Autounfall. Und dieser Unfall rettete sozusagen die ostfriesische Monarchie. Königin Wilhelmina der Niederlande übte die Regentschaft stellvertretend aus, bis mein Vater alt genug war, um seine Aufgaben zu übernehmen. Die Alliierten wollten an den guten Beziehungen zu den Niederlanden festhalten. Ein Volksentscheid bestätigte dann die Erhaltung der Monarchie, allerdings mit einer neuen, demokratischeren Verfassung, die die Rechte des Landtages deutlich stärkte und die fürstlichen Rechte eben so deutlich einschränkte.«

»Wie stand Ihr Vater zum Nationalsozialismus?«

Roolfs wundert sich

Roolfs drückte den Klingelknopf am Gartentor. Haus und Grundstück zeugten davon, dass sein Erbauer wenig Geschmack und viel Geld hatte. Vom Gartentor führte der Sandweg auf ein Rondell zu. Inmitten der Rasenfläche des Rondells grüßte eine antike Götterstatue so unversehrt, dass sie nicht echt sein konnte. Vom Rondell aus ging es dann auf ein aus hellen Steinen gebautes riesiges Haus mit zahlreichen Erkern, Gauben und Balkonen zu, das wie ein größenwahnsinniges Puppenhaus aussah.

Das Ganze war mit blau glasierten Ziegeln gedeckt. Abgerundet wurde das Arrangement von einem leuchtend roten Porsche und einem schneeweißen Jaguar auf dem Schotterplatz vor der Garage.

Jetzt fehlt nur noch, dass Barbie und Ken aus dem Haus kommen, dachte Gerrit Roolfs und drückte noch einmal auf den Klingelknopf.

Ein Summton öffnete das Tor und Roolfs ging mit gespielter Ehrfurcht an der Statue vorbei. In der offenen Eingangstür stand eine ältere Frau mit weißer Schürze. Um Himmels willen, dachte Roolfs, das ist Misses Bridges vom Eaton Place, und im Eingangsflur wird mir vermutlich Hudson den Mantel abnehmen.

Aber das freundliche Lächeln der Frau vertrieb alle spöttischen Gedanken. »Kommen Sie man rein, Herr Kommissar, meine Nichte wartet schon auf sie.«

Als Roolfs das Haus betrat, war er überrascht. Er wurde durch helle und freundliche Räume geführt. Von alten Möbeln verstand er nicht viel, aber dass hier sorgfältig restaurierte Stücke mit viel Gespür für Stil und Geschmack arrangiert worden waren, das merkte auch er. Nichts war überladen, alles von vornehmer Schlichtheit. Die Tür zu einem Arbeitszimmer mit Unmengen an Büchern stand offen.

Das riesige Wohnzimmer war durch die Möblierung in kleinere Einheiten aufgeteilt, eine Sitzgruppe aus schweren Sesseln und einer Couch, eine Esszimmergruppe mit einem langen Tisch, an dem zehn Stühle standen, und ein Teetisch am Fenster.

Die geschmackvolle Einrichtung passte wenig zu dem Eindruck, den Haus und Gelände von außen machten. Und es passte auch nicht zu dem, was Roolfs von Eilert Dreesmann wusste: ein windiger Geschäftsmann, ein Angeber, der immer auf großem Fuß lebte und der trotz zur Schau gestellten Reichtums als sehr gewöhnlich galt.

Erst beim zweiten Hinschauen merkte Gerrit Roolfs, dass die Frau, die sich bei seinem Eintreten von ihrem Platz erhoben hatte, höchstens Ende dreißig sein konnte und nur durch das etwas unglückliche Strickkostüm älter wirkte, als sie war.

Hilke Dreesmann begrüßte Gerrit Roolfs mit einem überraschend festen Händedruck. Ihre Stimme war kräftiger, als er nach dem ersten Eindruck vermutet hatte. »Herr Roolfs, ich begrüße Sie herzlich, auch wenn das Erscheinen der Polizei traurige Erinnerungen weckt.«

Der Fürst muss Antworten geben

Fürst Carl-Edzard hatte geahnt, dass die Frage nach seinem Vater kommen würde. Und er war bereit, sich dieser Frage zu stellen.

»Mein Vater war ein typischer Konservativer seiner Zeit. Wenn er nicht Fürst gewesen wäre, hätte er damals genauso gut ein konservativer Richter oder Professor sein können. Wie die meisten Konservativen hat er die Augen vor der Brutalität und dem Fanatismus der Nazis verschlossen. Und als die Ereignisse ihn zwangen, die Augen aufzumachen, war es zu spät. Im Januar 1938 hat er mit seiner Familie einen Besuch in Großbritannien gemacht. Der nationalsozialistische Gauleiter nutzte die Gelegenheit. Die Regierungsgebäude und der Sitz des Fürsten wurden besetzt, die fürstliche Regierung aufgelöst. Als der Fürst protestierte, wurde er abgesetzt. Das war nur möglich, weil die Nazis starken Rückhalt in der Bevölkerung hatten.«

»So blieb die Fürstenregierung im Londoner Exil erhalten.«

»Sie hat sozusagen überwintert. Ich wurde 1940 in London geboren. 1946 kehrten wir zurück und die Alliierten setzten die Fürstenregierung als konstitutionelle Erbmonarchie auf demokratischer und parlamentarischer Grundlage wieder ein. Hier waren die dynastischen Verbindungen zu den europäischen Fürsten- und Königshäusern ein wichtiger Aspekt.«

»Die europäische Adelsverwandtschaft hat sozusagen Ihre Familie an der Regierung gehalten?«, fragte Jostefeld.

Der Fürst überging die Spitze in dieser Frage. »Durchaus. Außerdem war die Absetzung des Fürsten ein Rechtsbruch der Nazis, und wenn die Alliierten das bestätigt hätten ...«

Jostefeld unterbrach ihn: »Immerhin hat Ihr Vater die Regierungsgeschäfte nicht wieder übernommen.«

»Er fühlte sich mit verantwortlich für die Schreckenszeit Hitlers, weil er sich nicht früh und deutlich genug gegen ihn engagiert hatte. Und er war nicht damit einverstanden, dass so viele Persönlichkeiten nach 1945 in ihren Führungspositionen bleiben konnten.«

»Und es hat ihn sicher auch gekränkt, dass sein Volk so bereitwillig seine Absetzung akzeptiert hat«, sagte Jostefeld herausfordernd.

»Mein Vater hatte ein zu großes Pflichtbewusstsein, um persönliche Gekränktheit zum Maßstab seines Handelns zu machen«, belehrte ihn Carl-Edzard von oben herab. »Mein viel älterer Bruder hat das Amt übernommen und bis zu seinem Tod vor fünfzehn Jahren auch ausgeübt. Seitdem ist das meine Aufgabe.«

»Und was haben Sie vorher gemacht?«, fragte Küppers und rückte seine Krawatte zurecht.

»Ich war Privatdozent für Neuere Geschichte an der Universität Heidelberg.«

»Und jetzt haben Sie Geschichte gemacht, indem Sie Ostfriesland zu einem Einwanderungsland machen«, stellte Jostefeld fest. »Fürchten Sie nicht, dass dadurch die Fremdenfeindlichkeit der Bevölkerung gesteigert wird und dass man Sie persönlich für alle Probleme verantwortlich macht?«

Der Fürst tat diese Frage mit einer wegwerfenden Handbewegung ab, aber Jostefeld ließ nicht locker: »Van Westen und seine Parteifreunde wollen daraus ein Wahlkampfthema machen. Wie lange wird es noch ein Fürstentum Ostfriesland geben?«

Der Fürst lehnte sich mit gespielter Entspannung zurück. »Ein Fürstentum Ostfriesland wird es so lange geben, bis die Bevölkerung die Monarchie abschafft.«

Küppers setzte sich auf und fragte: »Und das ist jederzeit möglich?«

Hilke Dreesmann beklagt sich nicht

»Möchten Sie eine Tasse Tee? Meine Tante macht uns eine Kanne. Sie wohnt in der Nachbarschaft und kommt seit dem Tod meines Mannes zwischendurch rüber, um mir zu helfen. Gibt es Neuigkeiten?« Hilke Dreesmann deutete auf den Stuhl gegenüber, und beide setzten sich.

»Ja und nein.« Roolfs versuchte zu lächeln. »Tee – ja, aber Neuigkeiten gibt es nicht. Eigentlich komme ich sogar zu Ihnen, um etwas Neues zu erfahren. Sie haben vermutlich von dem Mord in Westermarsch gehört. Weert Pohl, haben Sie den gekannt?«

Der Kluntje knisterte, als Hilke Dreesmann den heißen Tee in die winzigen Tassen mit dem grünroten ostfriesischen Teerosenmuster eingoss. »Ich bin in Norden aufgewachsen, Herr Roolfs. Mein Onkel hatte einen Hof in Westermarsch. In Norden gibt es wohl niemanden, den ich nicht kenne.«

Sie goss sich eine Tasse ein und korrigierte sich: »Von den Einheimischen natürlich, aber Weert Pohl ist ja wohl Westermarscher Urgestein.«

»Kannten sich Ihr Mann und Pohl? Wir untersuchen, ob es zwischen beiden Morden eine Verbindung gibt.«

»Wenn Sie das Wort ›kennen‹ sehr weit auslegen, dann kannten sie sich. Aber Weert Pohl pflegte keinen näheren Umgang mit unserem Haus.«

Roolfs gefiel dieser abschätzige Stil nicht, obwohl ihm klar war, dass Hilke Dreesmann ihm andeuten wollte, wie absurd der Gedanke an eine nähere Verbindung zwischen einer wohlhabenden Norder Familie und einem Mann wie Pohl war.

Hilke Dreesmann schien seine Gedanken zu erraten. »Entschuldigen Sie, Herr Roolfs. Schon durch das Wenige, was ich überhaupt von ihm weiß, war er mir nicht sonderlich sympathisch. Trotzdem ist er ein Mensch, und sein jammervoller Tod verdient Mitgefühl. Ich hoffe, dass Sie die Umstände seines Todes klären können.«

»Sie müssen entschuldigen, dass ich hartnäckig bin, Frau Dreesmann. Können Sie sich vorstellen, dass es irgendeine Verbindung, und sei sie noch so zufällig oder abwegig, zwischen Ihrem Mann und Weert Pohl gab?«.

Sie lächelte ihn an. »Wirklich nicht. Im Moment jedenfalls nicht. Ich bin dabei, die Unterlagen meines Mannes durchzugehen. Wenn irgendwo der Name Weert Pohl auftaucht, rufe ich Sie sofort an.«

Roolfs trank seinen Tee aus und ließ seinen Blick durch das Wohnzimmer schweifen. »Schön haben Sie es hier.«

»Das Haus hat mein Mann mit einem befreundeten Architekten geplant. Es ist nicht so ganz mein Stil. Das Innenleben stammt von mir. Ein halbes Jahr nach seinem Tod habe ich meine Möbel und Familienerbstücke hereingeholt und seine Möbel an die Diakonie gegeben. Pietätlos, nicht wahr?«

Roolfs deutete ein Kopfschütteln an. »Nicht unbedingt. Es ist ja Ihr Lebensraum und kein Museum. Ein sehr großes Haus für eine Person.«

»Mein Mann hat sehr verantwortlich für mich gesorgt. Haus und Grundstück kann ich halten und ich bekomme jeden Monat so viel, dass ich eigentlich nicht mehr arbeiten muss.«

»Was haben Sie für einen Beruf?«

»Ich war einige Jahre Lehrerin für Deutsch und Sport an der Dornumer Realschule. Ich war sogar für das Lehrerseminar als Dozentin vorgesehen, aber mein Mann wollte nicht, dass ich arbeite. Jetzt läuft meine Beurlaubung bald ab, und vielleicht gehe ich für ein paar Stunden zurück in die Schule. Noch Tee?«

Roolfs nickte und hielt ihr die Tasse hin.

Hilke Dreesmann schenkte ein. »Habgier scheidet trotzdem als Mordmotiv aus. Ich bin von Haus aus nicht gerade unvermögend. Habgier wäre eher für meinen Mann ein Mordmotiv gewesen. Vielleicht war es zumindest ein Heiratsmotiv, wer weiß?«

Sie hob die Augenbrauen und sah Roolfs an, als ob er darauf eine Antwort geben könnte.

»Ist ja auch egal«, fuhr sie fort. »Auf jeden Fall hätte ich auch ohne das Erbe und die Versicherungen meines Mannes ein gutes Auskommen. Und zum Glück habe ich ja auch ein sicheres Alibi, denn ich war zur Mordzeit zu einer längeren Behandlung beim Arzt. Aber es ist doch praktisch, wenn das gewaltsame Ableben des Ehemannes in finanzieller Hinsicht nicht gerade von Nachteil ist.«

»Und in anderer Hinsicht? Verzeihen Sie, dass ich so direkt frage. Dies ist kein Verhör. Aber mir entgeht nicht, dass Sie doch sehr distanziert von Ihrem Mann sprechen.«

Sie stellte die Teekanne auf das Messingstövchen und legte die Hände in den Schoß. »Was ich Ihnen jetzt sage, sagen vermutlich die meisten Ehefrauen von Männern, die trinken oder die sie schlagen oder betrügen. Ich habe das große Los mit einem Mann gezogen, der gleich alle drei dieser Dinge tat. Unsere Ehe war unglücklich, aber ich habe ihn über alles geliebt, und ich glaube fest daran, dass er mich auch geliebt hat, auch wenn er es nicht so zeigen konnte.«

Als sie ihre Teetasse anfassen wollte, zitterte ihre Hand.

»Der Mord an meinem Mann ist für mich wie ein Unfall. So unmenschlich sich das anhört, aber mir ist es im Grunde egal, wer es getan hat. Eine schmerzvolle und harte Zeit ist vorbei. Aber er war mein Mann. Ich hätte selber nie die Kraft gehabt, etwas zu ändern. Manchmal vermisse ich ihn unendlich. Und manchmal bin ich froh, dass er nicht mehr zur Tür hereinkommt, und ich seinen Whiskey-Geruch riechen muss. Am schlimmsten war, wenn er ...« Sie schluckte. »Entschuldigen Sie mich einen Moment.«

Beide erhoben sich fast gleichzeitig, und Roolfs berührte sanft ihren Arm. »Ich glaube, ich sollte jetzt gehen. Ich wollte nichts aufwühlen, aber leider ist genau das ja mein Job. Es tut mir Leid, wenn ich Ihnen durch meine Fragerei wehgetan habe.«

Sie fasste seine Hand und sah ihm in die Augen. »Alles in Ordnung. Sie finden hinaus, nicht wahr? Ich melde mich, sobald mir etwas auffällt. Versprochen.«

Als Roolfs von der Haustür zu seinem Auto ging, achtete er gar nicht mehr auf die Statue.

ROOLFS LÄSST SICH HELFEN

»Ist Ilona allein in den Urlaub gefahren?« Lothar Uphoff öffnete mit lautem Zischen eine Dose mit einem lila-gelben Etikett. Roolfs erschauderte bei dem Gedanken an die Zusammensetzung des Inhalts.

»Ja, sie ist zwei Wochen auf so einer Insel«, antwortete er gereizt.

»Bist du schlecht gelaunt?«

»Ja. Diese Bauland-Angelegenheit ist ein ziemlicher Brocken.«

Uphoff nahm einen tiefen Schluck.

»Dann lass dir doch mal helfen, Gerrit! Da müssen die Wirtschaftsfuzzis ran. Die haben mit einem Griff alles, was du wissen willst und noch viel mehr. Staatsanwalt Dr. Boekhoff in Aurich war damals mit dem Bauland-Fall beschäftigt. Er wird dir sicher gern weiterhelfen.«

Uphoff grinste, denn er wusste, dass Roolfs und Boekhoff einander nicht ausstehen konnten.

Roolfs lächelte gequält: »Kannst du da nicht anrufen?«

»Okay.« Uphoff griff nach dem Telefon und ließ sich mit Boekhoff verbinden. Fassungslos musste Gerrit Roolfs mit anhören, wie Uphoff dem Staatsanwalt die Hoffnungslosigkeit ihres Falles schilderte und durchblicken ließ, dass nur ein Mann von Boekhoffs Erfahrung und Kompetenz etwas Licht in dies Dunkel bringen könnte.

»Wisch die Schleimspur vom Telefon ab, Lothar«, sagte Roolfs, als Uphoff den Hörer wieder aufgelegt hatte.

»Er kommt morgen Nachmittag gegen drei. Bei etwas weniger Schleim hättest du zu ihm kommen müssen. Besser gut geschleimt als weite Wege machen, oder?«

»Prost!«, sagte Roolfs und trank einen Schluck aus Uphoffs Getränkedose. Es schmeckte gar nicht so übel.

DER FÜRST SCHICKT EINEN KUNDSCHAFTER AUS

Johannes Fabricius ließ sich in seinen Lieblingssessel fallen und nahm das Buch in die Hand, das heute mit der Post gekommen war.

Sein kulturelles und geistiges Interesse war seit einigen Monaten auf dem Nullpunkt. Für das Buch, das zu schreiben er geplant hatte, tat er schon lange nichts mehr, außer dass er seit mehreren Wochen einen Aufsatz las. Damit musste er dann regelmäßig nach fünf oder sechs Seiten wieder von vorn beginnen, weil er nichts von dem Gelesenen wirklich aufgenommen und verstanden hatte.

Seine Doktorarbeit über den Schriftsteller Johann Gottfries Seume hatte er aufgegeben. Aber er wollte wenigstens seine Forschungsergebnisse zu Seumes berühmtem Roman über seinen »Spaziergang nach Syrakus« von 1802 veröffentlichen. Doch auch damit kam er eigentlich schon seit langer Zeit nicht weiter.

Das Einzige, was ihn noch geistig herausforderte, war die Musik, und er wusste, dass sein Platz im Orchester der Strohhalm für sein Seelenleben war. Glücklicherweise spielte er recht gut Cello, und damit war sein Platz in der Hofkapelle auf Dauer gesichert.

Fabricius blätterte in der neuen Biografie über Johann Gottfried Seume, die einer seiner Mitstudenten nach mehrjähriger Forschungsarbeit veröffentlicht hatte. Fabricius hatte ihm aus seiner eigenen Arbeit sogar ein paar wichtige Hinweise gegeben und die ersten Kapitel Korrektur gelesen. Er stellte befriedigt fest, dass er im Vorwort mit Dank erwähnt wurde. Damit hatte er immerhin auch seinen Beitrag zur abendländischen Kulturentwicklung geleistet.

Er las die ersten Seiten mit Interesse, aber schon nach einer Viertelstunde tastete seine Hand wieder nach der Fernbedienung. Leider oder zum Glück brachten die Sender nicht viel. Die Zeit, in der der Samstagabend das beste Fernsehprogramm der Woche bot, war wohl endgültig vorbei. Die traditionell beste Fernsehzeit am Abend war auf fast allen Sendern zu einer Entsorgungsstelle für billige Volksmusikimitationen geworden. Manchmal kam auch eine dieser neuen Polizeiserien, in denen alles auf eine gigantische Explosion zusteuerte, die dann etwa fünf Minuten lang aus allen möglichen Kameraperspektiven gezeigt wurde.

Gerade ging wieder ein Tanklaster in Flammen auf. Fast eine halbe Stunde lang hatte die langweilige Handlung die unvermeidliche Explosion herbeigesehnt und mindestens eine Viertelstunde lang musste sie noch von diesem Highlight existieren.

Johannes Fabricius war fast erleichtert, als das Telefon klingelte.

»Guten Abend, Johannes, hier ist Carl Edzard.« Johannes Fabricius verschaffte es immer ein wenig Auftrieb, dass der Fürst und er sich mit »Du« anredeten, da sein Vater und Fürst Carl Edzard alte Freunde waren. Nur in der Öffentlichkeit wahrten sie die Form.

»Johannes, ich hoffe, ich habe dich in der Sitzung nicht zu sehr überrascht. Du musst schon entschuldigen, aber das kam mir so in den Sinn. Du weißt ja, wenn ich der Meinung bin, dass ich eine gute Idee habe, dann gehe ich manchmal mit dem Kopf durch die Wand.«

»Ist schon in Ordnung. Hauptkommissar Roolfs fühlt sich nur in seiner Berufsehre etwas angekratzt. Vielleicht solltest du ihm ein paar Zuwendungseinheiten zukommen lassen.«

»Mach ich, mach ich. Ich hoffe nur, dass er da durchfindet. Dieser Fall wirbelt viel auf.«

»Du klingst so besorgt.«

»Ja, ich mache mir Sorgen. Die Ostfriesische Morgenpost plant in ein paar Tagen die Veröffentlichung einer Liste mit Straftaten, an denen Menschen beteiligt waren, die in den letzten Jahren zugewandert sind.«

»Kannst du das nicht verbieten?«

»Das wäre rechtlich eine schwierige Sache. Auf jeden Fall bringt es nichts. So lang ist die Liste auch nicht. Jedenfalls nicht länger als die Liste manch anderer Bevölkerungsteile. Es geht mir um die Wirkung nach außen. Das können wir uns in unserer wirtschaftlichen Lage nicht leisten. Kennst du Krino van Westen?«

»Es wäre sehr aufwendig, ihm aus dem Weg zu gehen. Ist er im vergangenen Jahr nicht wegen seiner sozialen Projekte zum ›Geschäftsmann des Jahres‹ gewählt worden?«

»Er will jetzt für seine Partei kandidieren. Ich habe Angst, dass er seine Ziele mit Stimmungsmache verfolgt. Ich kann im Moment keine Form von verstärktem Nationalbewusstsein gebrauchen. Eine französische Investorengruppe plant ein großes Sanatorium in der Nähe von Greetsiel. Wir sind mit den Norwegern im Gespräch, die eine Art Meeresinstitut aufbauen wollen. Das bringt Arbeitsplätze, Geld und Verbindungen. All das brauchen wir dringend. Wir dürfen den Anschluss nicht verpassen, sonst sind wir weg vom Fenster – entschuldige meine saloppe Ausdrucksweise.«

»Du hast Angst, dass sich Fremdenfeindlichkeit breit macht?«

»Ich weiß nicht recht. Aber es ist schon schlimm genug, wenn der Eindruck nach außen erweckt wird, dass viele mit so einer Stimmungsmache sympathisieren. Ich mache mir Sorgen, dass Ostfriesland ein bestimmtes Image bekommt, und so ein kleines Land wie wir wird es schwer haben, davon wieder loszukommen. Und auf einmal sind wir die tiefste Provinz. Ich möchte dich um einen Gefallen bitten.«

»Du weißt doch, dass ich meinem fürstlichen Patenonkel nichts abschlagen kann. Soll ich van Westen entführen, bis die Landtagswahl vorbei ist?« Johannes versuchte, Carl-Edzard aufzuheitern.

»Keine schlechte Idee. Im Ernst: Heute Abend wird van Westen von seiner Partei als Spitzenkandidat vorgestellt. Seine Partei hat bei der letzten Wahl schlecht abgeschnitten. Aber durch die letzten öffentlich gemachten Kungelgeschäfte und Filzskandale werden die beiden großen Parteien Wählerstimmen verlieren, und die kleinen sehen ihre Chancen.«

»Soll ich gegen van Westen kandidieren?«

»Nein, Johannes, du sollst heute Abend zu der Veranstaltung hingehen und mir berichten. Selber kann ich da nicht hin, und aus meinem engsten Kreis kann ich auch niemanden schicken. Das wäre zu verdächtig. Außerdem fürchte ich, dass er die Gelegenheit nutzt, um gegen die Monarchie zu polemisieren. Mein Engagement in der Zuwanderungsfrage ist wahrscheinlich eine zu gute Vorlage für ihn und seine Parteigenossen.«

»In Ordnung, ich gehe hin und rufe dich morgen an.«

»Danke, Johannes. Einen schönen Abend kann ich dir in einer solchen Gesellschaft wohl nicht wünschen.«

Roolfs schreibt

Wie immer, wenn Gerrit Roolfs im Stress war, kamen ihm die besten Ideen für seine Kurzgeschichten. Die Lokalzeitung brachte ab und zu eine davon, und fast jedes Mal fühlte sich ein braver Bürger erkannt und gekränkt. Manchmal war Roolfs überrascht, wer sich alles durch seine Spottgeschichten angesprochen fühlte.

Zwei schmale Taschenbücher mit seinen Erzählungen waren unter dem Titel »Blau-gelbe Geschichten« als erster und zweiter Teil erschienen – benannt nach den Norder Stadtfarben. Immerhin mussten sie noch im Erscheinungsjahr ein zweites und dann auch ein drittes Mal aufgelegt werden.

Gerade saß er an einer Geschichte mit dem deftigen Titel »Neeischgierig Höhnermors«, in der er das Psychogramm eines auffallend neugierigen Mannes darstellte. Nur die Suche nach einem Namen für die Hauptperson gestaltete sich schwierig. Bei jeder Namenskombination hatte er Menschen mit ähnlich klingenden Namen vor Augen, die beim Stichwort »Neugierde« durchaus hellhörig werden konnten.

Erst, als er seinem Protagonisten den Namen »Hannes Johnsen« gegeben hatte, lehnte er sich zufrieden zurück.

Johannes Fabricius ist gesellig

»Es war an der Nordseeküste, wo ich dich zärtlich küsste. Die Sonne sank ins Meer; ich liebe dich so sehr ...« Zwei sonnenstudiogebräunte und blond gefärbte junge Männer drehten dem Publikum ihre im Takt schaukelnden Hinterteile zu. Sie trugen Trachtenlederhosen mit Fischerhemden, rote Halstücher und federgeschmückte Tirolerhüte. Ihr im Tonstudio geklonter schmelzender Gesang lief über die Anlage in den Saal. Im Hintergrund spielte die kleine Band mit zwei Akkordeons, zwei Keyboards und Schlagzeug. »Die Seehunde« stand auf der großen Trommel.

Die vielen Gäste schunkelten an den Tischen, und auch Johannes Fabricius wurde von seinen beiden Nachbarinnen untergehakt.

»Schön gesellig, nich?«, hauchte ihm die linke zu, während die andere mit glasigen Augen auf die beiden Sänger starrte, die jetzt dazu übergingen, ihren Kehrvers zu jodeln. Johannes Fabricius verspürte das dringende Bedürfnis zu rauchen. Dieses Bedürfnis überkam ihn sonst nur, wenn er eine Predigt seines Bruders hörte.

Mit tosendem Applaus wurden »Die Seehunde« verabschiedet und der Moderator betrat die Bühne. Auch er trug ein Fischerhemd mit rotem Halstuch und auf seinem blauroten Kopf, der nicht gerade von Alkololabstinenz zeugte, saß verwegen schief ein Elbsegler. Er verabschiedete die Musiker mit ein paar Lobesworten auf die natürliche und echte Volksmusik, die doch so richtig von Herzen komme und zu Herzen gehe.

Während seiner Ausführungen wurde im Hintergrund eine riesige Leinwand heruntergefahren, und eine neue Gruppe Musiker nahm Platz. Zwei davon kannte Fabricius als Profis, die hin und wieder bei größeren musikalischen Veranstaltungen auftraten.

Der Moderator begrüßte nun den eigentlichen Star des Abends, den erfolgreichen und beliebten ostfriesischen Geschäftsmann Krino van Westen. Der Applaus toste, und ein großer, schlanker Mann mit stahlgrauen kurzen Haaren und riesiger Nase kam nach vorn. Er war betont leger gekleidet: Jeans, Blazer, Krawatte in den schwarz-rot-blauen Landesfarben, den obersten Kragenknopf offen.

Van Westen tritt auf

Etwas unbeholfen begann van Westen seine Begrüßung, versprach sich einmal und bügelte den Versprecher mit einer charmanten Erklärung aus. Johannes Fabricius merkte sofort, dass hier ein rhetorisch geschulter Mann bewusst versuchte, das Publikum in den Griff zu bekommen und durch gespielte Unbeholfenheit fleißig Sympathiepunkte sammelte.

»Ich zeige Ihnen Bilder aus unserer geliebten Heimat, Bilder aus der Geschichte unseres Landes ...«

Schon während der Einleitung hatte im Hintergrund eine leise, kaum wahrnehmbare Musik eingesetzt. Jetzt warfen zwei leistungsstarke Projektoren Bilder auf die Riesenleinwand – eine professionelle Vorführung. Die Musik nahm dezent Themen aus Shanty und Volksmusik auf.

Nach einigen Bildern von Wolken, Meer und Deichen, von grünen Landschaften und anmutigen Dorfpartien beschrieb van Westen die Eindrücke.

Er sprach vom Kampf der Vorfahren gegen das Meer, die große Gefahr für Heimat und Leben. Und er berichtete von den Verwüstungen, die fremde Soldaten bei ihren Eroberungszügen durch Ostfriesland angerichtet hatten.

Krino van Westen redete eindringlich und überzeugend, und sein Publikum war beeindruckt. Johannes Fabricius' Nachbarinnen hörten wie die meisten mit offenem Mund zu.

»Schwache Regierungen und deutsche Regenten haben unser schönes Land der Verwüstung preisgegeben. Die Vorfahren haben das Land fruchtbar gemacht und durch Deiche gegen das Meer geschützt. Aber nach innen fehlten die Deiche und das Meer von Plünderern hat unser Land kaputtgemacht.«

Im Hintergrund summte die Musik weiter. Johannes Fabricius ahnte, wie die Argumentation weiterlaufen würde. Weitere Bilder von Sonnenuntergängen am Meer, baumgesäumten Alleen und nebliger Moorlandschaft folgten. Auch die Windmühlen von Greetsiel und der Pilsumer Leuchtturm waren wieder einmal mit von der Partie.

»Man soll eben kein Klischee auslassen«, brummte Fabricius seiner linken Nachbarin zu.

»Ja, richtig schön gesellig hier«, antwortete sie mit einem strahlenden Lächeln.

Van Westen dreht auf

Die Musik änderte sich. Dias von verödeten Bahnhöfen wurden gezeigt, Wandschmierereien an Schulen und Kirchen, umgestoßene Abfallkörbe, von Randalierern verwüstete Bushäuschen, kaputte Unfallautos, Fälle von Vandalismus. Van Westen präsentierte dazu eine Art mündlicher Collage: kurze Beschreibungen dessen, was auf den Bildern zu sehen war, Meldungen aus Zeitungen, Auszüge aus Sachbüchern.

»Nur Zitate«, wie van Westen versicherte, »ohne Wertungen und Interpretationen. Sie sollen sich selbst ein Bild machen.«

Dazwischen zeigte er einige Bilder von Wohnblocks, vor denen sich Müllberge türmten und erkennbar ausländische Jugendliche mit Handys telefonierten. Ein anderes Bild von einer Schlägerei zwischen russlanddeutschen Jugendlichen und jungen Leuten südeuropäischer Prägung war vor einigen Wochen durch die Presse gegangen.

Das letzte Bild ließ Johannes Fabricius erstarren. Sein eigenes Haus war im Hintergrund zu sehen, und im Vordergrund stand in der Nähe des Deiches das Haus von Weert Pohl. Die meisten Anwesenden kannten das Bild aus der Zeitung.

»Ein Meer von Gewalt und Verbrechen und moralischer Auflösung bedroht unsere Heimat. Wir alle sind bewegt von dem schrecklichen Verbrechen, das jetzt einem alten, heimatverbundenen Westermarscher angetan wurde. Ein Schicksal, das keinen von uns unberührt lässt und das uns zwingt, schärfer gegen das Meer der Kriminalität anzugehen.«

Krino van Westen drehte auf. Es war eine atmosphärische Dichte im Saal, die wohl auf alle überging. Nur Johannes Fabricius verspürte einen unwiderstehlichen Harndrang. Aber er wusste, dass er jetzt auf keinen Fall aufstehen und gehen durfte.

»Unsere jetzige Regierung ist nicht in der Lage, unsere liebe Heimat zu schützen. Was fleißige Mitbürger schaffen und aufbauen, das muss bewahrt werden. Unsere Heimat, unsere Familien, unser Zuhause, die Zukunft unserer Kinder und Enkel. Auch unsere ausländischen Mitbürgerinnen und Mitbürger müssen wir schützen. Auch sie tragen zu einem guten Miteinander in unserer Gesellschaft bei. Niemand von uns ist ausländerfeindlich!«

»Jetzt fehlt nur noch der Satz: ›Einige meiner besten Freunde sind Ausländer‹!«, raunte Johannes Fabricius seiner linken Nachbarin zu.

»Einige meiner besten Freunde sind Ausländer!«, bekannte van Westen.

Vermutlich meint er damit seine Geschäftspartner aus dem Emsland und aus dem Ruhrgebiet, dachte Fabricius. Er nutzte den Applaus, um aufs Klo zu gehen. Ihm kamen die beiden Sänger mit dem Nordseeküsten-Lied entgegen. Händchenhaltend verschwanden sie in der Garderobe, und Johannes Fabricius ahnte, wer wen am Strand küssen würde.

Johannes Fabricius muss mal raus

Van Westens Rede wurde über die Lautsprecher auch in die Toilettenräume übertragen. Wie passend, dachte Johannes Fabricius, der sich auf die wohltuende Ruhe dieser Örtlichkeiten gefreut hatte. Am Waschbecken ärgerte er sich darüber, dass hier wieder eine verborgene Mechanik gefunden werden musste, damit das Wasser kam. Nachdem er die Hände auf der Suche nach möglichen Lichtschranken in alle Richtungen bewegt und alle Kacheln nach möglichen Sensoren abgetastet hatte, fand er endlich einen Druckknopf im Fußboden.

Als er wieder zwischen seinen beiden Tischnachbarinnen Platz genommen hatte, erläuterte van Westen das Wahlprogramm. Das meiste waren die üblichen Forderungen nach mehr Arbeitsplätzen und weniger Steuern, nach mehr Wirtschaft und noch mehr Umweltschutz, nach mehr Personal an den Schulen und Kindergärten und weniger Personal in der Verwaltung und nach höheren Leistungsstandards im Gesundheitswesen und niedrigeren Beiträgen für die Krankenkassen. Jedes dieser Abziehbilder wurde mit donnerndem Beifall quittiert.

»Wir brauchen«, erhob van Westen seine Stimme und breitete seine Arme aus, »neben unserem verehrten Fürstenhaus eine starke Regierung, die etwas von der ostfriesischen Kunst des Deich- und Sielbaus versteht. Ein Schutz gegen das, was unsere Heimat und unser gutes Miteinander zerstört und offene Türen für alle, die beim friedlichen Aufbau unserer Gesellschaft mitmachen wollen. Eine Art Trockenlegung in Sachen Kriminalität und Bürokratie, damit guter fruchtbarer Boden entsteht für die kommende Generation, für unsere Kinder und Enkel.«

Besonders die Erwähnung der Enkelkinder sprach die Anwesenden an, da die meisten von ihnen zwischen fünfzig und siebzig sein mochten.

Unter Klatschen und Jubelrufen verließ van Westen das Rednerpult. Der Parteivorsitzende und seine Stellvertreterin kamen auf die Bühne, überreichten einen Blumenstrauß in den Parteifarben und schüttelten ihm die Hand.

Der Parteivorsitzende, ein blasser Gymnasiallehrer für Erdkunde und Physik, betrat das Rednerpult. Als es wieder einigermaßen ruhig war, verkündete er pathetisch mit seiner näselnden Stimme, dass die Partei auf ihrem Parteitag heute Nachmittag beschlossen habe, Krino van Westen zu ihrem Spitzenkandidaten zu küren. Fabricius meinte dem Vorsitzenden abzuspüren, dass ihm nicht ganz wohl in seiner Haut war.

Gerade wollten seine Nachbarinnen wieder mit dem Klatschen beginnen, da winkte van Westen ab. Leise sprach er mit samtiger Stimme und deutlich hervorgekehrter Ergriffenheit: »Euer Vertrauen ist eine große Ehre und Auszeichnung für mich. Ich mache mich stark für ein starkes Ostfriesland. Danke!«

Auf der Dia-Leinwand erschien das Logo für den Wahlkampf: die stilisierte ostfriesische Halbinsel, gestreift in den drei Landesfarben schwarz, rot und blau. Ein Schriftzug um das Logo herum präsentierte die drei Buchstaben, mit denen der Parteiname abgekürzt war, gemeinsam mit dem Slogan »Stark – für ein starkes Ostfriesland«.

Inzwischen war die Seehund-Combo wieder auf der Bühne angelangt. Nach einem von Applaus begleiteten Tusch spielten sie auf, und die beiden blonden Jünglinge stimmten an: »In Ostfreesland is't am besten!«

»Und nu' mutten all mitsingen un' mitschunkeln. Ik wünsch jo vööl Pläseer!«, verkündete van Westen in gestelztem Plattdeutsch und hakte sich zwischen den beiden Seehundsängern ein.

Schade, dass ich schon auf dem Klo war, dachte Johannes Fabricius, als seine beiden Nachbarinnen ihn unterhakten.

Johannes Fabricius ist höflich

Johannes Fabricius wollte durch den Seitenausgang entwischen, um von möglichst wenigen Leuten gesehen zu werden. Im Flur stieß er mit jemandem zusammen, der von der Bühne kam.

»Welche Freude, Sie hier begrüßen zu dürfen, Herr Fabricius.«
Krino van Westen reichte ihm seine Hand und überrascht erwiderte Johannes Fabricius seinen kräftigen Händedruck.

»Danke, ganz meinerseits. Es war sehr – interessant.«

»Sie sind höflich!« Van Westen grinste ihn an.

Johannes Fabricius lächelte etwas verlegen zurück und antwortete: »Ja, Geschäftsleute müssen höflich sein.«

Warum nur fühlte sich Fabricius diesem Mann unterlegen? Er konnte mit seiner Bildung van Westen doch jederzeit an die Wand spielen – dachte er.

Aber er wusste, dass ihm die Eigenschaft fehlte, die van Westen so unglaublich selbstsicher und stark im Auftreten machte: die Dummheit, die man braucht, um jeden Selbstzweifel und jedes kritische Nachdenken über sich selbst auszuschalten. Um diese nötige Portion Dummheit hatte Johannes Fabricius schon viele Mitmenschen ehrlich beneidet.

Johannes Fabricius hatte eine Begabung, die ihm manchmal über diesen Mangel hinweghalf: Er war ein guter Schauspieler. Aber diesmal schien es nicht zu funktionieren.

»Mal ehrlich, Fabricius, was denken Sie wirklich über mich?«

Johannes Fabricius fühlte sich ertappt wie ein Schüler beim Mogeln. Er brauchte einen Moment, um eine passende Antwort zu formulieren.

»Es war ein interessanter Abend für mich, auch wenn ich nicht in allen Punkten zustimme – besonders was Ihr konkretes politisches Programm angeht. Aber ich habe Respekt vor Menschen, die hart arbeiten und sich für das Gemeinwohl engagieren.«

Van Westens Augen leuchteten. Er durchschaute Fabricius' Lobhudelei und fühlte sich trotzdem geschmeichelt.

»Johannes, wenn Sie Lust haben, kommen Sie doch am Sonnabend zu meiner Party auf die Ennenburg. Nichts Großes, nur ein paar nette und interessante Leute, ganz zwanglos.«

Bevor Johannes Fabricius antworten konnte, wurde van Westen von einer Welle seiner Fans weggeschwappt.

Johannes Fabricius ärgerte sich über sich selbst. Van Westen hatte ihn vorgeführt und die ganze Zeit die Gesprächsführung in der Hand gehabt. Genervt drehte er sich um und stieß zum zweiten Mal mit jemandem zusammen. Es war seine linke Nachbarin von vorhin.

Er drängelte an ihr vorbei nach draußen und brummte ihr im Vorbeigehen zu: »Ich wünsche noch einen geselligen Abend.«

Roolfs fühlt sich beengt

Gerrit Roolfs schaltete das Autoradio aus. In Gedanken ging er die wichtigsten Fakten des Falles durch, den er jetzt noch einmal aufrollen musste. Die Eheleute Feldhausen, beide Mitte sechzig, waren vor fast fünf Jahren tot in ihrem Haus aufgefunden worden. Alles hatte nach Selbstmord ausgesehen: die unheilbare Krankheit des Mannes, der handschriftliche Abschiedsbrief, die isolierte Lebensweise des Ehepaares. Und dennoch hatte man damals jeden noch so kleinen Hinweis auf ein Verbrechen verfolgt – ohne Ergebnis.

Gerrit Roolfs rechnete nicht damit, dass das Gespräch mit der einzigen näheren Angehörigen von Frau Feldhausen noch neue Gesichtspunkte brachte. Er konnte sich auch nicht vorstellen, eine Verbindung zum Mord an Weert Pohl zu finden. Aber irgendwie hatte er bei der Lektüre der Unterlagen ein seltsames Gefühl gehabt.

Das Dorf, in dem die Schwester von Frau Feldhausen wohnte, lag in der Krummhörn zwischen Norden und Emden. Bis auf die größeren Orte Pewsum und Greetsiel gab es hier sonst nur kleine Dörfer mit ein paar hundert Einwohnern. Im Mittelalter, als die Küstenlinie noch so weit in das heutige Festland gereicht hatte, waren die meisten von ihnen wohlhabende Hafenorte gewesen. Viele große Dorfkirchen kündeten noch von dieser reichen Vergangenheit.

Roolfs bog von der Hauptstraße ab und fuhr durch den alten Ortskern. Die Kirche und die Häuser und Straßen um die Kirche herum waren so aufwändig restauriert worden, dass er das Gefühl hatte, durch ein Dorf aus Modellhäuschen von »Lillyput Lane« zu fahren.

Roolfs' Vater war als Kunsthistoriker im Kulturdezernat gewesen und hatte ihn einmal bei einer Exkursion in diese Kirche mitgenommen. Hier stand eine der ältesten Orgeln Deutschlands, die verlässlich älteste stand nur ein paar Dörfer weiter in Rysum.

Roolfs erinnerte sich, dass vor wenigen Jahren Wand- und Deckenmalereien bei einer Kirchenrestaurierung entdeckt worden waren. Da die Gemeinde den reformierten Bekenntnisstand hatte, musste in einer theologischen Grundsatzdiskussion geklärt werden, wie sich eine Freilegung der Gemälde mit dem reformierten Bilderverbot vertrug. Nach der Zustimmung des Kirchenrates wurde zwei Jahre lang an der Restaurierung gearbeitet.

Heute kamen Kunsthistoriker vieler Einrichtungen, um die Gemälde zu sehen, und Organisten aus ganz Europa standen Schlange, um an der Orgel zu spielen. Die einzigen Menschen, die das in keiner Weise zu interessieren schien, waren die Dorfbewohner.

Frau Büscher wohnte in der Neubausiedlung, die sich an das alte Dorf anschloss. Eigenartig, dachte Roolfs, als er aus dem Auto stieg. Die Dörfer hatten alle einen ganz eigenen Charakter, beinahe jedes ältere Haus hatte so etwas wie ein eigenes Gesicht und eine eigene Persönlichkeit. Und an fast alle Dörfer waren so gleichförmige Neubausiedlungen angeschlossen, die Häuser und Gärten fast identisch, die Straßennamen ähnlich fantasielos.

Hauptkommissar Gerrit Roolfs öffnete das Gartentor und trottete schlecht gelaunt den Weg aus Waschbetonplatten entlang, vorbei an bepflanzten Waschbetonkübeln, und er stieg die kleine Treppe aus Waschbetonstufen zur Haustür hoch. »E. Büscher« stand auf dem Klingelschild. Eine Art Gong erklang, als Roolfs auf den Knopf gedrückt hatte, und mit dem ersten Ton begann im Haus ein Hund zu kläffen.

Durch die Buntglasscheibe sah Roolfs, dass sich im Flur etwas bewegte.

»Aus, Tiffi, aus!«, rief eine energische Frauenstimme. Eine Tür klappte und das Bellen wurde leiser.

Eine kleine Frau mit grauer Dauerwellenfrisur öffnete. Sie trug eine blaue Kittelschürze. Es war ewig her, dass Roolfs so ein Kleidungsstück das letzte Mal in Aktion gesehen hatte. Über der Kittelschürze trug sie eine schwarze Strickjacke.

»Sie sind sicher der Kommissar? Ihr Büro hat vorhin angerufen und gesagt, dass Sie kommen. Gehen Sie man durch und dann links ins Wohnzimmer, ich mach uns eben eine Tasse Tee.«

Er nahm im Sofa Platz. Das kleine Wohnzimmer wurde von einer Schrankwand und einem gigantischen Fernseher beherrscht. Im Fernsehen lief eine der Talkshows, die sich selbst inzwischen zu einer kostenlosen Möglichkeit zur Durchführung von Vaterschaftstests degradiert hatten. Hier rechneten eine Frau und ihr Exmann sich gegenseitig ihre Seitensprünge vor, bis der Moderator das Ergebnis des Tests verlas. Bevor die beiden ehemaligen Eheleute einander an die Kehle gingen, stellte Roolfs den Fernseher ab und versteckte die Fernbedienung unter dem Sofakissen.

Jetzt erst sah er sich im Wohnzimmer um. Der Vitrinenschrank neben der Terrassentür war vollgestopft mit Puppen. Zwei der Sessel waren ebenfalls mit Plüschtieren und Puppen voll besetzt. Alle Fächer im Wohnzimmerschrank – bis auf das kleine Fach mit den obligatorischen Büchern vom Bücherbund, die noch in ihrer Folie eingeschweißt waren – quollen über von Teddys und Puppen in verschiedenen Größen und aus verschiedenen Materialien.

Zwei Hängekörbe mit mehreren Etagen waren an der Wohnzimmerdecke befestigt. Aus allen Korbetagen schauten Puppen und Plüschtiere heraus, wie Passagiere, die aus dem Korb eines Heißluftballons herausschauen, weil sie sich übergeben müssen. Sogar auf dem Fußboden standen mehrere größere Teddys und Puppen, die ihrerseits wiederum kleine Teddys an der Hand hielten oder Puppenwagen schoben.

Gerrit Roolfs sah nach draußen in den Garten. Hier war genauso wie vor dem Haus der Waschbeton das beherrschende Material bei der Gestaltung von Gartenweg, Terrasse und Terrassenmauer. Sogar der Außenkamin war mit diesen Platten gefertigt worden.

Frau Büscher kam mit dem Teetablett herein. »Das sind alles meine Kinder!«, sagte sie und deutete um sich. »Leider hat mir der liebe Gott keine richtigen Kinder gegeben. Genau wie meiner Schwester.« Aus dem Nebenraum war wieder das Hundekläffen zu hören. »Das ist Tiffi. Der mag nicht eingesperrt sein. Der tut auch nichts.« Sie ging wieder in den Flur. »Mama kommt und holt dich!«

Roolfs befürchtete, dass es ein langer Besuch werden würde.

Edeltraut Büscher lüftet ein Geheimnis

Es dauerte eine Weile, bis Frau Büscher in ihrer Erzählung bei dem Thema angekommen war, das Gerrit Roolfs interessierte. Da er aber hoffte, dass ihr Redefluss ihn dann auch mit vielen Einzelheiten über den Tod ihrer Schwester und ihres Schwagers überströmen würde, ließ er sie gewähren. Er schaute zwischendurch auf die Uhr über dem Fernseher, die von einem dicken Plüschteddy im Schoß gehalten wurde. Währenddessen versuchte Tiffi, Roolfs' rechten Schuh zu begatten.

Roolfs' Geduld wurde auf eine harte Probe gestellt. Nach einem halbstündigen Rundgang durch die Nachbarschaft und die vielen tragischen Schicksale, die sich nach Frau Büschers Kenntnis dort abgespielt hatten, kamen sie endlich bei ihrer Lebensgeschichte an. Roolfs hoffte, dass sich in dieser Erzählung irgendwo ein Seitenweg auftat, mit dem man eine Abkürzung zum Tod der Eheleute Feldhausen nehmen könnte.

In dieser Hoffnung wurde er enttäuscht, dafür erfuhr er aber, dass das »E« in Frau Büschers Vornamen für »Edeltraut« stand. Mehrmals zitierte sie Nachbarn und Angehörige und Selbstgespräche, und dann redete sie sich mit ihrem eigenen Vornamen an: »Edeltraut, nun musst du auch mal an dich denken!« – so sagten es die Nachbarn, nachdem sie die Eltern zu Tode gepflegt hatte. »Edeltraut, das darfst du dir nicht gefallen lassen!«, so ermahnte sie sich selbst, als ihr Schwager einen Pflichtteil vom Erbe der Eltern für seine Frau verlangte. Und »Edeltraut, unrecht Gut zahlt sich nicht aus!«, wurde ihr von den Nachbarn bestätigt, als Schwester und Schwager aus dem Leben schieden.

Nun ließ Roolfs nicht mehr locker. Jedes Mal, wenn Edeltraut Büscher abschweifen wollte und von ihrem Krankenhausaufenthalt, ihrer Kur, ihrer Arbeit im Bekleidungsgeschäft oder von ihren Kegelschwestern erzählten wollte, zog er sie zurück – so wie sie vermutlich ihren Tiffi an einer ausziehbaren Leine immer wieder zur Mama zurückholte.

Als sie davon erzählte, wie Schwester und Schwager von einem Nachbarn aufgefunden worden waren und wie die Hilfskräfte und die Bestatter mit Schutzanzügen die Toten bergen mussten, wurde es unappetitlich.

Die Frage, die Roolfs auf der Zunge lag, wurde auch gleich thematisiert. Da ihr Schwager seiner Frau den Kontakt zur Schwester verboten hatte, war es nicht verwunderlich, dass sie so lange nichts mehr voneinander gehört hatten.

»Das war normal«, berichtete Edeltraut Büscher. »Mein Schwager war – unter uns gesagt – ein Schietkerl. Meine Schwester durfte nur zu Besorgungen aus dem Haus. Und abends kontrollierte er, ob sie nicht telefoniert hatte. Das konnte er auf dem Apparat sehen. Likörchen?«

Sie sah Roolfs erwartungsvoll an, der sich ein Nicken abnötigte. »Aber nur einen Tropfen, ich bin im Dienst.«

Aus der Flasche kroch eine sirupartige rote Flüssigkeit ins Glas. Roolfs beschloss, sich an diesem Glas so lange wie möglich festzuhalten, damit nicht nachgeschenkt wurde.

»Meine Schwester durfte nichts. Wenn sie ihm Widerworte gab, dann war was los.«

»Hat er sie geschlagen?«

»Nein, dann sprach er ein paar Tage nicht mir ihr und gab ihr auf nichts eine Antwort. Er tat so, als wäre sie gar nicht da. Das war für sie viel schlimmer.«

Edeltraut Büscher trank etwas von ihrem Likör und erzählte weiter. »Mein Schwager war ein Pedant. An jedem Wochentag musste es das gleiche Essen geben: an jedem Montag Linsensuppe, jeden Freitag Seelachs, jeden Sonntag Rouladen. Abends sortierte er seine Briefmarken oder las seine Kriegsbücher. Manchmal legte er auch seine Kartenspiele oder er las Illustrierte. Fernsehen gab es da nicht. Ab und zu durfte sie mal Radio hören. In den Urlaub fuhren sie nur zu seinen Eltern, irgendwo bei Osnabrück. Und als die gestorben waren, gab es das auch nicht mehr.«

Edeltraut Büscher sah Roolfs bedeutungsvoll an und flüsterte: »Meine Schwester hat manchmal zu mir gesagt: ›Edeltraut, das Schicksal hat es nicht gut mit mir gemeint!‹, und dann guckte sie mich immer ganz ernst an.«

»Und trotzdem wollte sie ohne ihren Mann nicht weiterleben?«

»Doch. Sie wollte. Aber er hat sie umgebracht. Das habe ich erst vorletzte Woche herausbekommen. Ich hatte einen Anruf von ihrem Freund.«

Roolfs war überrascht und trank seinen Likör mit einem Schluck aus.

Roolfs hört zu

»Wollen Sie noch einen?«

Roolfs wischte die Frage mit einer Handbewegung weg. »Ihre Schwester hatte einen Freund? Ein Verhältnis?«

Edeltraut Büscher war auf einmal etwas verunsichert.

»Vielleicht ist ›Freund‹ nicht das richtige Wort. Bei der Goldenen Konfirmation, da hat sie einen alten Klassenkameraden wieder getroffen, und mit dem war sie früher mal zusammen. Jeder von ihnen hat dann einen anderen geheiratet, aber Sie wissen ja: Alte Liebe rostet nicht!«

»Und?« Roolfs wurde ungeduldig.

»Er war inzwischen Witwer, und irgendwie funkte es zwischen den beiden wohl wieder. Kurz danach erfuhr mein Schwager von seiner Krankheit. Er wusste, dass er nur noch ein paar Monate, höchstens ein Jahr, zu leben hatte. Meine Schwester hat ihm versprochen, ihn bis zuletzt zu Hause zu pflegen. Er wollte nicht in ein Heim. Und dies Versprechen hat sie auch gehalten. Ja, so war meine Schwester, herzensgut.« Sie seufzte, und Tränen traten ihr in die Augen.

»Sie haben sich ein paar Mal heimlich getroffen. Als mein Schwager für eine Zeit im Krankenhaus lag, haben sie abgemacht, dass es keine Besuche und Anrufe geben soll, solange ihr Mann lebt. Er sollte in Frieden sterben. Und dann wollten sie sich zusammentun. Sie überlegten sogar, sich zusammen ein Haus auf Teneriffa zu kaufen. Sie hatte ja das Haus und von ihrem Mann eine gute Rente. Sie wollte endlich anfangen zu leben. Sie hatte ja bisher nichts vom Leben gehabt.«

Edeltraut Büscher fing an zu weinen, und Roolfs wartete ihre Tränen ab wie einen Regenschauer, der ungelegen kam.

Dann räusperte er sich und sagte: »Auf dem Zettel, den sie hinterlassen haben, stand: ›Wir scheiden beide freiwillig aus dem Leben. Es hat keinen Sinn mehr!‹«

»Er hat ihr das eigene Leben genommen, solange sie verheiratet waren, und nun hat er ihr auch den eigenen Tod genommen. Die Polizei hat herausgefunden, dass er sie im Schlafzimmer erschossen hat, vermutlich schlief sie. Das hoffe ich jedenfalls. Und dann hat er sich erschossen. Vielleicht hat er herausbekommen, dass sie eine Bekanntschaft hatte. Er hat sie einfach mitgenommen in seinen Tod. Er hat ihr einfach das Leben nicht gegönnt, nicht solange er lebte, und nach seinem Tod sollte sie auch nicht leben dürfen.«

»Hat er etwas von dem Schulfreund gewusst?«

»Ich glaube nicht.«

»Haben Sie Namen und Anschrift von dem Freund?«

»Ich habe seine Adresse für Sie aufgeschrieben. Er hat mich vor ein paar Tagen angerufen und mir alles erzählt. Er hat sich damals nicht bei der Polizei gemeldet, weil er ja mit der Sache nichts zu tun hatte. Aber irgendwie ließ es ihn nicht los und nun wollte er sich mal aussprechen.«

Sie gab ihm den Zettel.

»Welche Krankheit hatte Ihr Schwager?«

»Ich weiß nicht genau. Da müssen Sie den Hausarzt fragen: Dr. Schatz in der Wilhelm-Raabe-Straße.«

Auf die Frage nach Weert Pohl erhielt Roolfs ein Achselzucken. Sie hatte den Namen nur in der Zeitung gelesen und kannte den Mann nicht. Sie glaubte auch nicht, dass es da eine Verbindung zu ihrer Schwester und ihrem Schwager gab.

Gerrit Roolfs stellte seine letzte Frage, die mit dem Fall eigentlich nichts mehr zu tun hatte: »Warum ist Ihre Schwester all die Jahre bei ihm geblieben? Warum ist sie nicht von ihm weggegangen?«

Er wusste, dass er auf diese Frage nie eine befriedigende Antwort bekommen würde.

Als er im Auto saß, war er deprimiert. Typisch, dachte er. Typisch Ostfriesland! Wenn man auf drei Seiten von Deich und Meer umgeben ist, dann gibt es immer nur einen Weg. Dann ist es für viele Menschen völlig undenkbar, dass es noch eine andere Möglichkeit gibt, als zu bleiben und zu leiden. Er dachte an seinen Besuch bei Hilke Dreesmann. So unterschiedlich diese beiden Frauen waren, so hatten sie doch etwas gemeinsam.

Er ließ den Motor an und fuhr los. Die Mittagszeit würde er bei Johannes oben in der Buchhandlung verbringen, das würde ihn vielleicht ein bisschen aufmuntern. Vorher wollte er noch mit dem Hausarzt der Eheleute Feldhausen sprechen und ein paar Routinefragen stellen, die der Arzt sicher schon beantwortet hatte.

Edeltraut Büscher stand in der Tür und winkte ihm nach. Im Arm hielt sie ihren Pudel.

Dr. Schatz sehnt sich nach Urlaub

»Dr. Jörg Schatz. Arzt für Allgemeine Medizin und Sportmedizin. Privatdozent«, las Gerrit Roolfs auf dem Schild, als er die Arztpraxis betrat. Er und Johannes Fabricius, den er aus der Buchhandlung abgeholt hatte, waren telefonisch angemeldet worden.

Sie wurden gleich in ein winziges Behandlungszimmer geführt, und schon nach wenigen Augenblicken kam der Arzt. Johannes Fabricius kannte ihn flüchtig, weil Dr. Schatz in der Kantorei mitsang und bei den gemeinsamen Proben von Chor und Orchester für die Matthäuspassion dabei gewesen war.

»Vielen Dank, dass Sie sich Zeit nehmen, Herr Doktor Schatz.«

»Ach, Herr Roolfs, wenn ich mich nach dem Willen der Gesundheitsreformer richte, dann kann ich meine Praxis jedes Vierteljahr für mindestens vier Wochen schließen, weil ich sonst mein Budget überschreite.«

Jörg Schatz musste Ende dreißig sein. Er hatte seine wenigen blonden Haare so kurz scheren lassen, dass es fast wie eine Glatze aussah.

»Und, warum tun sie es nicht? Sind Sie nicht urlaubsbedürftig?«

»Urlaub? Wie buchstabiert man das?« Dr. Schatz' Lachen war leicht und unbekümmert wie das eines fröhlichen Jungen. »Ich müsste dringend einmal raus hier. Aber wo sollen meine Patienten denn sonst ihre Zeitschriften lesen?«

»Na, Sie haben ja Humor.«

»Muss ich auch, sonst könnte ich in meinem Beruf nicht überleben. Sie kommen wegen der Eheleute Feldhausen«, stellte Dr. Schatz fest.

»Dürfen Sie da überhaupt Auskunft geben?«, fragte Johannes Fabricius.

»In diesem Fall darf ich, weil mich am Tag nach dem Tod des Ehepaares ein Brief von Herrn Feldhausen erreichte, in dem er mich ausdrücklich von meiner Schweigepflicht entband. Den muss er abgeschickt haben, bevor er ... na, Sie wissen ja.«

Gerrit Roolfs rieb seine Hände. »Seitdem ist ja eine ganze Zeit vergangen. Ist Ihnen inzwischen noch etwas eingefallen oder sind Ihnen Zweifel gekommen, dass es ein Selbstmord war?«

»Ja.« Dr. Schatz erhob sich von seinem Platz hinter dem Schreibtisch.

»Ja?« Gerrit Roolfs war irritiert.

»Ich gehe davon aus, dass Sie Bescheid wissen, sonst wären Sie vermutlich nicht gekommen. Frau Feldhausen hatte durchaus nicht die Absicht, freiwillig aus dem Leben zu scheiden. Er hat seine Frau mit in den Tod genommen, um es freundlich zu sagen.«

»Und unfreundlich?«

»Er hat sie umgebracht. Als ob das nicht gereicht hätte, was er ihr die ganzen Jahre vorher angetan hat!«

Roolfs und Fabricius waren überrascht, mit welcher Heftigkeit der Arzt diese Worte ausgesprochen hatte.

Dr. Schatz setzte sich wieder. »Entschuldigung, meine Herren. Auch wenn so etwas mit zu meinem Beruf gehört, macht mich so etwas fertig. Manchmal kommt mir die professionelle Distanz abhanden. Frau Feldhausen war eigentlich ein lebensfroher Mensch. Er hat sie kaputt gemacht.«

»Und sie hat sich kaputt machen lassen. Dazu gehören immer zwei«, sagte Johannes Fabricius.

»So ist es. Aber für nicht wenige Menschen ist es bequemer, zu leiden, als sich zu verändern, und das Jammern und Klagen ist leichter, als einen Konflikt durchzuziehen. Glauben Sie mir, so eine Arztpraxis ist eine Schule fürs Leben. Frau Feldhausen hat sich nicht gewehrt. Aber nun hoffte sie auf einen neuen Lebensabschnitt. Sie hätte sich durchaus ein Leben nach dem Tod ihres Mannes vorstellen können. Sie hat sich – wenn ich das so sagen darf – durchaus darauf gefreut und hatte auch eine gewisse Perspektive.«

»Wie lange wissen Sie das schon?«

»Ganz sicher weiß ich es seit ein paar Tagen. Ihre Schwester, Frau Büscher, ist auch Patientin bei mir. Sie hat mir von dem Schulfreund erzählt. Ich gehe davon aus, dass Frau Büscher Ihnen ebenfalls davon berichtet hat. Das hatte sie jedenfalls vor.«

»Hat sie auch getan«, erklärte Roolfs.

»Frau Büscher sagte, sie will ihre Schwester jetzt auf dem Friedhof in das Elterngrab umbetten lassen, weil sie nicht länger bei ihrem Mörder begraben liegen soll. Stellen Sie wegen des Schulfreundes neue Nachforschungen an?«

»Eigentlich ist das nicht der Grund. Wir untersuchen den Mord an Weert Pohl. Wir suchen nach einer Verbindung zwischen den Feldhausens und Pohl. Sie haben von dem Mord am Deich gehört?«

Dr. Schatz lehnte sich wieder zurück. »Ja, habe ich. Ich hab Pohl sogar gekannt. Kennen ist vielleicht ein bisschen zu viel gesagt, und darum kann ich nicht sagen, ob die Feldhausens und Pohl sich gekannt haben. Weert Pohl hat den Garten unserer Nachbarn betreut, und als ich im vorletzten Jahr meine Hand gebrochen hatte, hat er meinen Garten für ein Vierteljahr mitgemacht. Kein angenehmer Mann, auch wenn er so ein Schicksal sicher nicht verdient hat.«

»Da war aber anscheinend jemand anderer Meinung.«

Fabricius macht dicht

»Tanja, wir machen hier oben über Mittag zu. Bestellen Sie uns beim Chinesen ein Dutzend Frühlingsrollen mit den entsprechenden Zutaten. Und dann machen wir dicht. Lassen Sie niemanden rauf!«

»Okay, Chef!«, rief Tanja so fröhlich zurück, dass Johannes Fabricius trotz dieser Anrede lächeln musste.

Gerrit Roolfs hatte es sich in einem Sessel bequem gemacht und versank in den Klängen der neuesten CD von Keith Jarett.

Johannes schaltete seinen Computer ab. »Ein Klavierkonzert von Mozart, ich glaube, Nummer neunzehn. Gefällt es dir?«

Gerrit richtete sich auf. »Erste Sahne. Ich habe ein paar Jazz-CDs mit ihm. Aber dass er auch Mozart spielt, wusste ich gar nicht. Ich bin mal wieder der Kulturbanause.«

Johannes kramte in einem CD-Regal. »Ich habe hier auch etwas mit ihm von Bach. Die Goldbergvariationen.«

Gerrit winkte ab. »Lass mal. Mozart und Jazz ist jetzt genau das Richtige.«

Beide genossen es, schweigend die Musik zu hören, bis sie von Tanja mit den Frühlingsrollen aufgestört wurden.

Johannes verschloss die Tür. Er setzte sich in den Sessel gegenüber und teilte jedem seinen Anteil an den köstlich duftenden Frühlingsrollen zu. »Übrigens, dein Verlag hat heute früh angerufen. Sie können dich nicht erreichen und wollen wissen, was dein nächstes Buch macht. Sie wollen wieder etwas von dir bringen.«

»Die nerven mich inzwischen. Ich habe ein paar Sachen in Arbeit, aber ich lass mir keinen Druck machen. Und mein letztes

Buch hat mir eine Menge Ärger eingebracht. Drei Leute behaupten felsenfest, ich hätte über sie geschrieben und sie beleidigt. Und jetzt haben zwei von ihnen Anzeige gegen mich erstattet. So etwas Albernes! Als ob es für einen Autor interessant wäre, solche Typen in einem Buch zu beschreiben. Schon schlimm genug, dass man sich mit solchen Leuten überhaupt auseinandersetzen soll. Lesen muss man die ja nun wirklich nicht auch noch.«

Die CD war abgelaufen. Johannes packte die CD in die Hülle und reichte sie Gerrit. »Hier, schenk ich dir. Einem geliebten Freunde zur Labung.«

»Von Herzen bedankt.« Gerrit betrachtete das Cover. »Entschuldige, ich lasse meine schlechte Laune an dir aus. Aber dafür müssen Freunde herhalten. Wie war dein Wahlkampf-Abend?«

»Gesellig.«

GERRIT ROOLFS MUSS LOS

Johannes war gerade bei seinen Überlegungen angekommen, wie er auf nicht allzu unhöfliche Weise die Einladung zu van Westens Party ablehnen konnte, als Gerrits Handy klingelte.

Johannes kramte in den Prospekten und notierte sich, welche Neuerscheinungen auf dem CD-Markt er bestellen wollte. Von seinem Vater bekam er seit Jahren zu Weihnachten eine neue Einspielung des Weihnachtsoratoriums. Inzwischen mussten es über zwanzig sein. Vielleicht sollte man so etwas mal ausstellen.

In gut zwei Wochen war Ostern. Mit der Hofkapelle wollten sie in der Karwoche in drei ostfriesischen Städten und in Groningen die Matthäuspassion aufführen. Von Palmarum bis Karsonnabend sollte jeden zweiten Tag eine Aufführung sein. Zur Belohnung hatte der Fürst alle Mitwirkenden zu einem langen Wochenende in ein Schloss in den Niederlanden eingeladen.

Vielleicht sollte er zu Ostern möglichst viele Aufnahmen der Matthäuspassion präsentieren. Über dreißig waren im Katalog aufgeführt.

»Ich muss los!« Gerrit stand plötzlich auf. »Waldemar Klein, Alexanders Vater, ist auf dem Revier. Er wird verhört. Er soll oft mit Weert Pohl zusammen gewesen sein. Aber er will nichts sagen. Behauptet, dass er nichts versteht.«

»Und du kannst Russisch?«

»Nee, aber den nehme ich auseinander, wenn er nichts sagt.«

»Das kannst du vergessen.«

»Uphoff hat versucht, jemanden zu finden, der Russisch kann. Die beiden Russischlehrerinnen vom Gymnasium sind nicht erreichbar, eine ist auf Klassenfahrt und die andere ist krank. Der Russischlehrer von der Volkshochschule wohnt in Emden und war gerade nach Hause gefahren, als unsere Leute in der Schule anriefen. Sie versuchen es später, wenn er zu Hause ist.«

In diesem Moment klingelte es bei Johannes. Er machte Roolfs, der gerade im Aufbruch war, ein Zeichen, dass er bleiben solle.

»Ja, Frau de Boer. Ich hole ihn und komme so schnell, wie es geht, zu Ihnen.«

Er wandte sich Gerrit zu. »Bist du mit dem Wagen hier?«

»Na klar.«

Johannes sprach wieder in sein Handy. »In Ordnung, Kommissar Roolfs kommt auch gleich mit. Tschüss.«

»Und was kommt jetzt?«

Johannes steckte das Handy in seine Jackentasche. »Die Anwältin von Familie Klein – kennst du ja …«

»Und ob!«

»Sie ruft vom Präsidium an. Waldemar Klein will unbedingt, dass Pastor Osterloh kommt. Scheint die einzige Amtsperson zu sein, zu der er Vertrauen hat. Und das Wichtigste: Er kann Russisch. Wir sollen ihn abholen. Ich rufe bei ihm an, und dann fahren wir los.«

Johannes rief im Pfarramt an, während Gerrit die Reste ihres Mittagessens entsorgte.

»Los!«, rief Johannes aufgeregt. »Wir fahren mit deinem Auto. Osterloh ist in Itzumersiel. Er hat dort gleich eine Hochzeit. Seine Frau ruft ihn an, damit er Bescheid weiß, dass wir ihn abholen.«

»Dann kann er doch kommen, und wir müssen ihn nicht holen.«

»Gerrit, sabbel nicht so viel. Seine Frau hat ihn hingefahren, weil sie das Auto brauchte. Sie will ihn gleich abholen, aber ich hab gesagt, dass wir dass erledigen.«

»Is ja gut, nur keine Aufregung!«, beschwichtigte ihn Gerrit.

Osterloh trägt Grau

»Luftkurort Itzumersiel – Landkreis Norden« stand auf dem Ortseingangsschild, an dem Roolfs und Fabricius eine Viertelstunde später vorbeifuhren. Die enge Straße war gesäumt von Souvenirgeschäften und Fischrestaurants. Gerrit Roolfs hupte genervt Ehepaare in Partnerlook-Jogginganzügen von der Straße.

Itzumersiel war bis vor etwa vierzig Jahren ein altes Fischerdorf mit einer kleinen romanischen Kirche gewesen, die gemeinsam mit der Ruine und dem Turm einer Häuptlingsburg aus dem Mittelalter die Zeiten gut überstanden hatte. Die Sturmfluten hatten den Ort bisher scheinbar übersehen. Nun hatte der Tourismus die Gegend überschwemmt und das kleine Dorf war davon noch stärker geprägt als die Nachbarorte Greetsiel und Norddeich.

Hier hatte sich vieles verändert, der Ort und am meisten die Menschen. Dieselben Leute, die dem schönen romantischen Dorfidyll nachtrauerten, versahen ihre alten Backsteinhäuser mit Auswüchsen aus Beton, Glas und Zement: Balkone, Terrassen, Frühstückszimmer, Ferienappartements und Einliegerwohnungen. Mit Tränen in den Augen hörten sie bei Heimatabenden das gute alte Ostfrieslandlied und sammelten Unterschriften, damit an der Stelle der Burgruine ein gigantisches Ferienzentrum mit Badelandschaft, Einkaufspassage, Sportanlagen und Wellness-Landschaft unter dem Namen Ocean-Park entstehen konnte. Sie klagten über das Verschwinden der alten Werte und der Gemeinschaft und kündigten gleichzeitig ihre Mitgliedschaften in Vereinen, Kirchen und Gewerkschaften, um Geld für den nächsten Anbau zu sparen.

Der Fürst hatte die Burgruine damals schützen können, aber gleich neben der historischen Anlage war ein Komplex aus Glas und Stahl entstanden, neben dem sich eine Raumstation wie eine idyllische Fischerhütte ausnehmen würde – ein Bau ohne Beziehung zu Menschen und Landschaft. Dafür war er mit Freizeit- und Konsumstationen für Feriengäste bestückt und von einer Kolonie aus Souvenirshops, Boutiquen, Eiscafes, Sonnenstudios und Spielhallen für gelangweilte Urlauber umgeben.

Hier war das alte Pfarrhaus schon lange unbewohnt, weil die Pfarrstelle den Personaleinsparungen zum Opfer gefallen war. Die kleine Gemeinde wurde aus Norden mitversorgt. Aber in den Sommermonaten veranstalteten gut gelaunte und braun gebrannte Urlauberpastoren ein aufwändiges Animationsprogramm für die Seele.

Alles in allem ein sehr deprimierender Ort, dachte Gerrit Roolfs.

»Da vorn ist die Kirche, und rechts daneben ist das Pfarrhaus, da kannst du parken«, wies Fabricius ihn an.

Roolfs wich einem Vierergokart aus, in dem zwei fröhliche Urlauberehepaare ihre Dauerwellen im Wind flattern ließen.

Er hielt vor dem Pfarrhaus, und sie warteten im Auto. Im Radio wurden Schlager aus den siebziger Jahren gespielt, und dazwischen wurde auf einen Wettbewerb hingewiesen, den das Fürstentum Ostfriesland im kommenden Jahr geplant hatte. In einem Quiz sollte es um Fernsehserien der sechziger und siebziger Jahre gehen.

»Ich glaube, da melde ich mich an. Da kenne ich so gut wie alles«, verkündete Gerrit Roolfs.

Eine weiße Hochzeitskutsche hielt etwa zehn Minuten später vor der Kirche und kündigte das baldige Ende der Zeremonie an. Irgendwann läuteten die Glocken, und die Türen öffneten sich.

Braut und Bräutigam traten mit dem Pastor vor die Kirche und ließen einen Reisregen über sich ergehen. Man sah Osterloh seine schlechte Laune schon von weitem an.

Freunde des Brautpaares stiegen aus der Kutsche und ließen ein Dutzend weiße Tauben auffliegen. Die Braut warf ihr Sträußchen unter Beifall in die Menge. Versehentlich fing es eine ältere Dame auf, vermutlich ihre Schwiegermutter.

Pastor Osterloh bugsierte das Brautpaar in die Kutsche und schob noch einmal nach, als die Braut mit dem Kleid in der Kutschentür hängen blieb. Nachdem er den Brauteltern jovial auf die Schultern geklopft hatte, bewegte er sich unauffällig zum Pfarrhaus. Er holte von drinnen seine Tasche, schloss die Tür ab und kam im wehenden Talar zielstrebig auf das Auto zu, in dem Roolfs und Fabricius saßen.

»Ich begreife nicht, warum sich die Leute nicht gleich von Mickey Mouse trauen lassen«, seufzte Osterloh und ließ sich auf den Rücksitz fallen.

»Los, machen Sie die Tür zu, wir müssen los. Wir brauchen Ihre Hilfe!«, drängte Gerrit Roolfs.

Pastor Osterloh schlug mit Schwung die Tür zu, so dass Gerrit Roolfs zusammenzuckte. Osterloh knöpfte seinen Talar auf. Darunter kamen eine schwarze Jeans und ein graues T-Shirt mit dem

Werbeaufdruck eines Schuhgeschäftes zum Vorschein. Er zog eine zerknautschte grünweiße Zigarettenschachtel hervor.

»Energie!«, wies Osterloh an.

»In diesem Fahrzeug darf nicht geraucht werden!«, belehrte ihn Roolfs und fuhr an.

»Ach, halt die Klappe und fahr zu!«, entgegnete Osterloh noch eine Spur genervter und gab sich Feuer.

Dann nahm er einen Zug und blies Roolfs und Fabricius den mentholerfüllten Rauch nach vorn. »Und? Was liegt an, Männer?«

Waldemar redet

»Er kann sprechen!«

Mit gespielter Überraschung kommentierte Kriminaldirektor Lothar Uphoff die ersten Worte, die Waldemar Klein von sich gab.

Osterloh sprach leise mit der Anwältin und mit Waldemar Klein.

Erwartungsvoll sahen ihn Uphoff, Janssen, Roolfs, Fabricius und Staatsanwältin Akkermann an. Auch Staatsanwalt Dr. Boekhoff, der im Anschluss mit Roolfs sprechen wollte, war dabei.

Osterloh stellte sich selbstbewusst vor die Gruppe hin, die neugierig auf seine Erklärungen wartete. »Also, ich bin kein Polizeibeamter. Verhören kann ich ihn also nicht. Das will ich auch nicht, denn damit würde ich zu Ihnen gehören und würde das Vertrauen von Herrn Klein verlieren. Ich mache Ihnen ein Angebot. Ich führe mit ihm ein Gespräch unter vier Augen und berede dann mit ihm, was ich Ihnen aus diesem Gespräch mitteilen darf. Waldemar Klein ist damit einverstanden.«

»Also, das geht auf keinen Fall!«, protestierte Boekhoff mit seiner donnernden Stimme.

Osterloh griff nach seiner Tasche. »In Ordnung, dann müssen Sie selbst sehen, wie Sie klarkommen.«

»Ich gebe Ihnen zwanzig Minuten«, räumte Uphoff ein.

»Sie geben mir die Zeit, die ich brauche.«

»Sollen wir rausgehen?«, fragte Uphoff.

»Wir beide gehen nach nebenan. Sie verstehen zwar kein Russisch, aber dieses Büro hat wohl seinen Charme als Raum für ein gutes

Gespräch verloren«, antwortete Osterloh. Er sprach kurz mit Waldemar Klein, und der folgte ihm willig in den Nebenraum.

Boekhoff schüttelte den Kopf und wandte sich an Roolfs. »Ich bin etwas zeitig hier. Können wir unser Gespräch vorziehen?«

Roolfs war einverstanden und sie gingen in sein Büro.

BOEKHOFF REDET

Das Gespräch mit Dr. Boekhoff verlief angenehmer, als Gerrit Roolfs zu hoffen gewagt hatte. Außerdem würde eine Stunde mit Boekhoff ihm viel Schreibtischarbeit und Aktenstudium ersparen. Er hörte interessiert zu und Boekhoff konnte mit seinen detaillierten Kenntnissen brillieren.

Boekhoff hatte ihm einige wichtige Unterlagen als Kopien in einem Handordner zusammenstellen lassen. Trotzdem machte Roolfs sich Notizen – für den guten Eindruck.

»Im Grunde wurde diese Immobilienfirma gegründet, um wieder kaputtzugehen. Wir vermuten, dass die spätere Insolvenz absichtlich herbeigeführt worden ist. Aber das kann man fast nicht nachweisen«, fasste Boekhoff seine Erläuterungen zusammen. »Die Firma hatte den Namen *Nordwest-Immobilien GmbH*, passenderweise mit einer Firmenanschrift in Vaduz. Das ist die Hauptstadt von Liechtenstein.«

»Ich weiß«, erwiderte Roolfs. »Ich habe den Fürsten einmal zu einer Reise dorthin als eine Art Leibwächter begleitet.«

Boekhoff schnitt ihm mit einem Räuspern das Wort ab und machte weiter: »Die *Nordwest-Immobilien GmbH* hatte eine Geschäftsstelle mit einem Geschäftsführer in Norden, in der Nähe der großen Doornkaat-Flasche. Die *Nordwest-Immobilien* interessierten sich für Landflächen im Enno-Edzard-Groden. Das ist hier ganz in der Nähe. Wenn Sie von Westermarsch aus in Richtung …«

»Entschuldigung, ich wohne seit meiner Kindheit in Norden!«, unterbrach ihn Roolfs mit ausgesuchter Höflichkeit. Boekhoff überging den Hinweis.

»Angeblich plante ein Investor, im Enno-Edzard-Groden einen Windpark einzurichten. Nicht wenige Bauern spielten mit dem

Gedanken, einen Teil ihrer Landflächen für einen guten Preis zu veräußern. Mit dem Geld wollten sie ihre Höfe zu Ferienhöfen umbauen und den Rest in Windenergieanlagen investieren. Können Sie mir mal eine Tasse Kaffee organisieren?«

Roolfs verkniff sich eine Bemerkung und orderte über das Telefon zwei Kännchen Kaffee.

»Lange Rede – kurzer Sinn«, setzte Boekhoff fort, »Die Verträge wurden mit ganz anständigen Kaufsummen abgeschlossen und unterschrieben. Dann zerschlug sich das angebliche Projekt mit dem Windpark. Es hieß, der Investor hätte sich für ein anderes Projekt in den Niederlanden entschieden…«

»Und wie ging es weiter?«, fragte Roolfs.

»Kurze Zeit später beantragte die *Nordwest-Immobilien* Insolvenz. Wegen eines anderen Projektes hatte sich die Firma verschuldet. Insgesamt eine sehr undurchsichtige Sache! Wie vorhin angedeutet, vermuten wir, dass diese Insolvenz mit Absicht herbeigeführt worden ist. Das Insolvenzverfahren wurde eingeleitet, und die Landwirte behielten ihr Land. Alles blieb beim Alten.«

»Und warum wurde ermittelt?«

»Wir hatten den Eindruck, dass die Firma nur gegründet wurde, um wieder einzugehen. Die Sache hatte eine enorme Öffentlichkeitswirkung. Sogar der Fürst schaltete sich ein und machte Druck, die Sache zu klären. Aber weil wir auf einen ganzen Wust von Firmen stießen und weil es keine wirklich Geschädigten gab, verlief die Sache im Sand.«

Roolfs rieb sich die Augen. »Und was wurde dann aus dem Land im Enno-Edzard-Groden?«

»Eine andere Firma, die *Bio-Farm*, hat den Landwirten einen deutlich niedrigeren, aber noch ganz anständigen Preis geboten. Die *Bio-Farm* baut auf Versuchsfeldern Getreide und Gemüse im Auftrag landwirtschaftlicher Institute an.«

»Also ist die *Bio-Farm* die Gewinnerin des Skandals?«

»Ja und nein. Die *Bio-Farm* bekam damals noch ein anderes Angebot. Sie hätte große Anbauflächen in Schleswig-Holstein erwerben können.«

»Was natürlich auch ein wenig Druck auf die Landwirte im Enno-Edzard-Groden ausübte und sie zum Verkauf drängte.«

»Vermutlich. Außerdem hatten die meisten Landwirte im Groden inzwischen Pläne gemacht, was mit dem Geld geschehen sollte. Wenn man das Geld, das man noch nicht hat, in Gedanken schon halbwegs ausgegeben hat … Na, Sie wissen schon.«

Boekhoff trank seine Kaffeetasse aus.

»Immerhin haben die Landwirte für ihr Land einen Preis bekommen, der einigermaßen fair war. Aber heute würden sie ein Vielfaches davon erzielen, denn im neuen Flächennutzungsplan ist vorgesehen, größere Landflächen im Enno-Edzard-Groden für den Tourismus zu erschließen.«

»Und wie sieht das konkret aus?«

»Das ist noch offen. Es gibt wohl verschiedene Pläne – von einem ostfriesischen Disney-World bis hin zu einem Ferien-Naturpark für Anspruchsvolle. Es heißt, die *Ostfriesland-Investment GmbH* hat Interesse, das Land zu kaufen und so ein Ferienzentrum zu errichten. Es hat wohl auch schon Vorgespräche gegeben. Vermutlich ist das schon längst in trockenen Tüchern, nur wir wissen noch nichts davon.«

Boekhoff kramte seine Unterlagen zusammen und wollte das wohl als Aufbruchssignal verstanden wissen.

»Ich danke Ihnen, dass Sie sich so viel Zeit genommen haben«, sagt Roolfs und reichte Boekhoff die Hand.

»Kein Thema«, antwortete Boekhoff kurz angebunden und verabschiedete sich mit einem festen Händedruck.

Plötzlich fiel Gerrit Roolfs noch etwas ein, und er lief dem Staatsanwalt hinterher. An der Treppe hatte er ihn wieder eingeholt. »Eine Frage noch. Wer war eigentlich der Geschäftsführer der *Nordwest-Immobilien*?«

»Eilert Dreesmann.«

DE BOER ENTSCHULDIGT SICH

Obwohl Gerrit Roolfs gespannt auf das Ergebnis des Gespräches mit Waldemar Klein war, setzte er sich noch einmal in sein Büro, um die letzte Antwort des Staatsanwaltes zu verarbeiten. Es war so, als ob ein Türschloss ›klick‹ gemacht hätte, aber er sah so viele Türen, dass er nicht wusste, durch welche er gehen sollte. Er trank seinen Kaffee aus und ging zu Uphoffs Büro.

Dort saß nur Christina de Boer, die Anwältin von Alexander. Eigentlich hätte er noch sauer auf die Rechtsanwältin sein müssen, die ihn zusammen mit Johannes vor ein paar Tagen auszutricksen versucht hatte, um sich Einblick in sein Material zu verschaffen. Sie schaute von ihren Unterlagen zu ihm auf, als er hereinkam.

»Die anderen sind noch nebenan und warten. Waldemar Klein hat fast eine Stunde lang erzählt. Jetzt erklärt Osterloh ihm vermutlich die Sachlage. Übrigens, wegen der Sache in Ihrem Büro – das tut mir Leid.«

Gerrit Roolfs winkte etwas verlegen ab. »Vergessen Sie es. Ich bin kein böser Bulle, aber ich mag es nicht, wenn man mich hinters Licht führen will.«

Nebenan erhoben sich Stimmen.

»Ich glaube, die sind so weit. Am besten, wir gehen rüber«, forderte er Christina de Boer auf.

Gut gelaunt saßen Osterloh und Klein am Tisch. Jeder hatte eine von Uphoffs grellfarbigen Getränkedosen vor sich.

»Ist in diesen Dosen eine Wahrheitsdroge? Oder habt ihr ihm gedroht, dass er davon eine austrinken muss, wenn er nicht gesteht?«, erkundigte sich Roolfs.

»Herr Klein möchte aussagen und hat mich gebeten, Ihnen alles zu erzählen, was er mir erzählt hat – in Kurzform natürlich«, verkündete Osterloh. Klein nickte mit einem strahlenden Lächeln. Osterloh nahm einen Schluck aus einer pinkfarbenen Dose. Er sah erschöpft aus.

»Und wird er Fragen beantworten?«, fragte Uphoff.

»Er wird, er wird«, bestätigte Osterloh und begann, das Gespräch zusammenzufassen.

Waldemar Klein hatte Weert Pohl bei einem Praktikum kennen gelernt, das er von der Volkshochschule aus machen musste. Er war als Lagerarbeiter bei der *Ostfriesland-Investment* eingesetzt gewesen, wo Pohl so eine Art Hausmeister-Job gehabt hatte. Pohl hatte ihn dann öfter mitgenommen, wenn er für Privatleute Gärten in Ordnung brachte und kleine Handwerksarbeiten erledigte. Waldemar Klein hatte Pastor Osterloh die Namen der Kunden diktiert.

Osterloh legte die Liste auf den Tisch und berichtete weiter, während Roolfs sie einsteckte. Pohl hatte Waldemar Klein auch in seine »kleinen Geschäfte« mit einbezogen, wie er das nannte. Klein musste Werkzeuge und Material in unauffälligen Mengen vom

Gelände mitbringen, und Pohl hatte die Sachen dann unter der Hand verkauft.

Irgendjemand hatte Helena dann wohl einen Tipp gegeben, dass ihr Mann in krumme Geschäfte verwickelt sei, und daraufhin habe sie ihm das erste und einzige Mal in ihrem Leben gedroht, ihn zu verlassen. Sie habe ihn gezwungen, als eine Art Wiedergutmachung kostenlos ein paar Überstunden in der Firma zu machen. Vermutlich – so schloss Osterloh seinen Bericht – seien Klein und Pohl hin und wieder gesehen worden, als sie zusammen in verschiedenen Norder Gärten arbeiteten.

»Und wie ist der Kontakt zwischen seinem Sohn Alexander und Weert Pohl entstanden?«, wollte Roolfs wissen.

Osterloh sprach mit Klein, und der nickte und antwortete.

Osterloh übersetzte: »Waldemar Klein hat Alexander bei einer dieser Aktionen mitgenommen, als einer von Pohls Leuten ausfiel. Dabei ist Alexander mit Weert Pohl in Verbindung gekommen und hat hin und wieder Aufträge für ihn erledigt. Das war's.«

»In Ordnung, er kann erst einmal gehen, aber er muss sich bereithalten für den Fall, dass wir noch Fragen haben.« Kriminaldirektor Uphoff klappte seinen Ordner zu, in dem er einige Stichworte notiert hatte. Er wandte sich direkt an Osterloh: »Ganz offen und ehrlich, Herr Pastor, glauben Sie, dass er die Wahrheit sagt?«

»Ich denke, er hat die Wahrheit gesagt.«

»Würden Sie dafür Ihre Hand ins Feuer legen?«

»Würden Sie für sich selber die Hand ins Feuer legen?«

Janssen hört einen Luftballon platzen

»Eilert Dreesmann war Geschäftsführer der Nordwest-Immobilien. Eine Scheinfirma, die gegründet wird, um gleich Pleite zu gehen. Ein paar Wochen später wird er ermordet. Da muss doch ein Zusammenhang sein.«

Roolfs und sein Oberkommissar saßen in ihrem Dienstzimmer und versuchten, die vielen Eindrücke und Ergebnisse dieses Tages zu ordnen. Janssens Befragungen hatten nichts über die damaligen Ermittlungsergebnisse hinaus erbracht.

Roolfs und Janssen waren seit zwei Jahren ein eingespieltes Team. Um privat Freunde zu sein, waren sie zu unterschiedlich. Vermutlich hätten sie einander nie kennen gelernt, wenn sie nicht Kollegen gewesen wären.

Habbo Janssen war für Roolfs der Urtyp des guten Ostfriesen. Janssen und seine Frau lebten mit ihren drei Kindern in einem Haus, das sie auf dem Nachbargrundstück seiner Schwiegereltern gebaut hatten. Jeden Abend tranken sie mit den Schwiegereltern Tee und sahen sich mit ihnen Quizsendungen im Fernsehen an, und die Sonntage verbrachten sie bei seinen Eltern in Marienhafe. Als guter Bass war Habbo Janssen ein geschätzter Sänger im Männergesangsverein und im Kirchenchor.

Seinen Mangel an Phantasie glich er durch Gründlichkeit und Verlässlichkeit aus. ›Ich bin nicht intelligent, aber ich bin fleißig‹, pflegte er zu sagen, wenn er mit Engelsgeduld ganze Tage über Aktenbergen und Heften voller Notizen verbringen, in Gesprächen stundenlang zuhören und endlose Folgen von Telefonaten führen konnte. Manchen Fall hatte man nur dank seiner Sorgfalt und Geduld gelöst.

»Wir müssen noch mal von vorne anfangen«, entschied Janssen mit stoischer Ruhe. »Warum gründet jemand eine Firma, die nach kurzer Zeit wie eine Seifenblase platzt, und niemand hat etwas davon – außer den Zeitungen, die darüber berichten?«

Auf einmal hatte Gerrit Roolfs einen seiner Geistesblitze, die ihn in der vergangenen Zeit nur noch selten überkommen hatten. Er selbst fand das Wort ›Blitz‹ nicht ganz unpassend, denn er empfand es so, dass es für den Bruchteil einer Sekunde hell wurde, ohne dass er feststellen konnte, woher der Blitz kam und in welche Richtung er ging.

»Du hast die *Nordwest-Immobilien* mit einer Seifenblase verglichen. Ich vergleiche sie jetzt mit einem Luftballon, den man aufpustet, damit es knallt.«

»Du bist in Gedanken wohl wieder bei deinen Geschichten. So ein Vergleich passt in einen Kriminalroman.« Habbo Janssen las außer notwendiger Fachliteratur nur die Fernsehzeitschrift und die *Brigitte*, die seine Frau abonniert hatte. Aus persönlichem Pflichtgefühl hatte er auch die beiden schmalen Bücher mit den Erzählungen von Gerrit Roolfs gelesen, aber mit dessen spöttischem Humor konnte er nichts anfangen.

»Nein, versteh doch!« Roolfs wurde ungeduldig. »Einen Luftballon bläst man auf, damit es knallt, und alle hören es.«

Janssen sah ihn mit großen Kinderaugen an.

»Habbo, ich glaube, das mit dem Windenergiepark und mit dem Angebot von den *Nordwest-Immobilien*, das war nur ein lauter Knall. In Wirklichkeit ging es um etwas ganz anderes.«

Für einen Moment wurde es ganz still, und Habbo Janssen sah konzentriert auf seine Hände. Er streichelte seinen Ehering mit dem Zeigefinger der linken Hand.

»Du meinst, wer in Enno-Edzard-Groden viel Land zu einem günstigen Preis kaufen will, muss nur … Nee, Moment mal, die *Bio-Farm* ist ja eine harmlose Öko-Firma.«

»Krino van Westen ist gestern beim Wahlauftakt zum Spitzenkandidaten seiner Partei gekürt worden.«

»Ich weiß, ich habe es heute Morgen in der Zeitung gelesen. Muss ja 'ne Riesensache gewesen sein. Unser Männergesangsverein sollte da auch singen, aber mit Politik wollen wir nichts zu tun haben. Aber ich weiß nicht, was Krino van Westen mit dieser Sache zu tun haben soll.«

»Krino van Westen ist da jetzt der große Mann. Er verspricht den Leuten neue Arbeitsplätze. Er soll sich bei der Bio-Farm um den Kauf der Landfläche bemüht haben. Er will da so eine Art Feriendorf aufbauen. Habbo, da muss es irgendeine Verbindung geben«

»Und wie passt Weert Pohl da hinein?«

»Der hat bei van Westen gearbeitet.«

Habbo Janssen summte und wiegte bedächtig den Kopf. Das war seine freundliche Art, zu zeigen, dass er Roolfs Ideen für etwas verstiegen hielt. »Gerrit, was soll das Motiv für den Mord sein? Pohl war doch nur so eine Art Hilfs-Hausmeister. Der spielte in van Westens Unternehmungen bestimmt keine Rolle.«

»Weert Pohl steckte seine Nase überall rein. Vielleicht lief da irgendein krummes Ding, und er hat van Westen erpresst. Keine Ahnung.«

»Und wie sollen wir vorgehen? Wir haben gegen die *Ostfriesland-Investment* noch nicht einmal den Hauch eines Verdachtes in der Hand.«

»Immerhin war sie Pohls Arbeitgeber. Ich werde da morgen mal auftauchen.«

»Meinst du, van Westen kann dir Auskunft über einen Hilfsarbeiter geben? Die schicken dich zur Personalabteilung. Van Westen ist eine Nummer zu groß und Weert Pohl ein paar Nummern zu klein. Ich wette, van Westen hat den noch nicht einmal gekannt. Wir haben nichts in der Hand, wo du ansetzen könntest mit deinem Verdacht.«

»Dann muss ich einen Verbindungsmann einschleusen.« Gerrit Roolfs grinste.

»Jetzt versteh ich gar nichts mehr. Ich glaube, es wird Zeit, dass wir Feierabend machen. Die Schwiegereltern warten sicher schon mit dem Tee. Und gleich fängt Günther Jauch an.«

Habbo Janssen klopfte seinem Kollegen freundschaftlich auf die Schulter, bevor er ging. »Wenn du da eine Spur siehst, zieh ich mit. Das weißt du!«

»Tschüss. Grüß deine Familie. Ich lass mir die Sache noch mal durch den Kopf gehen.«

Vor allem eine Sache ging Gerrit Roolfs durch den Kopf, als er die Westermarscher Landstraße entlangbrauste. Wie konnte er Johannes Fabricius dazu überreden, van Westens Einladung doch anzunehmen?

Johannes wird überredet

»Der Fürst hat mich angerufen. Hast du ihm gesagt, dass ich sauer war?«, begrüßte Gerrit seinen verdutzten Freund, als der ihm die Tür öffnete.

»Darüber reden wir, Gerrit. Jetzt muss ich zur Probe. Gegen zehn bin ich wieder hier, du kannst es dir gern gemütlich machen und auf mich warten.«

»Ich will eine Antwort, Johannes. Hast du ihm gesagt, dass ich sauer war? Er hat mich über den Klee gelobt und mich und Ilona eingeladen, ihn und seine Frau einmal zum Sonntagnachmittags-Tee zu besuchen.«

»Er hatte ein schlechtes Gewissen dir gegenüber. Und dieses schlechte Gewissen habe ich ihm nicht ganz genommen. Kannst du mir noch einmal verzeihen?«

»Ist schon o.k. Immerhin verbringen Ilona und ich den übernächsten Sonntagnachmittag im Auricher Schloss, und meine Beförderung zum Kriminaldirektor ist dann sicher nur noch eine Frage von Lothars Pensionierung.«

Fabricius sagte übertrieben unterwürfig: »Kann ich das jemals wieder gut machen?«

Roolfs grinste. »Das war genau die Frage, die ich hören wollte. Du gehst zu Krino van Westens Party!«

Roolfs und Janssen spazieren am Deich

Der nächste Tag, ein Freitag, verging mit einer Reihe ermüdender Einzelbefragungen und Akteneinsichten. Die Sitzung beim Fürsten brachte nichts Neues. Die Witterung, die Gerrit Roolfs aufgenommen und über die er nur Uphoff, Janssen und Johannes informiert hatte, war noch zu unklar, als dass er in einem solchen Gremium davon berichtet hätte. Der Fürst mahnte angesichts der Wahlen zu rascher Aufklärung, wobei Uphoff ihn in aller Höflichkeit darauf hinwies, dass effiziente Arbeit für sein Team eine Selbstverständlichkeit und diese Ermahnungen wenig hilfreich für ihre Arbeit wäre.

Der Fall Feldhausen wurde nicht wieder aufgegriffen. Auch die Nachforschungen zum Bankraub, den man mit dem Mord an Weert Pohl in Verbindung bringen wollte, erwiesen sich als Sackgasse.

Eine Spur, die sie bisher außer Acht gelassen hatten, war der Mord an der alten Trientje Thalen in Norddeich, die ganz allein in ihrem kleinen Häuschen am Deich gelebt hatte.

Sie befragten noch einmal alle Nachbarn der alten Frau, aber die meisten hatten ihren ersten Wohnsitz im Ruhrgebiet und kamen nur an Wochenenden und im Urlaub hierher. Und die wenigen Nachbarn, die zur Tatzeit an der Küste gewesen waren, hatten am Abend vorher ein großes Besäufnis gefeiert, so dass niemand sich überhaupt an irgendetwas erinnern konnte. Aber das war damals auch zu Protokoll gegeben worden.

Der Sohn der alten Frau hatte ein Hotel in Norddeich. Roolfs und Janssen suchten Rikus Thalen noch einmal auf. Aber auch er hatte nichts Neues zu bieten.

Die beiden Kriminalbeamten waren mit Thalen ein Stück auf dem Deich gegangen. Gerade fuhr ein Bus aus Ennepetal auf den Parkplatz von *Thalens Deich-Hotel*.

»Kegelclubtouristen! Der erste Bus ist vor einer halben Stunde angekommen. Ich hab die Leute schon begrüßt, wenn sie davon überhaupt etwas mitbekommen haben«, sagte der Hotelier. »Die meisten sind spätestens am Autobahnkreuz Lotte – Osnabrück völlig dicht. Am Freitagabend kommen die hier an und fallen mehr aus dem Bus, als dass sie hier aussteigen. Und dann geht's los: feiern, fressen, saufen und was dann kommt, wissen Sie ja. Die meisten sind später so blau, dass sie sogar mit ihren Ehepartnern ins Bett gehen. Is' doch wunderbar!«

»Eh, ihr da!«

Einer der Gäste, der zum ersten Bus zu gehören schien, rief ihnen hinterher, aber Rikus Thalen ignorierte ihn, und sie setzten ihren Gang langsam fort.

»Von solchen Leuten wie denen da unten leben wir. Wenn die nicht mehr kommen, dann geht hier das Licht aus.«

Er holte ein Taschentuch hervor und putzte sich lautstark die Nase.

»Wissen Sie, die ganze Zeit bewegt mich eine Frage. Meine Mutter war bekannt dafür, dass sie sehr einfach, fast ärmlich lebte. Keine Heizung, kein Warmwasser, ein altes Haus, eine winzige Rente. Mir war das fast peinlich und viele haben mich darauf angesprochen und gesagt: ›Wie kannst du deine arme, alte Mutter so hausen lassen?‹ Aber sie wollte so leben.«

Der Wind wurde stärker und der Himmel begann sich zu beziehen.

»Ich wollte ihr ein schönes Haus kaufen oder eine gemütliche Wohnung. Sie hätte sogar bei uns einziehen können. Wir haben mit Engelszungen geredet, aber sie wollte ihr Leben so leben. Es war ihre Entscheidung, und wir haben es schließlich akzeptiert.«

»Da ist sie nicht die Einzige, die so lebt«, erläuterte Habbo Janssen. »Ich kann aus dem Stand fünf ältere Leute aufzählen, die so leben. Von welcher Frage haben Sie gerade gesprochen?«

»Alle in Norddeich und viele Menschen in Norden und Westermarsch wussten, dass bei ihr absolut nichts zu holen ist. Warum hat jemand bei ihr eingebrochen?«

Gerrit Roolfs schüttelte den Kopf. »Manchmal verbergen sich Millionäre in solchen Lebensverhältnissen. Vielleicht hat der Einbrecher auch bei Ihrer Mutter darauf gehofft, versteckte Reichtümer, Geld oder Schmuck zu finden. Oder vielleicht brauchte er Geld und er dachte, bei einer alten Frau gibt es keine Schwierigkeiten. Ich weiß es wirklich nicht.«

»Eh, hömma, Meister.« Der Gast stand unten am Deichfuß und rief zu ihnen herauf. »Hier gibbet doch so'n Bierstübchen, dat heißt Meta oder so ähnlich. Wie kommich da denn hin, Sportsfreunde?«

Rikus Thalen zeigte in Richtung Hafen. »Da lang, am Hafen vorbei und dann dreihundert Meter geradeaus und dann links.«

Der Gast zog los, und die beiden Kriminalbeamten schauten den Hotelier überrascht an. »Haben Sie ihn nicht in die verkehrte Richtung geschickt?«

»Wer Meta als ›Bierstübchen‹ bezeichnet und mich mit ›Sportsfreund‹ anredet, hat es nicht anders verdient.«

»Was haben Sie mit dem Haus Ihrer Mutter gemacht?«, fragte Janssen.

»Abgerissen. In so einem Haus will doch keiner mehr wohnen. Und ich konnte es auch nicht mehr sehen. Die beiden Töchter von Nachbar Hinrichsen halten dort jetzt ihre Pferde. Meine Mutter mochte Pferde. Und die Mädchen mochte sie auch, die haben sie oft besucht. Es wäre ihr so recht gewesen.«

Janssen resümiert

»Du kannst es drehen und wenden, wie du willst, Gerrit. Wir kommen kein Stück weiter. Krino van Westen und seine *Ostfriesland-Investment* sind die einzigen Spuren. Aber van Westen ist ein bekannter Mann mit vielen Beziehungen. Da müssen wir gut aufpassen, wo wir ansetzen. Das ist ein gewagtes Spiel«, faßte Habbo Janssen die Ergebnisse zusammen.

»Für dieses Spiel habe ich noch einen Trumpf im Ärmel. Vielleicht weiß ich am Sonntag schon mehr. Übrigens, Habbo, du bist der Einzige, der mich noch nicht darauf angesprochen hat, dass Ilona im Urlaub ist.«

»Ist sie das? Und du bist nicht mitgefahren?«

Gerrit Roolfs belehrte ihn: »So etwas versteht man heute unter zeitgemäßer Partnerschaft. Das machen alle. Damit tu ich etwas für unsere Beziehung, wenn ich sie allein in den Urlaub schicke. In einer Partnerschaft braucht jeder seinen Freiraum, weißt du? Du solltest Karin auch mal allein verreisen lassen!«

Johannes Fabricius bummelt

Johannes Fabricius hatte den größten Teil des Abends in seiner kleinen Wohnung über dem Geschäft verbracht und im neuen Roman von Henning Mankell gelesen. Er beschloss noch ein paar Schritte durch die Geschäftsstraße zu gehen, bevor er nach Hause fuhr.

Nordens Innenstadt bestand nicht aus einem Altstadtkern, durch den und um den herum eine Fußgängerzone führte. Zwischen Oster- und Westerstraße mit ihren Geschäften lag Deutschlands größter Marktplatz mit der riesigen Kirche und dem Glockenturm. Von der Osterstraße aus lief dann in südlicher Richtung über mehrere hundert Meter der Neue Weg als lange Fußgängerzone mit vielen Geschäften und Einrichtungen.

Neben den Geldinstituten waren manche Geschäfte hier schon seit Jahren und Jahrzehnten ansässig.

Gleichzeitig gab es nicht wenige Ladenlokale, in denen zu jeder neuen Saison neue Geschäfte erblühten: Boutiquen, Reisebüros, Sonnenstudios, Schmuckgeschäfte, Läden mit Geschenkartikeln. Sie führten Namen, die wohl assoziieren sollten, dass man bei netten Bekannten zu Besuch war und bei dieser Gelegenheit etwas einkaufte: Lindas Mode-Ecke, Stefans Schmuckkästchen, Karins Kleiderlädchen, Marions Geschenke-Stübchen ... Mit Ende der Saison waren sie verblüht und verschwunden, und zur neuen Saison machten neue Anjas, Nicoles, und Nikos ihre Eckchen, Stübchen und Lädchen auf.

In dieser Straße hatte Fabricius' Konkurrent Popkes seine Buchhandlung geführt. Johannes Fabricius blieb vor Popkes' Laden stehen und sah ins Schaufenster. Warum wirkten alle Räume so winzig, wenn sie leer waren?

Fabricius bemerkte drei Jugendliche, die ihm vorhin schon aufgefallen waren, als er sein Geschäft verlassen hatte. Sie standen vor einem Schaufenster auf der anderen Seite und rauchten.

Er sah in die dunklen Schaufenster und versuchte, im Laden etwas zu erkennen. Er konnte keinen Hinweis darauf entdecken, wie es weitergehen würde und wer das Geschäft übernommen hatte.

Inzwischen hatte der Inhaber des benachbarten Schuhgeschäftes ihm von einem Gerücht erzählt, dass Popkes sein Geschäft wohl doch nicht dem Buchhändler aus Westfalen übergeben hatte, sondern der Buchhandelskette »Mega-Book«, die sich langsam in Norddeutschland ausbreitete – mit dem ewig gleichen Angebot, mit großen Ladenflächen, in denen es Bücher von maximal zwanzig Verlagen zu kaufen gab, und aus denen dann auch nur die Bestseller mit der Titelseite nach vorn in den Regalen präsentiert wurden: riesige Buch-Discounter mit Plüschtieren, Computerspielen und viel Platz für wenig Bücher.

Diese Buchhandlungen waren für Johannes Fabricius eine Horrorvorstellung. Und das Unerhörteste war für ihn, dass man sich in diesen Läden noch nicht einmal setzen konnte. ›Wo man gut sitzen kann, gibt man auch Geld aus!‹, pflegte sein Onkel zu sagen.

Aber der musste sich auch nicht mit Buchhandelsketten herumschlagen, die in einer Filiale ruhig ein paar Jahre lang rote Zahlen schreiben konnten.

Plötzlich fühlte Johannes Fabricius eine innere Sicherheit, die er schon lange nicht mehr gespürt hatte. Ihm war es auf einmal egal, wer Popkes' Laden weitermachen würde. Er würde sich auf jeden Fall behaupten können.

Johannes Fabricius gerät in Bedrängnis

Aus Neugierde ging Johannes Fabricius in die Lohne, die seitlich an Popkes' Laden vorbeiführte. Er war ein paar Schritte in die dunkle kleine Straße gegangen, als er bemerkte, dass jemand ihm folgte. Drei Jugendliche kamen auf ihn zu. Alle drei hatten ihre Mützen tief ins Gesicht gezogen. Er drehte sich zu ihnen um.

Einer streckte in einer schnellen Bewegung den Arm aus und deutete mit dem Zeigefinger auf ihn. Seine Stimme überschlug sich fast vor Wut: »He, bist du nicht der Russenfreund?«

Johannes Fabricius hatte Angst und hoffte, die drei würden davon nichts merken. Immer ruhig und überlegen bleiben, dachte er. »Was wollt ihr von mir?«, fragte er.

»Dir was auf die Schnauze hau'n«, zischte ein anderer, der ziemlich dick war, und rempelte ihn an, dass er ein paar Schritte zurückstolperte.

Mit dieser ersten körperlichen Berührung war Johannes' Angst auf einmal weg, und er wurde ruhig. Blitzschnell zog er dem vermeintlichen Anführer, der auf ihn gezeigt hatte, seine Mütze ab. »Ich kenne dein Gesicht. Ich kenne dich.«

Für einen winzigen Moment wurde der Anführer unsicher. Johannes zog sein Handy. »Ich ruf jetzt die Polizei an.« In diesem Moment wurde ihm klar, dass seine Handlung unüberlegt war.

Der Dicke trat einen Schritt vor und schlug Johannes das Handy aus der Hand. Es fiel auf den Boden und wurde von schweren Schuhen zertreten.

Plötzlich gingen im Laden die Lampen an, und die Lohne wurde von gelbem Licht durchflutet. Die drei zögerten einen Moment und liefen davon. Der Jugendliche, der ihn angerempelt hatte, streckte ihm seine Hand mit ausgestrecktem Mittelfinger entgegen, bevor er verschwand.

Ein Fenster öffnete sich, und ein Mann im Unterhemd und mit strubbeligen Haaren erschien. »Wer macht hier so'n Lärm?« Er sah Johannes Fabricius, der die Reste seines Handys zusammensuchte. »Haben Sie was verloren?«

»Drei Jungs wollten was von mir. Wenn Sie nicht gekommen wären... Kann ich bei Ihnen mal telefonieren?«

»Klar, kommse rein.« Der Mann verschwand, und gleich darauf hörte man, wie eine Tür aufgeschlossen wurde.

Johannes hat einen Konkurrenten

»Hier sieht's ein bisschen wild aus. Bin gerade am Renovieren.« Der Mann ließ Johannes Fabricius in die kleine Wohnung hinter dem Geschäftsraum. »Hier ist mein Handy.«

Schon nach dem zweiten Klingeln nahm Roolfs ab und Johannes Fabricius erzählte in kurzen Worten, was geschehen war.

»Soll ich dich abholen?«

»Nein, lass man. Mir ist nichts passiert. Mein Auto steht bei der Post. Ich fahr gleich nach Hause.«

»Du kommst gleich bei mir vorbei.«

»Wenn du meinst. Einverstanden.«

Er gab dem Mann das Handy zurück. »Entschuldigen Sie, ich habe mich noch nicht vorgestellt. Ich bin Johannes Fabricius.«

Erstaunt sagte der Mann: »Sie sind der fürstliche Buchhändler? Mein Konkurrent? Jetzt glauben Sie wahrscheinlich, ich hätte die Jungs auf Sie gehetzt.« Er lachte. »Ich bin Hans-Dieter Burscheidt aus Essen und habe den Laden hier übernommen.« Er reichte Johannes die Hand.

»Hoffentlich tut es Ihnen nicht eines Tages Leid, dass Sie das Licht angemacht haben«, sagte Johannes Fabricius.

»Eigentlich bereue ich es jetzt schon. Der alte Popkes sagte, Sie wären ein arroganter Mistkerl.«

»Stimmt. Und mein Nachbar sagte, Sie wären eine Buchhandelskette.«

»Stimmt, bin ich auch. In drei Wochen will ich eröffnen. Sie sind herzlich eingeladen.«

»Ich komme. Aber nur, wenn ich nichts kaufen muss.« Johannes Fabricius drückte Burscheidt herzlich die Hand. »Wenn Sie was brauchen, sagen Sie Bescheid.«

Burscheidt grinste: »Mit ein paar guten Stammkunden wäre mir schon sehr geholfen!«

JOHANNES WILL NICHT AUFSTEHEN

Als Johannes erwachte, war es bereits zehn nach neun. Um elf war die nächste Probe in Aurich. Einen Augenblick brauchte er, um sich zu orientieren. Er hatte bei Gerrit im Gästezimmer übernachtet. Die beiden Freunde hatten noch lange zusammengesessen und einer von Gerrits teuren Whiskey-Flaschen gut zugesprochen – ganz gemächlich bis in die frühen Morgenstunden, so wie es sich für einen edlen Tropfen gehörte.

Vorher hatten sie ausführlich über den Zusammenstoß mit den Jugendlichen gesprochen, und Gerrit hatte Johannes darin bestärkt, dass mehr dahinterstecken musste als eine zufällige Rempelei und dass er sich in Acht nehmen sollte.

Johannes setzte sich auf. Gerrit hatte Recht behalten. Johannes spürte tatsächlich keine Kopfschmerzen und hatte die wenigen Stunden gut geschlafen. Als er daran dachte, was an diesem Wochenende auf seinem Programm stand, verspürte er große Lust, sich gleich wieder hinzulegen.

Heute würden sie bis in die Mittagszeit mit der Sopranistin proben, die Johannes aus seiner Schulzeit kannte und der er zwei lange Jahre schwersten pubertären Liebeskummer zu verdanken hatte. Als Johannes sie einmal zu einem gemeinsamen Konzertbesuch einladen wollte, hatte sie ihn vor allen anderen abblitzen lassen. Sie hatte inzwischen Karriere gemacht und ihre zweite CD mit Gluck-Arien wurde viel gelobt. Er sah dieser Begegnung mit wenig Vorfreude entgegen.

Am Nachmittag wollte ein bekannter Heimatdichter sein neues Buch in der Hofbuchhandlung vorstellen: ein Band mit kurzen Erzählungen und Glossen unter dem Titel »Hinni und Bini«. Dazu sollte jemand in Seemannshemd, Holzklumpen und Prinz-Heinrich-Mütze Akkordeon spielen und Johannes Fabricius musste die Lesung moderieren.

Heute Abend war die große Party bei Krino van Westen. In Gerrits Beisein musste Johannes dort anrufen und zusagen. Und für Sonntag war ein Familientreffen mit Eltern und Geschwistern bei seinem Bruder abgemacht. Sie wollten sich zum Gottesdienst treffen, und anschließend war ein Mittagessen im Pfarrhaus geplant. Die Kochkünste seiner Schwägerin waren genau so furchterregend wie das Predigttalent seines Bruders.

Die Badezimmertür klappte und bald darauf erklang Gerrits Morgendusche. Johannes stand auf, um in der Küche Kaffee zu machen, der stark genug sein musste, dass er diesen Tag überstehen konnte.

JOHANNES IST LEGER

Nachdem Johannes Fabricius Konzertprobe und Buchvorstellung hinter sich gebracht hatte, gönnte er sich zu Hause ein heißes Bad und ließ dazu das Horntrio von Brahms aus der voll aufgedrehten Anlage durch das ganze Haus erklingen. Während des Adagios erhob er sich widerwillig aus der Wanne, um sich für den Abend anzukleiden.

›Legere Kleidung ist erwünscht‹, hatte Krino van Westens Frau mit sinnlicher Stimme am Telefon gesagt. Also zog Johannes die Snoopy-Krawatte zu seinem Anzug an, die ihm sein Team in der Buchhandlung zu Weihnachten geschenkt hatte. Als er sie unter die Weste fingerte, klingelte es an der Tür.

Er drehte das Finale leise und ließ Gerrit herein, der ihm noch ein paar letzte Instruktionen gab.

»Sperr einfach die Ohren und Augen auf. Versuche, mit dem einen oder anderen ins Gespräch zu kommen – mehr nicht. Versuch nicht, einen Wandsafe mit den geheimen Unterlagen oder das Kellerversteck mit dem gekidnappten Erfinder der Weltuntergangsmaschine zu finden, verstanden?«

»Das dürfte auch etwas schwierig sein, denn die Feier findet nicht in seinem Haus statt, sondern in der Ennenburg.«

»Edel, edel. Nimm mein Handy mit!«

»Ich brauch kein Handy«, sagte Fabricius entschieden.

»Was du brauchst oder nicht, das entscheide ich. Und ich entscheide, dass du ein Handy brauchst. Ich habe zu Hause noch das von Ilona. Sie hat es wohl liegen lassen.« Roolfs drückte Johannes das Gerät in die Hand.

»Komisch, Gerrit. So vergesslich ist sie doch sonst nicht.«

»Zieh Leine zu deinen Geschäftsfreunden.«

»Hör mal, das ist hier mein Zuhause. Ich kann höchstens dich rausschmeißen.«

»Gute Freunde kann man überall rausschmeißen!«

JOHANNES FABRICIUS PARKT

Die Ennenburg war eine Häuptlingsburg in der Nähe von Marienhafe. Weder Kriege noch die Sanierungslust der Nachkriegszeit hatten ihr etwas anhaben können. Ihre Besitzer waren glücklicherweise zu arm, um sie abreißen und etwas Neues an ihre Stelle bauen zu lassen. Ende der achtziger Jahre hatte Krino van Westen die Burg für – wie es im Volksmund hieß – 'nen Appel und 'n Ei erworben und das alte Gemäuer liebevoll und aufwändig restaurieren lassen. Der Fürst hatte ihn und den Architekten für diese beispielhafte Sanierung eines historischen Gebäudes sogar ausgezeichnet.

Die Räume der Burg beherbergten nun ein Restaurant der Spitzenklasse und ein Hotel mit etwa zwei Dutzend luxuriös eingerichteten und teuren Zimmern und Apartments. In den Nebengebäuden wurden Ferienwohnungen für Summen vermietet, die sogar die Preise auf den Inseln als vergleichsweise günstig erscheinen ließen. Aber da die Anlage immer noch an den ersten Pächter seit ihrer Fertigstellung vermietet war, schien das Geschäft gut zu laufen.

Johannes Fabricius parkte seinen betagten Wagen unter den Augen des Portiers, dessen abschätziger Blick vermuten ließ, dass er die Anschaffung eines neuen Autos durchaus für angebracht hielt.

»Guten Abend, der Herr«, begrüßte er Fabricius bemüht freundlich und öffnete ihm die Tür.

»Guten Abend. Mein Auto ist gerade in der Werkstatt. Diese Rumpelkiste wird ja wohl niemand klauen, oder?«

Johannes Fabricius ging durch die große Eingangshalle in den Herrensaal. Zwei Musikerinnen versuchten, eine Flötensonate von Bach gegen das allgemeine Gemurmel zu behaupten. In einem der Nebenzimmer war ein opulentes Büffet aufgebaut. Knapp hundert Personen, meist Männer, bewegten sich hier von einer Small-talk-Runde zur nächsten mit Champagner- oder Whiskeygläsern in der Hand.

Viele von ihnen kannte Fabricius. Er machte sich auf einen Abend gefasst, an dem Gespräche über Restaurants und Inneneinrichtungen zu den geistigen Höhepunkten zählen würden. Aber nach der Konzertprobe mit einer ehemaligen Mitschülerin, die so tat, als würde sie sich nicht mehr an ihn erinnern, und einer Dichterlesung aus »Hinni und Bini« würde er das auch überleben.

J̲OHANNES IST GENERVT

»Na, was machen Sie denn hier unter den Halbgebildeten? Sie handeln doch ansonsten mit Kultur. Müssen Sie eine verlorene Wette einlösen?«

Johannes Fabricius drehte sich zu dem Mann im hellblauen Anzug um, der neben ihm im Sofa Platz genommen hatte. »Ich bin aus Neugierde hier.«

»Neugierde? Ach, kommen Sie. Sie sind Satiriker und betreiben hier Milieustudien. So ein Abend ist doch ein gefundenes Fressen. Als Satiriker müssen Sie bei unserer selbst ernannten High Society gar nicht mehr satirisch sein, Sie müssen bloß Kamera und Mikro draufhalten. Das glaubt einem in Deutschland kein Mensch ...«

Johannes Fabricius war klar, dass sein Schicksal hiermit besiegelt war. Immerhin waren Klatschgeschichten amüsanter als Gespräche über Fischlokale und Wohnzimmereinrichtungen, und er fügte sich in sein Schicksal, seinem Nachbarn, dessen Namen er noch nicht einmal kannte, für den Rest des Abends zuhören zu müssen.

Der klärte ihn über den neuen Bürgermeister seines Heimatortes auf. »Eine reine Parteibuchkarriere, sonst nichts. Schauen Sie sich mal um, wer hier in Ostfriesland Karriere macht. Ein einziger Sumpf, sage ich Ihnen. Ohne Abfluss und Zufluss, Sie verstehen, was ich meine? Die Leute hier wollen das auch gar nicht anders. Ich habe es ja selbst erlebt. Als ich mich beworben habe auf die Stelle in ...« Damit schien er zum Landeanflug in sein Lieblingsthema ansetzen zu wollen. Er tätschelte Johannes Fabricius' Arm, während seine Augen schon unruhig nach einem wichtigeren Gesprächspartner Ausschau hielten.

»Ach, Sie müssen entschuldigen, ich labere Ihnen die Ohren voll, und Sie kommen ja gar nicht zu Wort. Und hier gibt es ja genug Leute, über die man ablästern kann. Vielleicht über solche Typen, in deren Gesellschaft wir heute Abend sein dürfen und die so angestrengt versuchen, liebenswürdig und warmherzig zu sein. Wenn die genügend getrunken haben, werden die Krawatten gelockert, und dann geht es nur noch um ...«

Vielleicht sehnte sich Johannes' Gesprächspartner im Grunde seines Herzens auch danach, hier in so einer Runde als Inhaber eines Sportgeschäftes zu stehen und von seinem letzten Shopping-Wochenende in Mailand zu erzählen. Johannes' rettender Engel war ausgerechnet Krino von Westen, den er am anderen Ende des Raumes erblickte.

»Entschuldigung, ich habe unseren Gastgeber noch gar nicht begrüßt.« Johannes Fabricius stand ruckartig auf und klopfte seinem Gesprächspartner auf die Schulter. »Hat mich gefreut, dass wir uns kennen gelernt haben. Bis nachher ... vielleicht.«

Johannes Fabricius macht Bekanntschaften

Krino van Westen stand in einer Gruppe junger Männer, alle gut gekleidet mit harten und mitleidlosen Gesichtern. Als er Johannes Fabricius sah, machte er eine einladende Geste: »Herr Fabricius, beehren Sie uns mit der Aura der Literatur! Meine Herren«, wandte er sich an die Umstehenden, »Herr Fabricius ist nicht nur ein erfolgreicher Geschäftsmann in Norden, er ist ein Bollwerk höherer Bildung in unserer Provinz.«

Er gab Johannes die Hand und stellte die anderen Männer vor, deren Namen Johannes Fabricius im gleichen Moment wieder vergaß. Einer aus der Runde fragte ihn: »Investieren Sie auch in Immobilien, Herr Fabricius?«

»Nein, in Papier.«

Van Westen winkte seine Frau zu sich heran. »Beverly, sei so lieb und komm mal kurz zu uns. Darf ich Sie mit meiner Gattin bekannt machen? Beverly, Herrn Fabricius kennst du noch nicht?«

»Krino, du weißt doch, dass ich keine Bücher lese, aber telefoniert haben wir schon. Herzlich willkommen. Schön, dass Sie da sind.« Ihr Händedruck war fest und gleichzeitig unendlich weich.

»Ich kann mit unserem Gast ja eine kleine Führung durch die Burg machen. Herr Fabricius, Sie interessieren sich doch bestimmt für so einen alten Kasten?«

Für einen winzigen Moment verfinsterte sich van Westens Miene, und dann lächelte er seine Frau bemüht an: »Wir sind hier doch gerade so interessiert im Gespräch. Bestimmt ergibt sich später eine Gelegenheit, dass wir mit Herrn Fabricius einen gemeinsamen Rundgang machen.«

Beverly Janssen-van Westen – sie hieß tatsächlich so – hatte die Verstimmung ihres Mannes bemerkt und wandte sich anderen Gästen zu – nicht, ohne Johannes Fabricius ein Lächeln zu schenken. Er schaute ihr für einen Moment fasziniert hinterher.

Van Westen erläuterte der kleinen Runde seinen Plan, im Enno-Edzard-Groden größere Landflächen zu kaufen und ein Feriendorf der gehobenen Klasse aufzubauen. Er selbst nannte in seinen Ausführungen mögliche Einwände und Kritikpunkte, auf die er dann wiederum mit sprachlich gelungenen Vergleichen und ausgefeilten Argumenten einging. Johannes Fabricius hatte das Gefühl, dass van Westen diesen Einführungsvortrag schon etliche Male bei anderen Gelegenheiten gehalten hatte.

»Übrigens«, wandte sich van Westen wieder an Fabricius, »in diesem Feriendorf soll es auch eine Buchhandlung geben. Denken Sie mal darüber nach, ob das nicht etwas für Sie wäre. ›Johannes' Schmökerecke‹ oder so?«

»Sehr originelle Idee, muss ich schon sagen. Und die Geschäftsstelle Ihrer Firma nennen Sie dann sicher ›Krinos Monopoly-Stübchen‹?«, erwiderte Fabricius. Krino van Westen lachte künstlich. Natürlich hatte er keinen Humor, besonders nicht, wenn es einmal auf seine Kosten ging. Aber sein Instinkt als Geschäftsmann zeigte ihm, dass er immerhin so tun musste, als könnte er über sich selbst lachen.

Nach dem obligatorischen gemeinsamen Schmunzeln und ›man sieht sich‹ löste sich die Gruppe auf und van Westen suchte sich neue Zuhörer für seine nächste Audienz.

Johannes interessiert sich für Beverly

Fabricius wanderte von einer Gesprächsrunde zur nächsten und streute hier und da Bemerkungen über die Ermordung Pohls oder über die Nordwest-Immobilien ein, aber außer den üblichen Kommentaren gab es keinen Hinweis, keinen Klatsch, kein Gerücht. Immerhin hatte er einiges von van Westens Zukunftsplänen erfahren, aber er glaubte nicht, dass dies eine heiße Spur war.

Wenn er sich zu einer Runde dazusetzte oder -stellte, hatte er wie ein verliebter Schüler darauf geachtet, in welchem Raum Beverly Janssen-van Westen sich gerade aufhielt. War es ihm nur so vorgekommen, dass sie zwischendurch nach ihm Ausschau hielt? Hatte er sich bloß eingebildet, dass sie sich die letzten beiden Male einer Gruppe angeschlossen hatte, die ganz in seiner Nähe war?

Er kam sich vor wie ein Idiot. Glaubte er im Ernst, dass eine attraktive Frau wie Beverly sich mit einem Jungsenior wie ihm abgab?

Johannes sah auf die Uhr. Mitternacht war längst vorbei. Er hatte Gerrit versprochen, bis drei Uhr zu bleiben. Er seufzte und setzte sich in ein Sofa. Von hier aus konnte er den großen Raum gut überblicken.

Beverly lacht

Beverly saß am Nachbartisch in einer Runde älterer Herren. Johannes war fasziniert von Beverlys Lachen. Eine ganze Palette von Möglichkeiten stand ihr zur Verfügung. An der Seite ihres Mannes musste sie zu einer großartigen Schauspielerin geworden sein, wenn sie diese Gabe nicht schon vorher erfolgreich eingesetzt hatte, um Frau van Westen zu werden.

Manchmal lachte sie ein kumpelhaftes Lachen, das alle in der Runde in eine Gemeinschaft einbezog, dann wieder schmunzelte sie freundlich distanziert mit einem feinen Hauch von Arroganz. Zwischendurch hörte er ein glockenhaftes, helles Lachen, dem ein melodisches, sinnliches Klingeln beigemischt war. Mit dem steigenden Alkoholpegel – Beverly hielt nun schon ihr drittes Glas Champagner in der Hand, seit Fabricius sie von seinem Platz aus beobachtete – wurde ihr Lachen leicht bellend und war mit Andeutungen von Schnarchgeräuschen eingefärbt.

Johannes Fabricius schwebte eine Humoreske für eine originelle Orchesterbesetzung mit Blechbläsern und Holzbläsern vor. Auch Instrumente wie eine Entenpfeife oder einen Lachsack müsste man mit einbeziehen. Er würde Kantor Heeren einen Vorschlag für das nächste Konzert der Hofkapelle unterbreiten. Schon dessen Gesichtsausdruck angesichts eines solchen Vorschlages und sein liebenswerter Versuch, ihn mit freundlichen und verbindlichen Worten abzuwimmeln, würde die Sache wert sein.

Beverly interessiert sich für Johannes

Eine leichte Panik ergriff Johannes, als er vom Eingang seinen Gesprächspartner im hellblauen Anzug von vorhin in leicht schwankendem, aber zielstrebigem Gang auf sich zukommen sah. Er sah krampfhaft in sein leeres Glas und hoffte, dieser Kelch würde an ihm vorübergehen.

»Sie haben ja nichts mehr im Glas, Sie Herr der Bücher!«, flüsterte ihm plötzlich Beverly Janssen-van Westen ins Ohr und ließ sich neben ihn ins Sofa fallen. Von der rosafarbenen Flüssigkeit in ihrem Longdrink-Glas schwappte etwas auf Johannes Fabricius' Ärmel, den Rest trank sie in einem Zug.

»Jetzt habe ich meiner Pflicht als Gastgeberin Genüge getan, jetzt sind Sie dran«, sagte sie bestimmt.

»Oh, Sie müssen mich nicht unterhalten. Das besorgt der hellblaue Herr da hinten schon.«

»Nein, Sie sollen mich unterhalten.«

Johannes Fabricius sah sie verunsichert an. Ihr schwer duftendes Parfum bildete inzwischen vermutlich schon eine Wolke in seinem Gehirn.

»Ich weiß genau, wer ich Ihrer Meinung nach bin: eine geldgierige Frau, die aus lauter Berechnung einen reichen Mann geheiratet hat, der aus lauter Berechnung eine Frau mit meinem Aussehen geheiratet hat. Soll ich Ihnen was sagen: Sie haben völlig Recht!«

Sie lachte schallend. »Herrlich! Was für ein verdutztes Gesicht du machst. Jetzt werde ich dir mal sagen, was du für einer bist.« Sie prustete los vor Lachen. »Du träumst davon, dass so eine wie ich halb betrunken neben dir auf dem Sofa sitzt. Habe ich Recht?«

Sie fasste auf sein Knie und stützte sich ab, um aufzustehen.

»So, und jetzt machen wir unsere Führung.«

JOHANNES WIRD GEFÜHRT

Sie gingen durch die Zimmer im Erdgeschoss und machten eine Runde über die Hotelflure im ersten und zweiten Stock. Sie hatte sich bei Johannes eingehakt, was ihm durchaus nicht unangenehm war. Ab und zu erzählte sie, in welchem Zustand die Räume vor der Restaurierung gewesen waren und warum sie sich für bestimmte Möbel und Stoffe entschieden hatten.

Johannes war ehrlich überrascht, wie fachkundig sie über diese Arbeit berichten konnte, aber er versuchte, seine Überraschung zu verbergen, um nicht herablassend zu wirken.

Auf einmal standen sie auf der Terrasse, es war angenehm kühl. Der Rundgang durch die Burg war beendet. Johannes wünschte sich, die Führung würde noch ein bisschen länger dauern.

»So«, sagte Beverly und ergriff seine Hand, »jetzt kommen die Nebengebäude.«

Sie schloss die Tür zu einem der Nebengebäude der Ennenburg auf, in dem früher vermutlich Personal untergebracht worden war. Sie gingen den Flur entlang und die Treppe hoch. Im oberen Stockwerk blieben sie vor der letzten Tür stehen, und Beverly schloss sie auf.

»Da können wir nicht rein, da wohnt schon jemand«, sagte Johannes, dem nun plötzlich doch etwas mulmig zu Mute war und der im Lichtschein zwei Mäntel an der Garderobe entdeckt hatte.

»Ja«, sagte Beverly, »hier wohnen wir. Das ist unsere Wohnung. Aber Krino ist jetzt sehr beschäftigt.« Sie schob Johannes in die Wohnung und schloss die Tür.

JOHANNES WIRD VERFÜHRT

»Du machst uns jetzt etwas zu trinken, und ich ruhe mich ein bisschen aus«, entschied Beverly und schwankte ins Nebenzimmer. Die zahllosen Drinks waren anscheinend doch nicht ganz spurlos an ihr vorbeigegangen.

Johannes holte zwei Gläser aus der kleinen Wohnzimmerbar und schenkte zwei Cola ein. Das war unverfänglich genug für den Fall, dass ihr Mann auftauchen sollte. Bisher ließ sich noch alles erklären.

Als er einige Minuten später zwar in bekleidetem Zustand, aber immerhin neben Beverly lag, fühlte er sich schon in einen gewissen Erklärungsnotstand versetzt, falls Krino van Westen …

»Mach doch das Licht aus«, murmelte Beverly und gähnte. Johannes betätigte den Schalter, und gleich darauf war sie eingeschlafen.

›So etwas kann auch nur einem Idioten wie mir passieren‹, dachte Johannes. ›Ein paar Dutzend Männer würden wer weiß was dafür geben, Beverly in ihr Apartment zu begleiten, und ich liege hier im Anzug neben ihr, und sie ist eingedöst.‹

Johannes hatte die Tür zum Wohnzimmer offen gelassen, und als seine Augen sich an die Dunkelheit gewöhnt hatten, meinte er einen sehr schmalen bläulichen Lichtstreifen in der Schrankwand im Wohnzimmer zu erkennen.

›Unfug‹, dachte er. ›So etwas wie geheime Türen gibt es doch nur in schlechten Abenteuerromanen.‹ Und doch, je länger er hinsah, umso klarer zeichnete sich die hellblaue Linie ab. Vorsichtig stand er auf, und leise schloss er die Schlafzimmertür hinter sich. Er machte Licht im Wohnzimmer, nachdem er sich die Stelle mit dem blauen Lichtstreifen genau gemerkt hatte.

Auf einmal hatte er wirklich das Gefühl, in einem billigen Agentenfilm mitzuspielen, denn zwischen zwei Schrankelementen war eine fast unsichtbare Lücke – aber eben nur fast. Vorsichtig schob und drückte Johannes, und mit schwerer Geräuschlosigkeit machte das Schrankelement einen kleinen Durchgang frei in ein dahinter liegendes Zimmer, in dem ein Computermonitor lief.

Johannes trat ein und befand sich in einem Raum, der höchstens sechs Quadratmeter groß war und kein Fenster hatte. Es war wirklich ein Versteck. Bei einem Firmenskandal vor einiger Zeit – fiel ihm ein – waren van Westens Büro- und Privaträume aufgrund eines Verdachtes durchsucht worden, und die Polizei hatte kein belastendes Material finden können.

War diese Ferienwohnung van Westens Zentrale, von der aus er sein Imperium steuerte? Diese Vorstellung kam ihm sehr kitschig vor, aber manchmal war die Realität abgeschmackter und trivialer als ein schlechter Roman.

Als Johannes die Maus berührte, verschwand der Bildschirmschoner, der ein Aquarium darstellte, und er wurde aufgefordert, ein Passwort einzugeben.

Johannes war auf einmal bewusst, dass dies vielleicht eine verrückte und einmalige Möglichkeit war, zu van Westens geheimen Daten Zugang zu bekommen und vielleicht sogar eine Kopie davon zu machen.

Er hatte diesen Vorgang schon einige Male in seinem Laden gesehen, und wenn er so eine CD brauchte, machten seine Angestellten das für ihn. Das Dumme dabei war, dass er Computer wie eine Schreibmaschine mit Fernsehbildschirm benutzte und selbst nicht die geringste Ahnung hatte, wie man das, was da auf der Festplatte war, auf eine silberne Scheibe bekommen und mitnehmen könnte.

JOHANNES MELDET SICH

»Ja…«

»Gerrit? Hier ist Johannes. Ich brauche deine Hilfe, ich kann jetzt aber nichts erklären. Verstanden?«

»Für solche Scherze habe ich dir mein Handy nicht ausgeliehen! Weißt du, wie spät es ist?«

»Noch so eine Frage, und ich lege auf, und du wirst deinen Fall niemals lösen.«

Gerrit Roolfs war auf einmal hellwach. »Sag, was ich tun kann.«

»Kennst du dich mit Computern aus?«

»Ein bisschen.«

»Das reicht vermutlich nicht. Dann musst du mir eine Telefonnummer heraussuchen. Ich habe hier kein Telefonbuch.«

Johannes Fabricius merkte sich die Nummer, die Roolfs ihm nach kurzem Suchen gab, und wählte sie sofort.

Es klingelte zehnmal, bis eine schlecht gelaunte Stimme ihren Namen in das Handy gähnte.

»Hier ist Johannes Fabricius. Sie erinnern sich an mich, Pastor Osterloh?«

»Wer mich um diese Zeit anruft, kann auch gleich ›Uwe‹ zu mir sagen. Also, was willst du?«

»Ich kann jetzt nichts erklären, ich brauche deine Hilfe und dein Vertrauen.«

»Vertrauen? Du spinnst wohl! Du rufst mich um diese Zeit an, und ich soll dir auch noch vertrauen?«

»Ja, was ich hier mache, ist mindestens Einbruch und Diebstahl, und ich bin im Begriff, dich da mit hineinzuziehen.«

»Na prima, warum hast du das nicht gleich gesagt? Was soll ich tun?«

»Ich will das, was auf der Festplatte eines Computers ist, auf einer CD speichern. Vorher muss ich das Gerät überhaupt zum Laufen kriegen und ein Passwort eingeben.«

»Sag mir besser nicht, wessen Computer das ist. Ich hoffe, er steht bei deinem besten Freund zu Hause, und du suchst ein Lasagne-Rezept auf seiner Festplatte, um ihn zum Geburtstag zu überraschen.«

»So in etwa.«

»In Ordnung. Hast du ihn eingeschaltet?«

»Er läuft, aber ich muss ein Passwort eingeben.«

»Versuch es erst einmal mit seinem Namen, und dann mit den Namen seiner Frau und seiner Kinder.«

»Nichts.«

»Schon fertig?«

»Ja, er hat keine Kinder.«

»Na schön. An sich ist das völlig unmöglich, durch das Erraten eines Wortes die Sicherung zu umgehen, aber wir müssen es versuchen. Was ist er für ein Typ?«

»Ein Arschloch.«

»Clever?«

»Und wie!«

»Arrogant?«

»Und wie!«

»Sind die Daten wichtig?«

»Und wie!«

»Du solltest deinen Ansagetext mal ändern. Okay, wenn die Daten wichtig sind, wird er das Passwort öfter ändern. Wenn er clever ist, gibt er sich selbst eine Hilfestellung, damit er das Passwort nicht vergisst. Wenn er arrogant ist, gibt er sich nicht viel Mühe, das so geschickt zu machen, dass es keiner merkt. Das wäre eine Chance.«

»Hä?«

»Einen Zettel mit einem Wort oder einer Zahlenreihe findest du nirgendwo?«

Johannes sah sich um und schaute in alle Schubladen. »Soll ich die Wohnung durchsuchen?«

»Das bringt nichts. Es muss in greifbarer Nähe sein. Gibt es Bilder, Kalender, irgendwelche Sprüche?«

»Null.«

»Was ist sonst in dem Raum?«

»Der Schreibtisch mit dem Computer, der Sessel, ein Beistelltisch mit einem CD-Spieler und ein paar CDs, Regale mit ein paar Dutzend Büchern, mit Computer-CDs und ein paar Ordnern.«

»In Ordnung, schau dir das Regal an, ob dir etwas auffällt. Ruf mich dann wieder an.«

Johannes wundert sich

Johannes Fabricius nahm sich zuerst die Ordner vor. Er blätterte und fand kopierte Geschäftsvorgänge, Listen und handgeschriebene Notizen. Vielleicht war hier ein Passwort versteckt, aber nachdem er sieben Ordner oberflächlich durchgesehen hatte, gab er die Suche auf. Es musste etwas anderes sein.

Bei den Computer-CDs gab es leere CDs, auf denen man speichern konnte. Dann gab es CDs mit Computerprogrammen, Straßenkarten, Telefonbüchern und Spielen. Das Spiel ›Age of Empires II‹ hatte er auch zu Hause.

Verwundert war er, als er sich das Bücherregal näher ansah. Er hatte hier vor allem Bücher über Steuertricks, Geldanlagen und rechtliche Themen erwartet. Die gab es auch, und dann gab es drei Regalbretter mit Gedichtbänden von Benn, Celan und anderen Lyrikern. Sogar Ringelnatz, Morgenstern und Kästner waren dabei. Bei den CDs war Fabricius nicht weniger erstaunt, statt volkstümlicher Schlager Opern von Richard Strauss und von Verdi und Puccini zu finden.

Bei der Suche nach einem Hinweis auf ein Passwort war er nicht weitergekommen, und darum rief er Osterloh wieder an und erzählte von seinem Fund.

»Da kannst du mal sehen, wie verdreht unsere Gesellschaft ist. Einer, der zu Hause heimlich Pornos guckt, ist normal. Aber wenn jemand in seinem Versteck Gedichte liest und Opern hört, dann ist er gleich ein Monster.«

»Auf jeden Fall ist van Westen ein Mann, den man nicht so leicht in eine Schublade einordnen sollte. Vielen Dank für deine Hilfe, ich gebe es auf.«

»Halt, Moment noch. Ist dir im Bücherregal ein Buch aufgefallen? Steckt irgendwo ein Lesezeichen? Ist eins aufgeschlagen?«

»Ein rotes Lesezeichen steckt bei Gottfried Benn.«

»Gib den Namen ein.«

»Nichts.«

»Schlage auf, wo das Lesezeichen ist! Gib die Namen der Gedichte oder die ersten Worte ein.«

»Nichts rührt sich.«

»Okay, vorletzter Versuch: Was für eine CD ist im Recorder?«

In dem Moment, in dem Johannes Fabricius die *Play*-Taste drückte, schoss ihm in den Sinn, was für ein Trottel er war, und dass er Beverly jetzt vermutlich mit einer pompösen Opernouvertüre wecken würde und den ganzen Flur gleich mit.

Aber es war nichts zu hören. Fabricius entdeckte das Kabel für den Kopfhörer, der hinter dem Gerät lag, und setzte sich den schweren Kopfhörer auf. Er erkannte die Musik und tippte ›Richard Strauss‹ ein, und als sich nichts rührte, das Wort ›Rosenkavalier‹.

»Bingo!«

»Wunderbar. Alles andere ist ein Kinderspiel. Hast du eine leere CD?«

»Ja. Er hat hier ein paar leere im Fach. Es kann losgehen.«

Osterloh half Fabricius, die richtigen Programme aufzurufen und auszuführen, und nach ein paar Minuten begann der Kopiervorgang.

»Wenn die CD durch ist, rufst du mich wieder an, und wir verwischen deine Spuren.«

»Kann man das?«

»Zumindest die groben Fußabdrücke. Bis nachher.«

Johannes hört auf zu denken

»Holst du mir noch etwas zu trinken?«

Beverly erwachte, als Johannes leise die Tür öffnete, um nachzuschauen, ob sie noch schlief. Sie schaltete gedämpftes Licht ein.

»Ich glaube, du solltest nichts mehr trinken.«

»Dann setz dich zu mir. Ich hoffe, ich bin ein angenehmerer Gesprächspartner als dein Bekannter von vorhin.«

Johannes lachte und setzte sich umständlich neben sie. Beverly richtete sich auf und lehnte sich an ihn, und sie plauderten über die Feier und machten sich über einige der Gäste lustig und lachten, und sie rückte immer an ihn, und er merkte, dass er zerschmolz wie ein Schokoladenweihnachtsmann in der Sommersonne und dass er eigentlich auch gar nichts dagegen hatte.

Beverly legte den Arm um ihn und küsste ihn, und Johannes dachte an van Westen und an die CD, die zwei Zimmer weiter aufgenommen wurde, und ein paar Augenblicke später dachte er gar nichts mehr.

Johannes heisst Johannes

Johannes Fabricius erwachte, sah auf die Uhr, dachte an die CD in van Westens Computer und hörte das Gebrumm des Handys, das er auf Vibrationsalarm eingestellt hatte. Es war halb vier. So leise wie möglich stand Johannes auf, suchte seine Kleider zusammen und ging ins Wohnzimmer.
 Osterloh meldete sich: »Was hast du so lange gemacht?«
 »Ich konnte nicht eher anrufen.«
 »Ist die CD durchgelaufen?«
 »Ich glaub schon.«
 Schritt für Schritt führte Osterloh ihn wieder aus allen Programmen heraus, so, als wenn jemand rückwärts einen Weg geht und mit dem Besen alle Spuren wegfegt. Dann erst zog Johannes sich wieder an und wagte nicht daran zu denken, was passieren würde, käme van Westen jetzt herein und fände ihn nackt vor seinem Computer.
 Johannes verschloss die Schiebetür so, wie er sie vorgefunden hatte, so dass einen Spalt von wenigen Millimetern frei blieb.
 Osterloh hätte keine Sekunde später anrufen dürfen, denn draußen war Krino van Westens Stimme zu hören. Johannes Fabricius wusste, das er jetzt die Flucht nach vorn antreten musste. Jeder Versuch, sich hier zu verstecken, war sinnlos, denn die Wohnungen waren abgeschlossen, und van Westen würde Johannes' und Beverlys Verschwinden sicher bemerkt haben.
 Er nahm sich einen Whiskey aus der Bar und setzte sich in den riesigen Sessel vor den Fernseher. Gerade lief eine Wiederholung der Show mit Harald Schmidt, eine der wenigen Sendungen, die er wirklich gern sah.
 Als er van Westen vor der Tür mit dem Schlüsselbund klimpern hörte, kam ihm noch eine bessere Idee. Er legte den Kopf auf die mächtige Seitenlehne und stellte sich schlafend. Er hörte, wie van Westen hereinkam, sich umsah, leise die Tür zum Schlafzimmer öffnete und sich überzeugte, dass Beverly schlief. Dann hörte er, wie van Westen zur Schrankwand lief. Ein leises Klicken verriet Johannes, dass er nun die Schiebetür geschlossen hatte.
 Sanft klopfte er Johannes auf die Schulter, der gekonnt aus dem Nickerchen aufschreckte, sich einen Moment fragend umblickte und dann unbeholfen murmelte: »Ich bin kein guter Wächter über

den Schlaf Ihrer Frau. Es ging ihr nicht gut, und sie bat mich, sie nach oben zu begleiten, und da muss ich wohl eingeschlafen sein. Entschuldigen Sie, Herr van Westen.«

Der schüttelte ihm herzhaft die Hand. »Wunderbar! Ich heiße Krino, und du heißt Johannes. Komm, wir genehmigen uns noch einen.«

Als Johannes die Westermarscher Landstraße entlang nach Hause fuhr, dachte er darüber nach, dass ihm in den letzten neunzig Minuten zwei Männer das Du angeboten hatten und er mit der Frau des Hauptverdächtigen geschlafen und gleichzeitig den Computer eines vermutlich illegal arbeitenden Unternehmens angezapft hatte. Das war etwas viel für sein sonst eher ereignisloses Leben.

Das Handy brummte. »Hallo Gerrit, hier ist Ilona. Ich wollte mal fragen, wie es dir so geht.«

JOHANNES ÜBERSTEHT DEN SONNTAG

Johannes Fabricius rief nach wenigen Stunden Schlaf bei seinen Eltern an, um ihnen mitzuteilen, dass ein Freund dringend seine Hilfe bräuchte und er erst in der Mittagszeit zum Familientag kommen könne. So konnte er mit Roolfs besprechen, was weiter zu tun wäre, und er konnte es umgehen, eine Predigt seines Bruders anhören zu müssen. Und er hatte auch nicht ganz die Unwahrheit gesagt.

»Ist da der Hinweis auf den Mörder von Pohl drauf?« Gerrit Roolfs hielt die silberglänzende Scheibe, die Johannes Fabricius ihm gegeben hatte, vorsichtig zwischen den Fingerspitzen.

»Vielleicht. Ich habe keine Ahnung. Jedenfalls sind hier Daten über van Westens Aktionen, die wohl niemand zu sehen bekommen soll.«

»Ich frage dich nicht, wo du sie her hast.«

»Wenn du es wüsstest, gäbe es ein Problem.«

»Also einigen wir uns darauf, dass du eine CD herbringst, und ich schaue einfach mal hinein.«

»Wenn deine paar Semester Jura und BWL dir helfen, das alles hier zu entschlüsseln?«

»Wird sich zeigen.«

Gerrits Computer schluckte die CD, und bald befand sich Gerrit in einem Tohuwabohu verschiedener Dateien, von denen er nur die wenigsten überhaupt öffnen konnte.

»Das hat keinen Sinn. Das kann ich nicht auswerten. Das muss jemand machen, der von Computern und Finanzen etwas mehr versteht.«

Johannes Fabricius zuckte mit den Schultern. »Ich weiß niemanden. Osterloh kennt sich mit Computern aus, aber mit Finanzen vermutlich nicht. Außerdem dürfen wir ihn da nicht weiter mit hineinziehen.«

»Aber ich weiß jemanden. Zumindest weiß ich jemanden, der einen kennt, der uns weiterhelfen kann.«

»Aha, das ist so wie bei dem Ostfriesenwitz, wo es ausreicht, jemanden zu kennen, der lesen und schreiben kann.«

»So ungefähr. Wann können wir uns wieder treffen?«

»Heute Abend.«

Als Johannes Fabricius am Sonntagabend vor dem Haus von Gerrit und Ilona in der Baumstraße aus dem Auto stieg, hatte er einen anstrengenden Familientag hinter sich.

Den Eltern merkte man an, wie mühsam für sie der anstehende Abschied aus dem Berufsleben war. Noch gut anderthalb Jahre hatte sein Vater vor sich, und für seine Mutter würde nach den Sommerferien das letzte Schuljahr am Johann-Christian-Reil-Gymnasium in Norden beginnen. Während seine Mutter hoffte, ihr letztes Schuljahr gut zu überstehen, fiel es seinem Vater offenbar schwer, Verantwortung und Macht abzugeben, und er überlegte, ob er eine Verlängerung bis zur Vollendung des siebenundsechzigsten Lebensjahres beantragen sollte.

Johannes' Schwester Kathrin war leider nicht dabei. Sie machte ein Austauschsemester an der Universität in Ottawa. Sein jüngerer Bruder Philipp hatte seine Meldung zum Examen wieder zurückgezogen. Er schob die Prüfungen und den Schritt in das Berufsleben immer wieder vor sich her und reagierte auf jede Nachfrage aggressiv. Nächste Woche würde er vierunddreißig werden.

Sein älterer Bruder Ulrich, der sich der evangelikalen Theologie verschrieben hatte, nervte Johannes mit der Aufforderung, die Harry-Potter-Romane und *Herr der Ringe* aus dem Angebot in der

Buchhandlung zu nehmen, weil sie die junge Generation angeblich zu schwarzer Magie verführten. Als Ulrich ihm eine schrillbunte Broschüre mit dem Titel »Die Bibel oder Harry Potter?« vorlegte, hatte Johannes genug.

Wie in jedem Jahr beschloss er, dass dies der letzte Familientag war, an dem er teilgenommen hatte.

Aber seiner Schwester Kathrin zuliebe würde er im nächsten Jahr wohl doch wieder dabei sein.

RICHARDSON HAT EINE FLÖTE IN DER HAND

Vor dem Haus stand ein silbergrauer Mercedes, und aus dem Haus klang Flötenspiel: der zweite Satz aus Vivaldis *Concerto per flautino*. Als Johannes klingelte, öffnete ihm Gerrit mit geheimnisvoller Miene die Tür: »Er ist gerade gekommen.«

»Wer? Derjenige, der einen kennt, der lesen und schreiben kann?«

Vor Johannes erhob sich einer der größten Menschen, die er jemals gesehen hatte. Gerrit stellte vor: »Das ist mein bester und ältester Freund Johannes Fabricius, und das hier ist mein bester Kommilitone aus meiner kurzen Studienzeit: Edmund Richardson aus Münster, Jurist, Finanzgenie, Computerfachmann und ein Musiker erster Güte. Er hat mir gerade etwas vorgespielt.«

Johannes wollte Richardson begrüßen, aber der öffnete seine riesige Hand, und es war eine winzige Piccoloflöte darin.

»Wenn ich spiele, denken viele Leute, ich blase in meine Fäuste«, sagte Richardson mit seiner dunklen Stimme, die sich anhörte wie die Stimme des Erzählers, den Johannes in seiner Kindheit auf den Märchenplatten gehört hatte. Richardson musste über zwei Meter groß sein. Er war nicht dick, er hatte eine sehr kräftige und sportliche Figur.

Nachdem sie gemeinsam ein kleines Abendessen eingenommen hatten, ergriff Richardson das Wort. »Ich habe meinen Arbeitscomputer mitgebracht und einen kurzen Einblick in die CD genommen. Ich gehe davon aus, dass dieses Gespräch und die folgenden Gespräche rein privater Natur sind, und dass mein Name nirgendwo in euren Ermittlungen auftaucht. Ich muss euch nicht rechtlich darüber aufklären, was es bedeutet, gestohlene Daten in einem Prozess als Beweismittel vorzulegen. Ihr wisst das.«

Johannes und Gerrit nickten, wobei nur Gerrits Nicken offizielle Bedeutung hatte.

»Ich habe ein paar Tage frei und werde hier einen Kurzurlaub in eurer schönen Gegend verbringen. Dabei werde ich mir diese CD gründlich anschauen. Schon ein erster Einblick sagt mir, dass es hier um sehr viel Geld geht. Diese Summe ist bestimmt einen Mord wert, vielleicht auch zwei.«

»Wie viel Geld?«, wollte Gerrit wissen.

»Schwer zu sagen. Ich schätze, es sind mindestens fünfzig Millionen Euro, vielleicht auch mehr. Für einen Mann ist die Nummer vermutlich etwas zu groß, da müssen mehrere ihre Finger im Spiel haben.« Nachdenklich putzte Richardson seine Brille. »Schwer vorstellbar, dass Leute, die so intelligent sind und mit so viel Geld jonglieren, jemanden totschlagen. Da gibt es doch elegantere Methoden. Wenn ich jemanden aus dem Weg räumen will, gebe ich ihm einen gut bezahlten Job!«

Staatsanwältin Akkermann ist frustriert

Die nächsten zwei Tage machten Gerrit Roolfs und Habbo Janssen mit den Ermittlungen weiter. Roolfs hatte Janssen natürlich nichts von der CD gesagt, und er konnte sich auch nicht darauf verlassen, dass hier der entscheidende Hinweis verborgen war. Darum musste die Alltagsarbeit weitergehen.

Sie beschlossen, sich noch einmal den Fall des ermordeten Geschäftsmannes Eilert Dreesmann vorzunehmen. Das Gespräch mit der Witwe Hilke Dreesmann hatte Gerrit Roolfs noch gut in Erinnerung.

Sie besuchten ehemalige Geschäftspartner und alte Freunde von Eilert Dreesmann. Habbo Janssen notierte alles in winzigen Buchstaben auf seinen kleinen Notizzetteln. Insgesamt waren sie überrascht, wie wenig die Menschen von Dreesmann wussten, die sich als seine engsten Freunde bezeichneten.

Johannes Fabricius musste oft an die Nacht in der Ennenburg denken. Der Computer von Krino van Westen war bald nicht mehr die stärkste Erinnerung an diese Nacht, sondern Beverly.

Christina de Boer versuchte, bei der Staatsanwältin die Freilassung von Alexander zu erreichen, aber er galt nach wie vor als der Hauptverdächtige und stand immer noch unter Anklage. In ein paar Tagen sollte die erste Verhandlung stattfinden.

In Norden kam es zu einem Akt des Vandalismus, bei dem die Täter vermutlich sehr zielbewusst gehandelt hatten. In einem Wohnblock, in dem viele Aussiedlerfamilien lebten, hatte die Stadt vor einem Jahr in Zusammenarbeit mit anderen Trägern einen Jugendtreff eingerichtet. Obwohl es mehr freiwillige Betreuer gab als Jugendliche, die sich betreuen lassen wollten, war der Treff zu einer bekannten Einrichtung geworden.

In der Nacht von Sonntag auf Montag war in diesen Treff eingebrochen und die Einrichtung zerstört worden. Möbel waren in alle Einzelteile zerbrochen, jeder Teller, jede Tasse, jedes Glas war einzeln zerschlagen, alle Bücher waren einzeln zerrissen und jede einzelne CD war zerkratzt worden. Die Täter hatten in Duschwanne, Klo und Waschbecken Zement gegossen und die Fenster waren von innen mit schwarzer Sprühfarbe zugespritzt.

Im Schulzentrum gab es eine Schlägerei zwischen Jugendlichen, die diesen Treff besuchten und solchen, die offen mit den Tätern sympathisierten.

Am Montagabend rief Fürst Carl-Edzard alle Chefredakteure an und bat sie um eine zurückhaltende Berichterstattung. Er hatte Sorge, dass die Gewalt weiter eskaliere.

Montagnacht wurden im Haus der ehrenamtlichen Leiterin des Jugendtreffs, einer engagierten Lehrerin, die Fensterscheiben der unteren Räume mit Steinen eingeworfen.

Am nächsten Morgen erschien Staatsanwältin Akkermann zur Dienstbesprechung. Sie war schon um sechs Uhr in der Dienststelle eingetroffen und hatte alle Berichte und Unterlagen der Ermittlung noch einmal gelesen, nachdem der Oberstaatsanwalt sie um fünf Uhr zu Hause angerufen und von den Ereignissen der Nacht berichtet hatte.

»Nichts haben wir, absolut nichts«, fasste sie das Ergebnis ihrer Lektüre und der kurzen Besprechung zusammen. »Nur diesen Jungen, und während er in U-Haft sitzt, schlagen sich die Leute die Köpfe ein. Der Fürst will nachher kommen und sich über den Stand der Ermittlungen informieren. Seine Sekretärin sagt mir, dass er auf hundertachtzig ist.« Sie wirkte müde und frustriert.

Lothar Uphoff versuchte sie aufzumuntern. »Heute kommt Weert Pohls Schwester nach Norden. Sie will nach der Beerdigung mit uns reden. Vielleicht hilft uns das einen Schritt weiter.«

»Glaubst du das wirklich, Lothar?«, fragte Gesine Akkermann. »Welche entscheidenden Hinweise erwartest du von einer Frau, die ihren Bruder seit zehn Jahren nicht mehr gesehen hat?«

»Zwölf Jahre«, korrigierte Habbo Janssen.

W‍EERT P‍OHL WIRD BEERDIGT

Pastor Lantzius hielt die Trauerfeier für Weert Pohl. Johannes Fabricius kannte ihn nur aus dem Geschäft. Er pflegte Monografien über altorientalische Literatur zu bestellen, deren bibliografische Angaben sogar Fabricius manchmal in Verlegenheit brachten. Auf Wunsch der einzigen Angehörigen hielt Lantzius eine kurze und recht nüchterne Andacht, die allen Gästen angemessen erschien.

Fabricius wunderte sich, dass so viele gekommen waren, aber für die näheren und weiter entfernten Nachbarn und für nicht wenige Mitglieder des Klootschießervereins war es wohl Ehrensache, dass sie einen der Ihren anständig verabschiedeten. Ortsvorsteher Remmers hatte es beim kurzen Gespräch mit Roolfs und Fabricius vor der Trauerfeier wohl auf den Punkt gebracht: »Pohl gehörte zwar nicht richtig dazu, aber irgendwie gehörte er doch dazu.«

Der lange Weg vom Grab zurück zur Kapelle führte vom neu angelegten zweiten Friedhof ein Stück die Straße entlang über die Bahnschienen und dann über den neuen Teil des Friedhofes zum alten Friedhof. Unterwegs sprach Gerrit Roolfs mit Pohls Schwester, die sich gleich nach der Trauerfeier mit ihm und Johannes Fabricius bekannt gemacht hatte.

Sie lebte seit zwanzig Jahren in Bad Schwartau und arbeitete dort als Krankenschwester. Sie erzählte von ihrem problematischen Bruder, der immer in Schwierigkeiten kam und dem sie oft geholfen und ihn finanziell unterstützt hatte. Als Weert Pohl vor zwölf Jahren den Vater überredet hatte, ihm allein das Elternhaus zu vererben, hatte sie den Kontakt abgebrochen.

»Etwas ist seltsam«, sagte sie zu Roolfs. »Vor ein paar Wochen bekam ich diesen Brief. Darin teilte er mir mit, dass er die Sache mit dem Erbe in Ordnung bringen wollte. Von Rechts wegen hätte er mir ja den Pflichtteil vom Elternhaus auszahlen müssen, aber da hätte ich bis heute prozessieren können. Bei ihm war ja nichts zu holen. Aber nun kündigte er an, er wollte mir vierzigtausend Euro zahlen. Hier ist der Brief. Sie können ihn behalten und ihn mir später zurückschicken.«

Sie blieben vor dem jüdischen Friedhof stehen. Schülerinnen und Schüler eines Oberstufenkurses rieben mit Zeichenkohle die hebräischen Schriftzeichen von den Grabsteinen auf Papier ab. Pohls Schwester kramte in ihrer unförmigen Handtasche und reichte Roolfs den Brief.

Roolfs' Augen wanderten über die unleserlich geschriebenen Zeilen. »Hier steht ja noch mehr«, sagte er. »Ihr Bruder wollte aus Norden fortziehen und irgendwo neu anfangen. Wissen Sie, was er damit meinte?«

»Keine Ahnung. Ich habe auf seinen Brief geantwortet und ihm mitgeteilt, dass ich bei meiner nächsten Reise zu meiner Freundin nach Norden bei ihm hereinschauen wollte. Dazu ist es jetzt nicht mehr gekommen.«

Sie seufzte. »Ich trauere nicht so sehr über den Tod meines Bruders. Ich trauere mehr über das Leben, das er gelebt hat.«

EDMUND RICHARDSON ERMITTELT

Edmund Richardson arbeitete am Montag von acht Uhr morgens bis in die Mittagszeit an der CD. Er führte Telefonate, holte Erkundigungen über das Internet ein, zwischendurch erreichten ihn Anrufe und ein paar Faxe, die er sofort in den Aktenvernichter steckte, nachdem er sich Notizen gemacht hatte.

Nachdem er eine Kleinigkeit gegessen hatte, setzte er sich auf sein Riesenfahrrad, das er mit dem Dach-Gepäckträger auf seinem Auto aus Münster mitgebracht hatte, und fuhr nach Lütetsburg. Er ging eine Stunde im Park spazieren und saß lange auf einer Bank, von der aus man durch das im englischen Stil gestaltete Gelände bis zum Schloss sehen konnte.

Er radelte dann fernab von der Hauptstraße durch die ostfriesische Landschaft. Er fuhr vorbei an Wiesen in den verschiedensten

Frühlingsgrünfarben, vorbei an backsteinroten Bauernhöfen und vereinzelten Wohnhäusern, vorbei an den wenigen Bäumen, die zwischen dem Lütetsburger Wald und Norden wuchsen. In Norddeich angekommen, aß er gut und teuer in einem Fischrestaurant und spazierte dann eine Stunde am Deich, bis er schließlich gegen neun Uhr wieder in der Baumstraße ankam.

    Er arbeitete dann noch anderthalb Stunden, las die E-Mails, die inzwischen angekommen waren, und verschickte etwa ein Dutzend neue Botschaften. Dann sah er sich mit Roolfs einen Spätfilm im Fernsehen an. Roolfs fragte nicht nach dem Stand der Dinge, und Richardson sagte auch nichts außer: »Morgen bin ich so weit.«

    Am Dienstagmorgen öffnete er zuerst die E-Mails, die er über Nacht bekommen hatte. Dann führte er ein paar kurze Telefonate, in denen er ganz konkrete und detaillierte Nachfragen stellte. Gegen zehn Uhr war er so weit fertig, dass er etwa eine Stunde brauchte, um das Ergebnis zusammenzufassen. Er machte einen kleinen Rundgang durch Norden, nahm in einem Café am Neuen Weg ein zweites Frühstück ein und hörte in der Stadtkirche eine halbe Stunde lang, wie ein Organist sich auf sein Montagabendkonzert an der berühmten Arp-Schnitger-Orgel vorbereitete und Buxtehudes Bearbeitung des Chorals »Nun lob mein Seel den Herren« spielte. Am Ausgang kaufte er sich eine Orgel-CD, auf der das Buxtehude-Stück eingespielt war.

    Zu Hause bei Roolfs legte er die CD ein und stellte unter den Orgelklängen ein kurzes Dossier zusammen. In etwa zehn Stunden hatte er van Westens geheimes Imperium durchschaut und analysiert. Dann rief er bei Roolfs an und bestellte ihn zu sich. Er sollte auch Fabricius mitbringen.

Edmund Richardson erklärt

»Kennt ihr eine russische Babuschka-Puppe?«

    »Ich glaub schon«, brummte Gerrit Roolfs ungeduldig.

    »Eine Holzpuppe, in der eine andere Holzpuppe steckt. Und in der steckt wiederum eine andere, und so weiter. Habt ihr bestimmt schon mal gesehen …«

    Johannes und Gerrit standen die Fragezeichen ins Gesicht geschrieben.

»So ungefähr hat van Westen seine Aktivitäten geordnet und versteckt. Eine Firma steckt in der anderen, eine GmbH besteht aus anderen GmbHs. Gar nicht mal besonders intelligent, aber all das herauszufinden dauert ein paar Stunden, wenn man weiß, wo man was herausfinden kann.«

Ungeduldig rieb Gerrit seine Hände. »Und? Ist van Westen schuldig oder unschuldig?«

Richardson trank genüsslich einen Schluck Kaffee. »Ich würde sagen, er ist unschuldig, schuldig und unschuldig.«

Er genoss einen Moment die Ratlosigkeit auf ihren Gesichtern und setzte die Tasse ab. »Ich erkläre es euch. Nirgendwo befindet sich ein Hinweis darauf, dass van Westen mit der Ermordung von Pohl etwas zu tun hat. Der Name taucht nirgendwo auf, und es taucht eigentlich auch kein Sachverhalt auf, in dem Pohl auch nur die geringste Rolle spielen könnte. Er existiert auf dieser Ebene nicht. Er war nur ein Angestellter in einem Job als Hilfshausmeister. Das heißt nicht, dass van Westen ihn nicht doch auf dem Gewissen hat. Aber dann muss es noch etwas geben. In das Szenario, das sich auf der CD zeigt, passt kein ermordeter Hilfsarbeiter.«

Richardson trompetete in sein Taschentuch.

»Von dem, was hier auf der CD enthalten ist, gibt es absolut keine Spur zu Pohl. Eilert Dreesmann war in der Tat Geschäftsführer der Nordwest-Immobilien. Aber dafür wurde er recht ordentlich bezahlt, und er sollte später einen Job als Vorstandsmitglied bei der *Ostfriesland-Investment* bekommen. Aber auch hier gibt es keinen Grund für einen Mord. In einem Mordprozess würde alles, was auf dieser CD ist, absolut belanglos sein, und ihr hättet nichts gegen van Westen in der Hand!«

»Und inwiefern ist er schuldig?«, fragte Johannes.

»Ich fasse es stark vereinfacht zusammen. Van Westen und vier weitere Geschäftsleute sind gleichzeitig und manchmal auch abwechselnd die *Nordwest-Immobilien*, die *Bio-Farm* und die *Ostfriesland-Investment* und ein Haufen anderer Firmen. Ich vermute, dass van Westen einen Tipp bekommen hat, dass im Enno-Edzard-Groden große Landflächen unter dem Aspekt des Tourismus als Bauland erschlossen werden sollen.«

Gerrit Roolfs sah Richardson fragend an.

»Der Preis für Bauland ist natürlich um ein Vielfaches höher als der für Weideland ohne Milchquote. Es sieht so aus, als gehe das

Gerücht vom Windpark auch auf van Westen zurück. Jedenfalls hat er die Landwirte im Enno-Edzard-Groden heiß gemacht, und sie waren bereit zu verkaufen. Nachdem das Geschäft der *Nordwest-Immobilien* geplatzt war, konnte die *Bio-Farm* zu einem günstigen Preis den Groden mehr oder weniger aufkaufen. Die *Bio-Farm* hat ihn jetzt für eine recht niedrige Kaufsumme an die *Ostfriesland-Investment* verkauft.«

»Muss man das verstehen?«

»Nur so viel: Durch dieses Vorgehen hat van Westen für wenig Geld Land gekauft, mit dem er viel Geld machen kann, wenn er dort einen Urlauberpark errichtet.«

»Und das Land kostet fünfzig Millionen?«, wunderte sich Gerrit, »Das gibt es doch nicht.«

»Jetzt natürlich nicht. Jetzt ist es wirklich nicht viel mehr wert, als die *Bio-Farm* dafür auf den Tisch gelegt hat. Aber in ein paar Jahren wird das Land sehr viel wert sein, denn dort soll ein richtiges Dorf mit Naturparadies und allen möglichen Einrichtungen und Luxusgeschäften in lauter schnuckeligen kleinen Landhäuschen entstehen. Und mit den ganzen Häusern und Einrichtungen kommt ihr gut auf fünfzig Millionen. Die Stadt braucht Einnahmen, und so ein Feriendorf für wohlhabende Senioren kann eine Goldgrube werden. Und die Öffentlichkeit wird es akzeptieren, weil es Arbeitsplätze und Geld bringt.«

Richardson schenkte sich eine Tasse Kaffee nach.

»Und das steht alles auf dieser CD?«, fragte Johannes Fabricius ungläubig.

»Auch ein gerissener Geschäftsmann muss etwas aufschreiben. Es dürfte jedoch nicht ganz einfach sein, van Westen damit einen Prozess zu machen. Über die unsauberen und halb sauberen Geschäfte dieses Herrn enthalten die Dateien und Dokumente auf der CD viele Hinweise, die ich nicht weiter verfolgt habe, und an deren Veröffentlichung van Westen nicht viel Interesse haben dürfte – auch wenn sie sich noch im halbwegs legalen Bereich abspielen.«

Richardson sah die Enttäuschung auf den Gesichtern der beiden.

»Kopf hoch, Jungs. Ich fürchte, euren Mörder müsst ihr woanders suchen. Es sei denn, ihr findet noch einen dunklen Fleck auf van Westens – äh, Weste. Kein sehr originelles Wortspiel, ich weiß.«

Er reichte Johannes die CD. »Ich habe mir eine Kopie davon gemacht – für alle Fälle. Sie wird sicher bei mir verwahrt, und ich werde keinen Gebrauch davon machen. Das war's. Mehr kann ich nicht für euch tun. Doch, eins noch: Ich lade euch für heute Abend ins Orgelkonzert ein. Buxtehude und Bach! Ein paar anständige Präludien und Fugen machen euch wieder frischen Wind.«

Johannes wird gestört

Johannes Fabricius suchte nach der CD, auf der Buxtehudes Bearbeitung von »Nun lob mein Seel den Herren« auf der Norder Arp-Schnitger-Orgel eingespielt war. Er hatte sie schon vor Jahren geschenkt bekommen. Jetzt wollte er als Nachklang zum Konzert noch einmal hineinhören.

Es läutete an der Tür, und er schaute genervt auf die Uhr, deren Zeiger sich schon auf Mitternacht zu bewegten.

Er öffnete die Tür und wollte gerade den Mann begrüßen, der vor ihm stand, als sein Besucher zuschlug.

Der Schlag traf ihn in die Magengrube. Johannes sackte auf der Türschwelle in die Knie. Ihm wurde gleichzeitig übel, und die Luft blieb ihm weg. Noch bevor der Schmerz sich ausbreiten konnte, traf ihn ein Faustschlag unter das Kinn. Er ging zu Boden.

»Der erste war für meine Frau, und der zweite für den Computer«, erklärte Krino von Westen auf liebenswürdige Weise und baute sich vor Johannes auf, der versuchte, sich wieder aufzurichten. Zwei Männer traten aus dem Dunkel hervor.

Krino bückte sich zu ihm herunter. »Wenn meine beiden Freunde mit dir fertig sind, gibst du mir sicher die CD.«

Johannes keuchte: »Die gebe ich dir auch so.«

Mit freundlichem Lächeln tadelte ihn Krino: »Du willst ihnen doch den Spaß nicht vorenthalten.«

Er winkte den beiden kräftigen Männern. Der Bärtige zog Johannes hoch, und der andere grinste und kam auf ihn zu.

Er wollte gerade auf Johannes losgehen, als ein Riese über ihn herfiel und sein Handgelenk so umdrehte, dass man es knacken hörte. Jetzt packte der Riese, den Fabricius inzwischen als Edmund Richardson identifiziert hatte, den Bärtigen. Er verpasste ihm die zwei mächtigsten Ohrfeigen, die er vermutlich je bekommen hatte, und schleuderte ihn gegen die Wand, wo er reglos liegen blieb.

Bevor Krino van Westen eingreifen konnte, wirbelte Richarson ihn durch den Luft und van Westen schlug hart und schmerzhaft auf dem Schotterweg auf. Er schmeckte Zement und Blut in seinem Mund.

Sofort griff er nach seiner Waffe, aber er ließ sie wieder fallen, als er in die Mündung einer Pistole und in Gerrit Roolfs' wutverzerrtes Gesicht sah.

Edmund Richardson nahm van Westen die Waffe ab und legte Roolfs besänftigend die Hand auf die Schulter. »Ich ruf ein Taxi, das die beiden Gorillas nach Hause fährt, und setz schon mal einen starken Kaffee auf. Gerrit, du kannst die beiden anderen ja schon mal einsammeln und ins Wohnzimmer bringen.«

Dann rückte er seine Seidenkrawatte zurecht, die ihm bei der Auseinandersetzung etwas verrutscht war.

GUTE FREUNDE PLAUDERN

Fabricius und van Westen saßen einander in Sesseln gegenüber und leckten ihre Wunden. Roolfs musste an sich halten, um nicht über van Westen herzufallen. Richardson deckte seelenruhig den Kaffeetisch und schenkte allen vieren einen Becher voll ein.

»Gut«, sagte Gerrit Roolfs und atmete geräuschvoll aus. »Fangen wir an. Herr van Westen, wir haben zwei Möglichkeiten. Möglichkeit eins lautet: Ich verhafte Sie und Sie rufen Ihren Anwalt. Dann kommt eine Kommission von Wirtschaftsexperten aus dem Bundeskriminalamt, und wir begucken gemeinsam Ihre CD. Möglichkeit zwei: Wir sitzen hier als gute Freunde zusammen und plaudern ein bisschen und lassen uns einfach mal überraschen, was wir einander für interessante Dinge zu erzählen haben. Ich bin jetzt kein Polizist, sondern einfach nur ein netter und interessierter Mensch, der mit Ihnen Kaffee trinkt und morgen früh alles vergessen hat, was wir hier beredet haben.«

Van Westen räusperte sich. »Keine Tricks?«

»Keine.«

»Wer garantiert mir das?«
Roolfs lehnte sich zurück und schlürfte von dem heißen Kaffee. »Warum nehmen wir Sie nicht gleich mit, statt hier mit Ihnen zu reden?«
Van Westen überlegte einen Moment. »In Ordnung.«
Roolfs nickte Richardson zu.
Der setzte seinen Kaffeebecher ab. »Herr van Westen, ich habe ein paar Einblicke in Ihre Geschäfte und Unternehmungen bekommen. Besonders Ihr Engagement für den Enno-Edzard-Groden ist ja eine wirklich nette Aktion.«
Van Westen war unbewegt. »Sie können mir nichts nachweisen.«
Richardson holte einen Zettel aus seiner Innentasche, faltete ihn auseinander und hielt ihn van Westen hin. »Überschätzen Sie sich bitte nicht. Das, was ich hier zusammengefasst habe, ist das Ergebnis eines Vormittages mit ein bisschen Telefonieren und Surfen im Internet und ein paar E-Mails. Was meinen Sie, was passiert, wenn richtige Profis diese CD unter die Lupe nehmen? Ich leite eine Kanzlei für Wirtschafts- und Steuerrecht. Wenn ich meine Leute auf Sie ansetze, dann sind die in ein paar Tagen mit Ihnen durch. Dann können Sie froh sein, wenn Sie in Ihrem eigenen Strandhotel noch die Papierkörbe leeren dürfen. Nehmen Sie Milch in den Kaffee?«
Mit seinem liebenswürdigsten Lächeln stellte er das Milchkännchen vor van Westen hin.
Van Westen starrte auf den eng bedruckten Papierbogen. »Was wollen Sie von mir?«
»Eine Antwort.« Gerrit Roolfs beugte sich vor. »Warum musste Weert Pohl sterben?«

VAN WESTEN SAGT DIE WAHRHEIT
UND WIRD BELOGEN

Fassungslos starrte van Westen Roolfs an. »Weert Pohl?«
»Weert Pohl. Welche Rolle spielte er in dem Ganzen? Warum wurde er ermordet?«

Van Westen schaute Roolfs immer noch mit ungläubiger Überraschung an. »Sie glauben, ich hätte etwas mit dem Tod von Weert Pohl zu tun?«

»Alle Spuren führen zu Ihnen und Ihren Geschäften.«

»Weert Pohl hat in der Tat für meine Firma gearbeitet. Unser Lager in Norden hat ihn vor ein paar Jahren eingestellt. Es gab immer wieder den Verdacht, dass er uns bestiehlt. Aber ihm war nichts nachzuweisen. Davon habe ich allerdings erst erfahren, als von seinem Tod in der Zeitung zu lesen war. Sein Abteilungsleiter informierte mich darüber. Ich habe ihn ein paar Mal gesehen, und ich habe vielleicht ein paar Sätze in meinem ganzen Leben mit ihm gewechselt.«

»Und Sie haben ihn für Ihren Wahlkampf ausgenutzt«, mischte sich Johannes Fabricius ein, der van Westen nach dieser Begegnung doch lieber siezte.

Van Westen setzte sich gerade hin. »Glaubt ihr im Ernst, dass ich einen Hilfsarbeiter umbringe, um ein paar Wählerstimmen zu gewinnen?«

Die anderen drei schwiegen.

Van Westen lehnte sich wieder zurück. »Ich weiß, dass ihr keine besonders hohe Meinung von mir habt. Aber so etwas kann ich mir nicht leisten, und ein Mord bringt geschäftlich nie etwas ein. Weert Pohl kenne ich so gut wie gar nicht. Ich weiß nur, dass er für meine Firma gearbeitet hat. Und – okay, das gebe ich zu – ich habe die Stimmung ein bisschen ausgenutzt. Aber mit seinem Tod habe ich nichts zu tun. Und mit meinen Geschäften hat Pohl auch nichts zu tun. Er war nur ein kleiner Angestellter in unserer Firma, und diese Geschäfte sind – Entschuldigung: waren – mehr als ein paar Etagen zu hoch für ihn. Das könnt ihr mir nicht anhängen.«

»Und was ist mit Eilert Dreesmann?«, fragte Roolfs unvermittelt.

»Eilert Dreesmann war ein Vollidiot. Er hat von seinem Vater eine gut gehende Firma übernommen, und er hatte das Glück, dass eine Frau mit viel Charakter, viel Geld und viel Leidensbereitschaft auf ihn hereingefallen ist. Hilke Dreesmann war eine alte Freundin von mir. Ich sage euch das, obwohl eure Gehirne jetzt auf Hochtouren damit beschäftigt sind, mir daraus ein Mordmotiv zu stricken. Hilke tat mir Leid, und darum habe ich Eilert gute Jobs gegeben.«

»Zum Beispiel bei der *Nordwest*?«

»Ja. Und da war er nicht wenig hilfreich durch seine Verbindungen.«

»Und er ist glaubwürdig untergegangen mit der Firma«, ergänzte Roolfs.

»Absolut glaubwürdig«, erläuterte van Westen ungerührt. »Er hatte keine Ahnung, wozu diese Firma da war und war überaus schockiert und niedergeschlagen über den Konkurs. Zur Belohnung hatte ich einen Posten als Frühstücksdirektor bei der *Ostfriesland-Investment* für ihn vorgesehen. Aber dazu kam es nicht mehr. Hilke liebte ihn wirklich. Schon deshalb hätte ich nie etwas gegen ihn unternommen.«

Die drei spürten, dass van Westen die Wahrheit sagte.

»In Ordnung. So weit erst mal.« Gerrit Roolfs stand auf. »Was Sie sagen, hört sich einleuchtend an. Wir müssen das natürlich überprüfen. Und wenn es da irgendeine noch so winzige Spur von Pohl zu Ihnen gibt, dann kriegen wir Sie.«

»Diese Spur werden Sie nicht finden, weil es da absolut nichts gibt«, beschwor van Westen sie. »Bekomme ich die CD zurück?«

»Nur gegen ein Ehrenwort.« Johannes Fabricius hielt die silberne Scheibe zwischen Daumen und Zeigefinger.

»Und? Was soll ich versprechen?«

»Das Thema ›Innere Sicherheit‹ verschwindet aus dem Wahlkampf. Kein Wort und kein Buchstabe mehr davon.«

Van Westen sah Fabricius mit unbewegter Miene an. Er schluckte.

»Und woher weiß ich, dass Sie keine Kopie von der CD gemacht haben?«

»Gute Freunde können sich doch immer aufeinander verlassen.« Johannes Fabricius warf ihm die CD wie eine Frisbeescheibe zu, und van Westen fing sie ungeschickt auf.

Roolfs und Janssen bekommen Besuch

Roolfs und Janssen gingen am nächsten Morgen noch einmal alle Informationen über Weert Pohl durch. Richardson war schon früh wieder abgereist. Alle Spuren und Verbindungen zu den anderen Fällen waren im Nichts verlaufen. Fast überall gab es lose Verbindungen, kurze Berührungen, aber nirgendwo einen richtigen Zusammenhang.

Roolfs hatte Janssen in Stichworten über die Vernehmung von Krino van Westen informiert, ohne über Einzelheiten zu berichten. Da Janssen in Gedanken noch beim gestrigen Abend war, an dem sie mit den Schwiegereltern deren vierzigsten Hochzeitstag gemeinsam mit Familie und Nachbarn gefeiert hatten, kam Roolfs mit seiner *light*-Version des Gespräches mit van Westen auch problemlos durch.

Er schaute auf die Uhr. In einer Stunde würden sie den Fürsten und den Oberstaatsanwalt über den Stand der Ermittlungen informieren müssen.

Gerrit Roolfs strich über das Papierblatt und schrieb eine »1« hin.

»Fakt eins ist, dass Pohl vermutlich von jemandem ermordet wurde, den er erpresst hat.«

»Vermutlich!«, unterstrich Habbo Janssen, der langsam aus seinen Erinnerungen an die Ententänze und Schunkelwalzer von gestern Abend erwachte. »Es könnte im Prinzip auch Alexander oder sonst jemand gewesen sein.«

»Im Prinzip. Ja. Aber das wäre im Moment politisch sehr unglücklich, und ich glaube es wirklich nicht.«

»Ich auch nicht. Also muss es da noch etwas geben oder wir haben eine Spur übersehen.«

»Also müssen wir alles noch mal durchgehen!«

Es klopfte an der Tür, und Kriminaldirektor Uphoff steckte den Kopf in ihr Büro. »Da ist jemand für Sie.«

Der groß gewachsene Mann, der hereinkam, sah genau so zerknautscht aus wie die Mütze, die er in der Hand hielt. Seine grauen Haare standen nach allen Seiten ab, sein Sakko hätte durchaus eine Reinigung vertragen können, und das Hemd war zerknittert. Roolfs und Janssen waren etwas überrascht von der dunklen und wohlklingenden Stimme, mit der der Mann sprach.

»Moin mit'nanner. Sind Sie zuständig für die Ermittlungen im Fall Weert Pohl?«

Jetzt kommt die Wende, dachte Roolfs. Jetzt kommt der entscheidende Hinweis.

Er stellte sich und seinen Kollegen vor und bat den Mann, Platz zu nehmen.

»Jakobus Meinderts ist mein Name.« Mit diesen Worten setzte er sich. »Ich komme spät zu Ihnen. Vielleicht ist das auch nicht so wichtig, was ich zur Sache zu sagen habe …«

»Das überlassen Sie man uns«, unterbrach ihn Oberkommissar Janssen. »Das Einfachste ist, Sie erzählen uns alles, und wir hören genau zu und suchen uns dann aus, was wir gebrauchen können.«

Bei jedem anderen hätte man diese Worte als arrogante Zurechtweisung verstanden. Aber Habbo Janssen sagte das mit einer so väterlichen Gutmütigkeit, dass Meinderts sofort viel entspannter wirkte und seine Erzählung begann.

Er war seit Kinderjahren mit Pohl befreundet gewesen, und der etwas ältere Pohl war für ihn immer so etwas wie ein großer Bruder. Leider war er auch mit seinen kriminellen Neigungen ein Vorbild, und Meinderts war einige Male mit dem Gesetz in Konflikt geraten und hatte zuletzt eine dreijährige Haftstrafe wegen mehrerer Einbrüche abgesessen. Das war fünf Jahre her.

»Aber dann ist mir das Glück auch ein bisschen hold gewesen«, berichtete Meinderts. »Ich wollte irgendwie aus dem ganzen Kram raus. Das hat mich total angeödet. Und finanziell sprang da weniger bei raus, als wenn ich bei VW oder sonst wo gearbeitet hätte. Während der Haftzeit habe ich meinen Schulabschluss nachgeholt, und ich habe auf meine alten Tage eine kaufmännische Ausbildung gemacht.«

Meinderts züchtet Fische

»Und dann haben Sie eine Arbeitsstelle bekommen«, ermunterte ihn Janssen zum Weitererzählen.

»Das kann man wohl sagen. Ein älterer Mann in Westerstede suchte einen Mitarbeiter für seine Fischzucht. Und er wollte, dass jemand bei ihm auf dem Gelände wohnt und da die Arbeit macht. War wohl auch ein bisschen einsam.«

Meinderts blickte auf. »Das war nicht, was Sie jetzt vielleicht denken. Da lief nichts. Der war auch verheiratet gewesen. Aber seine Frau ist vor ein paar Jahren gestorben, und er wollte die Teiche gern so lange weitermachen, wie es geht. Aber dazu brauchte er jemanden, der ihm half. Ich habe offen und ehrlich erzählt, was ich die letzten Jahre gemacht hatte, und er hat mir eine Chance gegeben. Wir haben über vier Jahre zusammen gearbeitet. Vor einem halben Jahr hat er einen Schlaganfall bekommen. Jetzt lebt er in einer Altenwohnung ganz in der Nähe. Ich soll die Teiche jetzt übernehmen. Aber dazu muss ich ihm eine Kaufsumme zahlen, sonst wird die Anlage an jemand anders verkauft, damit seine Altenwohnung bezahlt wird.«

»Fischteiche? Moment mal. Weert Pohl hat Bücher über so etwas gekauft.« Roolfs war mit einem Mal hellwach.

»Haargenau«, bestätigte Meinderts. »Pohl wollte da mit einsteigen. Irgendwie wollte er auch mal etwas Neues machen.«

»Ein besserer Mensch werden?«, fragte Habbo Janssen.

»Der? Bestimmt nicht!«, verneinte Meinderts. »Er hatte die Schnauze einfach voll. Und er tat so geheimnisvoll, behauptete, dass er an viel Geld herankommen könnte.«

»Wie viel brauchten Sie?«, fragte Roolfs.

»Zweihundertfünfzigtausend Euro. Aber ich hatte ja nichts. Pohl und ich wollten halbe halbe machen. Er war Feuer und Flamme von der Idee. Wir hatten uns sogar schon für einen Kurs angemeldet. Und er hatte die Bücher schon bestellt. Am Mittwoch wollten wir klar Schiff machen und den Vertrag aufsetzen.«

»Aber Weert Pohl kam nicht.«

»Nein, er kam nicht.«

»Und warum kommen Sie erst jetzt zu uns?«

Meinderts wand sich. »Tja, das ist gar nicht so einfach. Ich hatte ehrlich gesagt Bammel. Die Sache mit dem Geld war mir irgendwie unheimlich. Und als ich erfuhr, dass Weert ermordet worden war, da kriegte ich es mit der Angst. Ich wollte nicht in eine Sache mit hineingezogen werden. Schließlich wollte Weert mit diesem Geld ja unsere Fischzucht kaufen. Und ich hatte auch Angst, dass ich Schererreien mit der Polizei bekomme und die ganze Sache platzt. Der alte Herr, müssen Sie wissen, der hat so seine eigenen Vorstellungen von Anstand und Moral. Und wenn der auf die Idee gekommen wäre, dass ich noch mal in krumme Dinge verwickelt bin, dann hätte der bestimmt einen Rückzieher gemacht.«

»Und nun kommen Sie doch zu uns.« Habbo Janssen strahlte ihn an.

»Tja, vor ein paar Tagen ist der alte Herr ganz plötzlich verstorben. Und heute Morgen rief mich sein Anwalt an, dass ich mir einen Brief abholen sollte.«

Meinderts schluchzte. »Da stand drin, dass ich alles erben soll. Das dauert nun noch ein bisschen, bis das alles überschrieben ist, sagt der Anwalt. Aber ich bekomme die ganzen Teiche und Fische und das Haus auch.«

Habbo Janssen hatte Tränen in den Augen.

Gerrit Roolfs platzte vor Neugierde. »Und wer hat Pohl ermordet?«

»Ich war es bestimmt nicht«, sagte Meinderts und wischte sich die Tränen ab. »Weert hat gesagt, dass er mit einem Schlag 'nen Haufen Geld bekommt.«

»Mit dem Schlag hatte er gar nicht so unrecht«, meinte Habbo Janssen.

DER FÜRST IST NERVÖS

»Das war ja eine dolle Geschichte«, meinte Janssen.

»Ja,«, erwiderte Roolfs, »so richtig was für dich. So mit Herz.«

»Sei doch nicht immer so aggressiv, wenn Ilona weg ist.«

»Das hat mit Ilona … Ach, was habt ihr alle mit Ilona.« Roolfs blätterte in seinen Notizen. »Immerhin wissen wir jetzt genau, dass der Mord etwas damit zu tun hat, dass Pohl so richtig abkassieren wollte. Aber eine Spur haben wir immer noch nicht. Denkst du, dass Meinderts wirklich nichts weiß?«

»So wie du ihn in der letzten Viertelstunde auseinander genommen hast? Deinem Scharfsinn und meinem Charme ist niemand gewachsen, das weißt du doch. Wie war das noch mit guter Bulle und böser Bulle?«

Kriminaldirektor Uphoff kam herein. »Der Fürst ist da. Die Akkermann hält ihn noch hin.«

Gerrit Roolfs seufzte. »Vielleicht ist es am besten, wenn wir mit offenen Karten spielen.«

Fürst Carl Edzard II. sah übernächtigt aus. Etwas fahrig begrüßte er Roolfs, Janssen und Uphoff. Staatsanwältin Akkermann nickte ihnen mit einem verkrampften Lächeln zu und starrte wieder auf ihre Unterlagen.

Der Fürst versuchte gelassen zu wirken, aber man merkte ihm die Anspannung an. »Meine Herren, am Freitag ist die Vorverhandlung für Alexander. Bis dahin kann noch eine Menge geschehen, und bis jetzt ist auch schon eine Menge geschehen. In der Presse wird schon über unsere Vorfälle geschrieben und unsere ausländischen Investoren sind etwas beunruhigt. Ich bin es auch.«

Lothar Uphoff klappte seine Mappe zu. »Um es ehrlich zu sagen: Wir haben nichts in der Hand. Wir stehen sozusagen auf dem Schlauch. Meine Leute haben jedes Steinchen umgedreht und jede auch noch so kleine Spur verfolgt. Wir wissen, dass Weert Pohl jemanden erpresst hat. Er wollte vermutlich aufs Ganze gehen und eine große Abschlusszahlung herausholen. Wir vermuten, dass er sich absetzen und irgendwo neu anfangen wollte.«

»Entschuldigung!« Roolfs unterbrach ihn. »Seit ein paar Minuten wissen wir, dass Pohl sich mit einem alten Freund in der Nähe von Westerstede selbständig machen wollte. Er wollte sich in eine Fischzucht einkaufen und brauchte dafür das Geld. Mit Sicherheit wurde er ermordet, weil sein Erpressungsopfer wohl brav Monat für Monat sein Geld zahlen, aber nicht auf einmal so eine Riesensumme abdrücken konnte.«

»Und das Geld im Karton?«, unterbrach ihn Uphoff.

»Vielleicht eine Anzahlung oder eine Art Abschlagssumme. Keine Ahnung. Auf jeden Fall muss es um dieses Geld Streit gegeben haben«, erläuterte Roolfs.

Unruhig wanderten Carl Edzards Augen während des Berichtes im Büro umher. Er räusperte sich. »In Ordnung. Vielen Dank, aber ich brauche Ergebnisse. Heute Nacht ist ein Brandanschlag auf das Gemeindehaus in Emden vereitelt worden. Dort lebt seit einem halben Jahr eine kurdische Familie im Kirchenasyl. Durch einen Hinweis konnten die Täter kurz vorher geschnappt werden. Alle Zeitungen haben zugesichert, die Sache bis nächste Woche unter Verschluss zu halten. Sogar die Morgenpost. Allerdings musste ich da etwas nachhelfen.«

Roolfs merkte, dass der Fürst unter enormem Druck stand.

Carl Edzard fuhr fort. »Ich werde gleich abgeholt. Ich fliege zusammen mit dem Regierungspräsidenten nach Norwegen. Es geht um das Institut. Sie wollen aussteigen und das Projekt an der niederländischen Küste starten. Das wäre ein schwerer Verlust für uns.«

Er rührte in seiner Teetasse. »Verstehen Sie mich richtig. Sie sollen nicht nach einem Mörder suchen, der in unser politisches Konzept passt. Wenn Alexander der Schuldige ist, muss er überführt werden. Ohne Rücksicht. Und vor allem: schnell. Solange die Sache in der Schwebe ist, brodelt es.«

Carl Edzard merkte, dass er laut geworden war. »Eine kleine Entwarnung kann ich allerdings geben: Aus verlässlicher Quelle weiß ich, dass von Krino van Westen in dieser Hinsicht nichts mehr zu befürchten ist. Seine Partei will die innere Sicherheit nicht zum Wahlkampfthema machen.«

Er blickte alle Personen im Raum der Reihe nach an und ließ Roolfs ein fast unmerkliches Augenzwinkern zukommen.

»Dennoch müssen wir jetzt schnell zu Ergebnissen kommen.« Carl Edzard setzte mit seinen Ausführungen zum Landeanflug an. »Brauchen Sie Verstärkung, Herr Kriminaldirektor? Beziehen Sie Fabricius auch mit ein?«

Lothar Uphoff schüttelte den Kopf. »Uns fehlt es nicht an guten Leuten. Es ist eben eine echt verzwickte Angelegenheit.«

Carl Edzard schmunzelte. »Ich glaube an Sie.«

HABBO JANSSEN ERINNERT SICH

Der Tag verging damit, dass Roolfs und Janssen noch einmal das Haus von Pohl auf den Kopf stellten und alle Nachbarn ein zweites Mal befragten. All diese Tätigkeiten vermittelten den beiden nicht das Gefühl, wirklich etwas zu schaffen und weiterzukommen. Sie traten auf der Stelle.

Zu Hause nahm Roolfs sich noch einmal die Aktenordner mit den wichtigsten Unterlagen der Fälle des Ehepaares Feldhausen und Eilert Dreesmann vor. Der Fall Feldhausen war wasserdicht und es gab keine Verbindung zu Weert Pohl. Im Fall Dreesmann war noch vieles offen. Aber auch hier war keine richtige Verbindung zu Pohl sichtbar. Gab es eine zwischen Dreesmann und den beiden Feldhausens?

Die Sache mit dem Ehepaar Feldhausen war ihm unheimlich. Er hatte das Gefühl, in einen Abgrund zu sehen. Und etwas davon sah er auch in der Beziehung zwischen Eilert und Hilke Dreesmann. Aber der Mord musste nichts mit der Ehe zu tun haben. Und außerdem gab es ja keine Verbindung zu Weert Pohl.

Gerrit Roolfs schloss die Deckel der Aktenordner. Er war müde und aufgedreht. Er fühlte sich, als ob er vor einer verschlossenen Tür stünde und noch nicht einmal wüsste, wo das Schloss war. Er sah sich noch die Tagesthemen an und legte sich ins Bett. Wenn Ilona jetzt da wäre …

Das Telefon klingelte. »Ilona? Das ist ja Gedankenübertragung!«
»Hier ist Habbo. Mir ist da noch was eingefallen.«
»Hm?«
»Die Liste.«
»Was für eine Liste?«
»Die Liste von Pastor Osterloh.«
»Pastor Osterloh?«
»Ja, der hat doch vor ein paar Tagen mit Waldemar Klein geredet. Und er hat aufgeschrieben, für wen Pohl und Klein gearbeitet haben.«
»Und du meinst, dass uns diese Liste den entscheidenden Tipp gibt?«, fragte Roolfs genervt.
»Auf jeden Fall kann es nicht schaden, einmal hineinzuschauen.«
»Bleib dran.« Roolfs legte den Hörer hin und durchwühlte die Jackentaschen an der Garderobe. Er wusste nicht mehr, welche Jacke er an dem Tag getragen hatte, aber schließlich fand er das zusammengefaltete Stück Papier.
»Ich hab sie.«
»Dann leg man los.«
Gerrit Roolfs überflog die Liste.
»Habbo, weißt du, wessen Name hier steht?«
»Wenn du es mir sagst?«

Gerrit Roolfs wird laut

»Warum haben Sie uns nicht gesagt, dass Sie Weert Pohl kennen?«
Hilke Dreesmann schlug die Augen nieder. »Das habe ich doch.«
Gerrit Roolfs wurde laut. »Sie haben mir bei meinem Besuch keine klare Antwort gegeben. Sie sind mir ausgewichen. Es ist ein Unterschied, ob man jemanden ein paar Mal gesehen hat, oder ob jemand mehr als drei Jahre lang mindestens einmal in der Woche kommt und im Garten arbeitet.«

Hilke Dreesmann kniff die Augen zu. »Jaja, das weiß ich alles. Aber das alles schien mir so nebensächlich, so unwichtig.«

»Seit wann arbeitete Pohl nicht mehr für Sie?«

»Seit dem Tod meines Mannes.«

»Haben Sie ihn entlassen?«

»Mehr oder weniger. Ich konnte ihn nicht leiden. Er hatte so etwas Verschlagenes. Mein Mann wollte ihn unbedingt beschäftigen. Pohl tat ihm Leid. Ich habe dann, als mein Mann nicht mehr da war, jemanden anders für das Grundstück beauftragt und Pohl ausrichten lassen, dass ich seine Hilfe zur Zeit nicht brauche. Das ist alles.«

»Und warum habe ich das Gefühl, dass das nicht alles ist?«

»Ich weiß nicht, was Sie meinen. Pohl hat hier den Rasen gemäht, hat in den Beeten gearbeitet, hat sich um die Bäume und Sträucher gekümmert, hat alles im Garten gemacht. Er hat unser Haus so gut wie nie betreten. Alles, was er brauchte, war im Gartenhäuschen. Der Schlüssel lag immer im Blumenkasten neben der Tür zum Häuschen. Persönlich hatte ich keine Verbindung zu ihm.«

»Glauben Sie, dass er mit dem Mord an Ihrem Mann etwas zu tun hat?«

»Keine Ahnung. Pohl ist damals nicht vernommen worden. Er gehörte nicht zum Kreis der Verdächtigen.«

»Gehörte er nicht dazu, weil Sie ihn verschwiegen haben?«

»Ach, du lieber Himmel! Am Ende habe ich Pohl sogar angestiftet, meinen Mann umzubringen? Und ein Jahr später habe ich ihn dann erschlagen – sozusagen als späte Rache. Wissen Sie eigentlich, was Sie mir da unterstellen?«

Roolfs hatte das Gefühl, zu weit gegangen zu sein. Aber er spürte deutlicher als bei seinem letzten Besuch etwas von der Energie dieser Frau.

»Ich habe mit dem Tod meines Mannes nichts zu tun. Glauben Sie mir. Ich hätte mich jederzeit von ihm trennen können. Ich bin finanziell unabhängig und kann auch noch jetzt jederzeit wieder in meinen Beruf zurück.«

»Sie waren damals in ärztlicher Behandlung.«

»Ein perfektes Alibi. Ich weiß. Aber es ist so. Ich habe meinem Hausarzt gestattet, alle Informationen zu geben, die für den Fall relevant sind, auch wenn sie unter die ärztliche Schweigepflicht fallen. Diese Erlaubnis habe ich nicht widerrufen. Sie können sich jederzeit erkundigen.«

»Entschuldigen Sie, Frau Dreesmann. Aber ich muss jeder Spur nachgehen. Ich wollte Sie nicht verletzen.«

Warum entschuldige ich mich jedes Mal, wenn ich aus diesem Haus gehe, dachte Roolfs, als er das Haus verließ. Und er warf einen abschätzigen Blick auf die Götterstatue im Rondell, als er ging.

Dr. Schatz gibt ein Alibi

»Nanu, schon wieder auf Mörderjagd?«, fragte Dr. Schatz amüsiert, als er Gerrit Roolfs und Johannes Fabricius begrüßte. Diesmal saßen sie in einem großen und lichtdurchfluteten Sprechzimmer in freundlichem Sonnengelb. Im Auto hatte Gerrit seinen Freund über die Liste und Pohls Verbindung zu Hilke Dreesmann informiert.

»Nee, nicht schon wieder, sondern immer noch«, sagte Roolfs. »Wir kommen da einfach nicht weiter und klopfen alles noch einmal ab.«

»Sind Sie immer noch bei den Feldhausens?«

»Irgendwie schon. Aber jetzt komme ich eher wegen einer Routinesache. Es geht um Hilke Dreesmann. Sie hat uns erlaubt, Erkundigungen einzuziehen.«

Dr. Schatz nahm den Hörer ab und wählte eine Nummer. »Helga? Bitte keine Anrufe durchstellen. Die Herren und ich dürfen nicht gestört werden. Danke.«

Er sah Roolfs an. »Ich weiß. Sie hat gerade angerufen und mitgeteilt, dass Sie gleich kommen und dass sie mich von meiner Schweigepflicht entbindet. Frau Dreesmann ist schon länger meine Patientin. Sie kam immer zu mir, wenn ihr Mann sie geschlagen hatte.

In der ersten Zeit erzählte sie von irgendwelchen Unfällen und Stürzen, aber mit der Zeit merkte sie, dass sie mir nichts vormachen musste. Damals kam sie an einem Freitagmittag mit dem Taxi hierher. Ihr Mann hatte sie zusammengeschlagen und sie dabei so zugerichtet, dass ich sie sofort ins Krankenhaus einweisen wollte.«

»Und das wollte sie nicht?«

»Auf keinen Fall. Sie wollte nicht, dass irgendjemand etwas davon erfährt.« Dr. Schatz schüttelte den Kopf. »Ist das nicht verrückt? Und dabei wissen es immer alle. Egal, Hilke Dreesmann weigerte sich, ins Krankenhaus zu gehen. Wir haben ein Behandlungszimmer, das ein wenig abgelegen liegt. Kommen Sie mit, ich zeige es Ihnen.«

Roolfs und Fabricius folgten dem Arzt durch den langen Flur. Sie gingen durch einen Raum am Ende des Flures, hinter dem ein weiter Behandlungsraum lag – mit Blick auf den Garten im kleinen Innenhof.

»Diesen Raum benutzen wir selten. Eigentlich fast nur, wenn Patienten ein Medikament einnehmen und danach ruhen müssen, oder ich will dann gleich sehen, wie das Medikament anschlägt. Hier habe ich Hilke Dreesmann einquartiert, nachdem ich ihre Prellungen und Wunden versorgt hatte. Zum Glück musste nichts genäht werden. Ich habe ihr ein pflanzliches Beruhigungsmittel gegeben. Hier verbrachte sie etwa die Zeit von halb eins bis fünf Uhr. Dann bekam sie über Handy die Nachricht, dass sie schnell nach Hause kommen solle. Die Polizei hatte Dreesmanns Vater die Nachricht überbracht, und der hatte die Handy-Nummer.«

»Und sie hätte die Praxis vorher nicht verlassen können?«

»In ihrem Zustand? Außerdem hätte sie an meinen Sprechzimmern und am Empfang vorbei gemusst, und da sitzt Helga. Wir haben an dem Nachmittag Arztberichte und Rechnungen fertig gemacht. Zwischendurch haben wir immer nach ihr gesehen.«

»Gab es keinen anderen Weg?« Fabricius schaute nach draußen.

»Die Terrassentür führt in den Innenhofgarten. Das soll so eine Art Atriumhaus sein. Der Garten hat keinen Weg nach draußen. Ich teile ihn mit einem Kollegen, der die andere Hälfte des Gebäudes gemietet hat.«

»Ich weiß«, warf Johannes Fabricius ein. »Ich bin sein Patient.«

»Darüber sprechen wir später noch einmal! Bis zur Aufführung unserer Matthäuspassion gebe ich Ihnen Bedenkzeit.« Dr. Schatz grinste ihn herausfordernd an. »Ist ja auch egal. Von unseren beiden Praxen führt jeweils eine Terrassentür in den Garten. Wir machen meist gemeinsam unsere Sommerfeste für unsere Teams hier im Innengarten. Seine Praxis war an diesem Tag geschlossen, weil er im Urlaub war. Der Glückliche.«

»Mit anderen Worten: Hilke Dreesmann hat ein festes Alibi.«

Dr. Schatz lächelte: »Hat sie. Außerdem werde ich nicht zulassen, dass Sie eine Privatpatientin von mir verhaften! Sonst muss ich eines meiner Zeitschriftenabonnements für das Wartezimmer kündigen.«

DER JÄGER GEHT LEISE

»Va tacito e nascosto …« Streicher und Horn spielten die leisen Schritte des Jägers nach, die James Bowman in Händels Arie besang.

Gerrit Roolfs zog die Schuhe aus und machte es sich auf dem Sofa gemütlich. Er ließ sich immer gern von Johannes Fabricius' Liebe zu Händels Opern anstecken, auch wenn seine Liebe eher dem Jazz galt.

»Vor einundzwanzig Jahren haben wir den *Julius Caesar* in Göttingen gehört. Erinnerst du dich?«

»Na klar.« Johannes Fabricius kam mit einem Tablett voller Butterbrote herein. »Unser letzter gemeinsamer Abend. Ich habe damals mein Medizinstudium abgebrochen, und du bist zur Polizeihochschule gegangen. Cäsar beschreibt hier den betrügerischen Ptolemäus, der ihm wie ein Jäger eine Falle stellen will. Aber das geht natürlich schief.«

»So wie ein erfolgloser Jäger fühle ich mich jetzt auch. Übermorgen ist Alexanders Vorverhandlung, und ich würde am liebsten den Fall Dreesmann noch einmal neu aufrollen. Ich habe das Gefühl, ich bin ganz dicht dran und unendlich weit weg.«

»Wo bist du dicht dran?«

»Ich weiß nicht. Die Sache mit diesem Ehepaar lässt mich nicht los. Aber da komme ich nicht weiter.«

»Gibt es denn bei Eilert Dreesmann irgendeinen neuen Hinweis?« Johannes häufte ein paar Brote auf einen kleinen Teller und schob ihn zusammen mit einer dampfenden Tasse Tee zu Gerrit hin.

Gerrit nahm sich ein Brot und während er kaute, redete er weiter. »Es gab damals nur einen einzigen möglichen Hinweis auf den Mörder. Die alte Tini van Ohlen von Gegenüber hat einen Mann in Dreesmanns Haus gehen sehen. Dann ist sie von ihrer Tochter zum Tee gerufen worden und hat nicht gesehen, ob er wieder herausgekommen ist. Sie hat damals ausgesagt, dass es der Pastor gewesen war.«

»Osterloh?«

»Ja, aber der hatte das sicherste Alibi der Welt. Er hatte eine Beerdigung und war anschließend zur Teetafel in der Mühle. Sein Weg vom Friedhofsbüro, wo er sich umgezogen hat, bis zur Teetafel ist genau belegt. Und in diesen vier Minuten hätte er auch nicht …«

Johannes winkte ab. »Musst du mir nicht erklären.«

»Außerdem hat er den Bestatter im Auto mitgenommen. Und gleich danach hatte er Konfirmandenunterricht. Also, da hat sich die alte Tini vertan. Sie war damals wohl schon ziemlich verwirrt. Ich habe es in den Unterlagen gelesen. Der alte Kollege Dieken hat sie damals vernommen. Es war sein letzter Fall vor dem Ruhestand.«

»Und was sagt Tini van Ohlen heute?«

»Keine Ahnung. Sie ist vor zwei Monaten sanft und friedlich im Alter von achtundneunzig Jahren eingeschlafen und ist nicht mehr befugt, Auskünfte zu erteilen. Wen rufst du an?«

»Den einzigen Mordverdächtigen im Fall Dreesmann. Ach, wir fahren gleich hin. Ich muss auch noch mal in den Laden.«

»Ich hoffe, dass es schnell geht. Heute Abend hole ich Ilona aus Bremen ab.«

Auf Würfeln sitzt man unbequem

Fabricius und Roolfs saßen in dem ungemütlichsten Wohnzimmer, das sie jemals erlebt hatten. Darin bestätigten sie einander flüsternd, als Pastor Osterloh sich in der Küche um den Tee kümmerte.

Der Teppich schien der Oberfläche eines Planeten nachempfunden, der nicht der M-Klasse der bewohnbaren Himmelskörper angehörte. Und das übrige Mobiliar bestand aus bunten Würfeln, die um einen niedrigen Nierentisch mit gewaltigen Ausmaßen gruppiert waren. Beherrscht wurde der Raum von einem gigantischen Fernseher, umgeben von einer Regalwand mit Hunderten von Science-Fiction-Büchern und Videos.

»Man gewöhnt sich dran!« Mit diesen Worten hatte Frau Osterloh sie aufgefordert, Platz zu nehmen. »Ich habe mich auch daran gewöhnt. Sogar an Uwe habe ich mich mit der Zeit gewöhnt. So, ich muss jetzt los. Tschüssi!«

Stilecht servierte Osterloh drei Teebecher mit heißem Earl Grey, dem Lieblingsgetränk von Jean-Luc Picard. »Wo brennt's denn wieder? Ich finde, so langsam müsste mir der Fürst ein Gehalt als Hilfspolizist zahlen.«

Gerrit Roolfs veränderte die Sitzposition, weil seine Füße einschliefen. »Das gehört zu deinem Job als Seelsorger. Ein unschuldiges Schäflein wird fälschlich beschuldigt und du musst uns helfen, den wahren Mörder zu finden.«

»So unschuldig ist das Schäflein wohl nicht. Aber ich glaube wirklich nicht, dass Alexander Weert Pohl ermordet hat.«

»Das glauben wir auch nicht«, bestätigte Gerrit. »Vor allem will der Fürst auch nicht, dass er es war. Und da trifft es sich ja gut, dass wir noch einen zweiten Mordverdächtigen haben.«

Uwe Osterloh grinste. »Ich habe ein perfektes Alibi. Obwohl ich den Mord an Eilert Dreesmann im weitesten Sinne auch mit meinen seelsorgerlichen Pflichten vereinbaren könnte. Darüber könnte man fast trauriger sein als über seinen Tod.«

»Komisch, dass du das sagst. Pohls Schwester hat so etwas Ähnliches über ihren Bruder gesagt. Und Tini van Ohlen hat dich als Mörder ertappt.«

»Sie hat es nicht persönlich gemeint. Ich habe sie hinterher noch besucht. Sie war schon ein bisschen verwirrt.«

»Also hat sie sich versehen?«, fragte Gerrit.

»Genau so würde ich es ausdrücken.«

»Dann kann ich ihre Aussage also abhaken.«

»Absolut nicht. Sie hat sich ver-*sehen*. In jeder Aussage steckt eine Botschaft. Es fragt sich immer nur, welche.«

OSTERLOH ERKLÄRT

»Ich versteh nur Bahnhof.«

»Genau. Und ich verstehe, was du mit diesem Bild sagen willst. Wer diese Redewendung nicht kennt, würde diese Aussage von dir auch abhaken, weil ich das Wort ›Bahnhof‹ gar nicht gesagt habe. Das ist alles eine Sache der Hermeneutik.« Osterloh lächelte überlegen.

»Kannst du mal Klartext reden?«

Johannes Fabricius mischt sich ein. »Das ist ja so etwas wie Literaturwissenschaft.«

»So in etwa«, erklärte Uwe. »Hermeneutik ist die Wissenschaft, in der es um das Verstehen geht. Und diese Wissenschaft wenden wir jeden Tag an. Ich auch in meinem Beruf. Ein Beispiel: Ich komme gerade aus einer Familie, die den alten Vater pflegt. Der beklagt sich, dass seine Angehörigen ihm sein Geld stehlen. Aber die würden ihm sogar noch eher etwas dazugeben, als ihm etwas wegzunehmen.«

»Und was machst du jetzt mit deiner Hermeneutik?«, fragte Gerrit, der langsam ungeduldig wurde.

»Die Angst vor dem Bestohlenwerden ist ein häufiges Bild für die Angst vor dem Verlust von Lebenskraft und für die Angst vor dem Tod. Man muss nicht nur auf den Sachgehalt der Aussage sehen, sondern auch auf den Zusammenhang, in dem etwas gesagt wird und in dem eine Aussage ihre Bedeutung entfaltet.«

»Das hast du aber schön gesagt«, sagte Gerrit Roolfs andächtig.

»Du machst das in deinem Job kein bisschen anders. Wenn du das Gefühl hast, dass dir jemand etwas Falsches sagt – bewusst oder unbewusst – versuchst du doch auch, aus den Worten herauszuhören, welche Wahrheit sich darin verbirgt. Sogar in der verkehrten Aussage steckt etwas Richtiges, und wenn es nur das ist, dass jemand dir die Wahrheit nicht sagen will. Eine Lüge ist manchmal ein Kleid, in dem sich die Wahrheit verbirgt.«

»Steht das auch in der Bibel?«

»Nee, ist von mir.«

»Und was heißt das jetzt ganz konkret für diesen Fall?«, drängelte Gerrit.

»Das heißt ganz konkret: Nimm die Aussage von Frau van Ohlen, schmeiß den Pastor raus und behalte den schwarzen Anzug.

Euer Kollege damals hat sich auf die Suche nach einem Pastor festgelegt. Und als er alle Kollegen, die in Frage kamen, befragt hatte, und nichts kam dabei heraus, da erklärte er die alte Tini van Ohlen für verwirrt und beschloss, ihre Aussage in den Papierkorb zu werfen. Ich denke, die Sache mit dem Pastor könnt ihr vergessen, aber den schwarzen Anzug, den hättet ihr suchen sollen. Vielleicht findet ihr ihn ja jetzt.«

»Du bist ja gar nicht so unclever, wie Johannes' Vater immer behauptet.«

Uwe Osterloh tat so, als ob er diese Anspielung überhört hätte. »Bestimmt hat Frau van Ohlen nur jemanden gesehen, der schwarz gekleidet war. In ihrer Kindheit und Jugend war ein Pastor immer schwarz gekleidet.«

»Was man von dir nicht gerade sagen kann«, spottete Johannes.

Uwe Osterloh trug einen ausgewaschenen pinkfarbenen Pullover und eine orangefarbene Jeans. »Im Ernst. Ich habe mit ihr über die Sache gesprochen, und sie beharrte darauf, mich im schwarzen Anzug gesehen zu haben. Davon wich sie nicht ab. Auch das muss man übersetzen. Sie hatte Angst, nicht ernst genommen zu werden, und darum bestand sie darauf, mich persönlich gesehen zu haben. Auch ihre Weigerung, die Aussage zurückzunehmen, ist ein Bild, das man verstehen muss. Übersetzt heißt das: Ich will ernst genommen werden, ich will nicht, dass ihr mich für verrückt haltet und mich abschreibt.«

Osterloh schlürfte einen Schluck Tee aus dem blauen Becher.

»Ich glaube, sie hat einfach nur jemanden gesehen, der im schwarzen Anzug oder in dunkler Kleidung in Dreesmanns Haus gegangen ist. Einen schwarzen Anzug kann schließlich jeder anziehen.«

»Aber warum zieht jemand einen schwarzen Anzug an, wenn er einen Menschen ermorden will?«

Uwe dachte einen Moment nach. »Vielleicht hatte der Mörder das ja gar nicht vor. Und vielleicht hatte die dunkle Kleidung mit dem Mord nichts zu tun.«

»Seid still. Ich muss denken. Denkt mit!« Johannes Fabricius schnippte mit den Fingern. »Uwe? Zigarette!«

Uwe holte aus seinem Arbeitszimmer eine neue grünweiße Zigarettenschachtel. Wie bei einem Ritual nahmen sie gleichzeitig den ersten Zug und pusteten eine Wolke in den Raum.

Johannes beugte sich vor. »Uwe, wen hast du an dem Tag beerdigt, an dem Eilert Dreesmann ermordet wurde?«

»Das kann ich dir genau sagen: Herrn und Frau Feldhausen.«
Gerrit erstarrte. »Ich wusste es. Da muss eine Verbindung zwischen beiden Fällen sein. Ich habe es die ganze Zeit über gespürt! Ich weiß noch nicht genau, wo sie ist, aber jetzt weiß ich, dass es da eine Verbindung gibt.«

Johannes Fabricius macht einen Besuch

Es war Johannes Fabricius, der auf das Naheliegende kam, das sie in ihrem Gespräch übersehen hatten. Es war so auffällig, dass keiner von ihnen es bemerkt hatte.

Da Gerrit unterwegs war, um Ilona aus Bremen abzuholen, beschloss Johannes, selbst seiner Vermutung nachzugehen. Er hatte dabei kein gutes Gefühl, aber er würde vorsichtig sein und mit seinem Verdächtigen keinen Kontakt aufnehmen. Dieser Besuch sollte nur seinen Verdacht ein wenig bestätigen und heute Abend würde er Gerrit einen Verdächtigen präsentieren.

Edeltraut Büscher öffnete die Tür und musterte ihn.

»Guten Tag, mein Name ist Johannes Fabricius.« Er zeigte ihr ein Dokument, das ihn als Mitglied des Hofrates auswies. «Ich habe ein Geschäft in der Stadt und bin Mitglied des Hofrates. Ich arbeite sozusagen für den Fürsten und begleite die Ermittlungen im Fall Weert Pohl.«

Die Erwähnung des Fürsten verwandelte Edeltraut Büschers misstrauischen Gesichtsausdruck in freudige Neugierde. Außerdem hatte sie ihren Besucher schon ein paar Mal gesehen. Sie kaufte ihre Illustrierten in der Hofbuchhandlung.

»Kommen Sie man rein, Ihr Kollege war auch schon da vor ein paar Tagen.«

Johannes Fabricius beließ es bei diesem Missverständnis. Es würde die Sache erleichtern. Er nahm zwischen zwei Teddy- und Plüschtierbergen im Sofa Platz.

»Ich habe Ihrem Kollegen schon alles gesagt.«

»Ich weiß«, bestätigte Fabricius. »Aber eine Kleinigkeit ist noch offen. Pastor Osterloh hat Ihre Schwester und Ihren Schwager beerdigt.«

»Ja. Und er macht auch eine kleine Andacht, wenn meine Schwester umgebettet wird. Ich habe vorhin mit ihm gesprochen. Das ist ja ein Zufall.«

»Ich habe da ein wichtiges Anliegen und bitte Sie um Ihre Mitarbeit. Bei der Trauerfeier lag eine Liste aus, in der sich alle Besucher der Andacht einschreiben konnten.«

»Eine Kondolenzliste? Ja, so etwas legt der Bestatter immer aus.«

»Haben Sie die noch?«

Edeltraut Büscher erhob sich und kramte in einem der unteren Fächer. Schließlich kam ein großer Schuhkarton zum Vorschein, in dem sie die Trauerpost und die Unterlagen von der Beerdigung aufbewahrte. Sie blätterte in der schwarzen Ringmappe mit dem Prägestempel des Bestattungshauses.

»In einem geordneten Haushalt geht nichts unter.« Mit diesen Worten überreichte sie Johannes Fabricius die Liste.

Als sein Zeigefinger die Liste herunterfuhr und bei dem Namen »Dr. Jörg Schatz« stehen blieb, war er sich sicher, dass er den Mörder von Eilert Dreesmann und Weert Pohl gefunden hatte.

Alles passte zusammen. Schatz war bei der Beerdigung gewesen und war vermutlich gleich danach in seiner Trauerkleidung zu Dreesmann gefahren. Vermutlich hatte er Dreesmann dazu bringen wollen, seine Frau nicht mehr zu schlagen. Und dabei musste es zu einer tätlichen Auseinandersetzung gekommen sein, die Dreesmann das Leben gekostet hatte. Vielleicht hatte Pohl während der Gartenarbeit etwas davon mitbekommen.

Johannes Fabricius erinnerte sich, auf Schatz' Praxisschild gelesen zu haben, dass er Privatdozent war. Vermutlich hatte Schatz auf den Fahrten zu seiner Uni nach Hannover oder Göttingen das Geld auf Pohls Konto einbezahlt.

»Ist alles in Ordnung?« Frau Büscher war etwas verunsichert durch Fabricius' langes Schweigen.

»Sind Sie sicher, dass der auch da war?« Er klopfte mit dem Zeigefinger auf die Unterschrift.

»Der Doktor? Sonst hätte er ja wohl nicht unterschrieben. Ich habe sogar noch kurz mit ihm gesprochen.«

»Und war er auch bei der Teetafel?«

Edeltraut Büscher versuchte, sich zu erinnern. »Nein. Ich hab ihn eingeladen, aber er musste wieder in die Praxis. Das weiß ich noch. Eigentlich habe ich immer ein gutes Gedächtnis. ›Edeltraut‹, hat mein Vater immer gesagt, ›du hast ein Gedächtnis wie …‹«

Johannes Fabricius zog es vor, auf diese Information zu verzichten und verabschiedete sich eilig.

Verdutzt schaute Edeltraut Büscher ihrem Besucher hinterher. Warum hatte er sich so genau nach Dr. Schatz erkundigt? Sie hatte ein ungutes Gefühl.

Eine Bekannte von ihr arbeitete als Sekretärin in der Fürstlichen Hofkanzlei. Sie suchte die Nummer heraus und wählte. Vermutlich war Edeltraut Büscher die einzige Person in diesem Stadtteil, die noch ein hellgraues Telefon mit Wählscheibe besaß. Am anderen Ende meldete sich eine Stimme.

»Hallo, hier ist Edeltraut. Ich hatte gerade komischen Besuch. Ein Herr Fabricius aus dem Buchgeschäft sagt, dass er beim Fürsten arbeitet. Stimmt das?«

»Nee. Da muss er dir einen Bären aufgebunden haben. Ein Herr Fabricius arbeitet hier nicht. Hier arbeiten bloß drei Männer, und die heißen alle Janssen. Die sind aber nicht miteinander verwandt. Du, ich muss Schluss machen, die Chefin kommt.«

Edeltraut Büscher legte auf. Sie wusste, wen sie jetzt anzurufen hatte.

Der grüngefiederte Engel rettet Johannes

Johannes Fabricius beschloss, den Abend in seiner Geschäftswohnung zu verbringen. Er wollte auf jeden Fall noch zu Gerrit Roolfs. Ilonas Rückkehr war vermutlich nicht der günstigste Zeitpunkt für einen Freundesbesuch, aber wenn er Recht hatte, dann würde Gerrit morgen einen zweifachen Mörder verhaften.

Einer seiner Angestellten erschien im Treppenhaus und rief nach oben.

»Herr Freese, wir gehen nach Hause. Tschüß.«

»Ja, schönen Abend, und schließen Sie bitte alle Türen ab. Ich bleib noch länger hier.«

Fabricius war in den letzten Tagen selten hier oben gewesen. Er hatte die wichtigsten Arbeiten unten im Büro erledigt, aber nun musste er in Ruhe die Prospekte und Anzeigen für Neuerscheinungen durchsehen. Er nahm in seinem Lesesessel Platz.

Es fiel ihm schwer, sich zu konzentrieren. Vielleicht half ein wenig Musik. Er hielt die neue Aufname der Matthäuspassion in der Hand, die vor wenigen Tagen erschienen war. Eigentlich war es in seinem Orchester unausgesprochene Regel, sich während der Zeit des Einstudierens und Probens keine anderen Aufnahmen desselben Werks anzuhören. Aber Johannes hatte trotzdem Lust darauf und schob die CD ein.

Auf dem Beistelltisch stapelten sich ein paar großformatige Bildbände, die in diesen Tagen neu herausgekommen waren. Obenauf lag das Buch über den Isenheimer Altar. Johannes überflog das Inhaltsverzeichnis, das eine Reihe interessanter Aufsätze aufführte. Darunter war ein Beitrag über den geheimnisvollen grün gefiederten Engel, der beim Engelskonzert im Weihnachtsbild zu sehen war.

Johannes beschloss, heute nicht mehr zu arbeiten, sondern in Ruhe die Matthäuspassion zu hören und diesen Aufsatz zu lesen. Er hatte eine Nahaufnahme des grüngefiederten Engels als Kunstpostkarte unten in seinem Schreibtisch. Später sollte er ihn als seinen Schutzengel bezeichnen und das Bild im Rahmen auf seinen Schreibtisch stellen.

In dem Moment, in dem er aufstand, um die Kunstkarte zu holen, nahm er hinter sich eine Bewegung wahr. Geistesgegenwärtig, wie er sonst nie war, drehte er sich zur Seite und hielt den Bildband vor sich.

Das Buch fing den Schlag ab. Fabricius sprang auf und drückte jemanden zur Seite, den er so schnell gar nicht erkennen konnte. Er rannte die Treppe hinunter. Zu spät fiel ihm ein, dass seine Angestellten die Türen abgeschlossen hatten und dass sein eigener Schlüssel oben in seiner Jacke war. Alle Fenster hier unten waren einbruchssicher und ließen sich nur einen Spalt weit öffnen. Damit waren sie leider auch ausbruchssicher.

Aber das konnte sein Verfolger nicht wissen, der wohl gestürzt war, sich wieder aufrappeln musste und jetzt erst die Treppe herunterpolterte. Johannes versteckte sich im Abstellraum. Er zog den Schlüssel ab und ließ die Tür angelehnt.

Er hörte, wie Schritte näher kamen und sich dann wieder entfernten. Johannes überlegte, ob er in einem zweiten Überraschungsmanöver die Treppe hoch und in seine Oberwohnung gelangen könnte. Aber bis er seine Jacke geholt und die Wohnungstür aufgeschlossen hätte, würde der Mann ihn längst eingeholt haben.

Türen wurden leise geöffnet und geschlossen. Vermutlich würde sein Verfolger die Räume systematisch durchsuchen. Dr. Schatz musste erfahren haben, dass er von ihm verdächtigt wurde. Johannes wusste, welchen Fehler er gemacht hatte. Er war zu unvorsichtig gewesen bei Frau Büscher. Vielleicht war sie misstrauisch geworden und hatte bei Schatz angerufen.

Jetzt musste der Arzt im kleinen Büro sein, und Johannes hörte, wie die Tür zur Küche geöffnet wurde. Die Schritte kamen langsam näher. Johannes beschloss, um sein Leben zu kämpfen.

Johannes hielt den Atem an, als die Tür zu seinem Abstellraum langsam aufgedrückt wurde.

Dr. Feldmann schlägt zu

Als Johannes' Verfolger nach dem Lichtschalter im dunklen Abstellraum tastete, traf ihn »Dr. Feldmanns Handbibliothek der Teichwirtschaft« mit der vollen Wucht ihrer fast zwanzig Kilo. Ehe der Angreifer sich wieder aufgerichtet hatte, war Johannes Fabricius schon von der Leiter über ihn hinweg gesprungen, hatte die Tür hinter sich zugeschlagen und den Schlüssel ins Schlüsselloch gesteckt. In dem Moment, in dem Johannes den Schlüssel umdrehen wollte, wurde die Türklinke auf der anderen Seite kräftig heruntergedrückt. Johannes legte seine ganze Kraft in einen Ruck, mit dem er die Tür zuzog. Im selben Augenblick drehte er den Schlüssel um und zog ihn wieder ab.

Er versicherte sich, dass die Hintertür des Geschäftes abgeschlossen war, und schloss vorsichtshalber auch die Tür zwischen den Verkaufsräumen und dem hinteren Teil ab. Mit zitternden Knien ging er nach oben und rief Gerrits Nummer an. Als die Mailbox aufgerufen wurde, legte er wieder auf und suchte im Telefonbuch die Nummer von Habbo Janssen.

»Bleiben Sie, wo Sie sind, Herr Fabricius. Wir sind gleich bei Ihnen«, versicherte Janssen, der sogar in einer solchen Situation seine Ruhe nicht verlor. Johannes hörte ein Klirren von unten.

Als wenige Minuten später Habbo Janssen mit zwei Beamten den Abstellraum betrat und das Licht einschaltete, war niemand mehr da. In dem kleinen Durchgang zwischen seiner Buchhandlung und dem benachbarten Schuhgeschäft lagen die Scherben der Fensterscheibe und mitten darin der Karton mit ›Dr. Feldmanns Handbibliothek der Teichwirtschaft‹, die an diesem Abend ganze Arbeit geleistet hatte.

Ilona küsst Johannes

Während Habbo Janssen und seine Männer zum Haus von Dr. Schatz fuhren, kam Gerrit Roolfs in die Buchhandlung und ließ sich von seinem Freund erzählen, was passiert war.

»Schade, dass er dich nicht getroffen hat!« Im nächsten Augenblick drückte Roolfs ihn in einer freundschaftlichen Umarmung an sich. »Du blöder Idiot!«

»Flipp hier nicht rum, Gerrit. Fahr uns lieber nach Hause und sieh, dass du meine Wäsche in die Maschine bekommst. Ich mach uns etwas zu essen.« Ilona umarmte Johannes fest. »Gerrit, du hast sicher nichts dagegen, wenn ich deinen Freund küsse. Er ist ein richtiger Held!«

»Ja, und um ein Haar wär er jetzt ein toter Held. Dieser Spinner! Is doch wahr.«

»Gerrit, dafür liebe ich dich, dass du dir so viele Sorgen um Johannes machst. Du bist eben doch ein echter Gefühlsmensch. Und jetzt ab nach Hause!«

Während der Autofahrt sagte Gerrit kein Wort. Aber die Erleichterung darüber, dass alles noch mal gut gegangen war und die Freude darüber, dass Ilona wieder zurück war, stimmten ihn versöhnlicher.

»Vor allem weiß ich jetzt, dass ich Recht hatte«, sagte er, als sie im Wohnzimmer saßen. »Es gab eine Verbindung zwischen den Feldhausens und den beiden anderen Fällen. Diese Verbindung ist Dr. Jörg Schatz. Wie bist du eigentlich darauf gekommen?«

»Eigentlich hat Uwe Osterloh mich darauf gebracht«, erklärte Johannes. »Er hat gesagt, ein Mord an Dreesmann ließe sich sogar mit seinem seelsorgerlichen Auftrag vereinbaren. Er hat das natürlich nicht ernst gemeint, aber vielleicht hat Dr. Schatz die Sache in etwa so gesehen. Er hat den ausgeschaltet, der seine Patientin krank gemacht hat. Vielleicht wollte er nur mit ihm reden, und dann ist es irgendwie passiert.«

»Und wie bist du auf Schatz gekommen?«

»Die alte Nachbarin hat einen Mann im schwarzen Anzug gesehen. Was liegt näher, als dass es jemand ist, der von einer Beerdigung kommt? Ich habe die Kondolenzliste bei Frau Büscher durchgesehen.«

»Und die hatte nichts Eiligeres zu tun, als dir einen Mörder auf den Hals zu hetzen«, bemerkte Gerrit bissig.

»Das ist wahrscheinlich meine eigene Schuld. Für sie war Dr. Schatz ihr guter Hausarzt, der sich immer rührend um sie und um ihre Schwester gekümmert hat. Und das war er ja auch. Sie wollte ihn bloß warnen, dass ein zwielichtiger Kerl sich als Polizist ausgab, um hinter ihm herzuspionieren.«

»Damit hatte sie ja auch nicht ganz Unrecht.«

»Jetzt hältst du aber mal die Klappe, Gerrit, sonst buche ich gleich für den nächsten Urlaub drei Wochen Malediven mit Steffi und Sabine!«, mischte Ilona sich ein.

Gerrits Handy klingelte. Er sprach kurz mit Janssen und stand auf.

»Sie haben ihn. Er hat zu Hause auf sie gewartet. Er ist freiwillig mitgegangen und hat sich bereit erklärt, ein volles Geständnis abzulegen. Ich muss hin. Johannes schläft heute Nacht hier«, ordnete er an.

Lothar Uphoff trinkt Kaffee

»Bevor jemand mich danach fragt«, sagte Kriminaldirektor Uphoff, während er in seiner Kaffeetasse rührte, »ich steige um auf stinknormale Heißgetränke. Heute steht in der Zeitung, dass Anfang nächsten Jahres auch in unserem Fürstentum das Dosenpfand eingeführt wird.«

»Wir werden deine schönen bunten Dosen vermissen«, bekundete Habbo Janssen sein ehrlich empfundenes Mitgefühl.

»Zur Sache, meine Herren!«, mahnte Staatsanwältin Gesine Akkermann. »In zwei Stunden ist der Termin. Aber die Sache ist ja wohl klar. Oder, Herr Roolfs?«

»Willst du etwas sagen?«, fragte Roolfs Fabricius, und der schüttelte den Kopf.

»Mach du, Gerrit. Du bist der Profi.«

»Schön, dass du das endlich einsiehst. Dr. Schatz hat heute Nacht gestanden, Eilert Dreesmann und Weert Pohl ermordet zu haben, und er hat gestanden, einen Anschlag auf Johannes Fabricius verübt zu haben. Er ist alles mit seinem Anwalt durchgegangen und hat das Geständnis unterschrieben. Das ist Tatsache.«

»Also können wir Alexander laufen lassen?«, fragte Uphoff.

»Wegen dieser Sache: ja. Wegen der anderen Delikte müssen wir uns noch einmal eingehend mit ihm und seiner Rechtsanwältin unterhalten«, erklärte die Staatsanwältin.

Roolfs berichtete weiter: »Schatz war Hilke Dreesmanns Hausarzt. Er war ein bisschen verliebt in sie, und gleichzeitig tat sie ihm Leid, weil sie von ihrem Mann geschlagen wurde. Am jenem Freitag wollte er zur Beerdigung der Feldhausens. Für Schatz kamen mehrere Dinge zusammen: Ein Mann wird beerdigt, der seine Frau viele Jahre tyrannisiert und ihr schließlich sogar das Leben genommen hat. Kurz vor der Beerdigung fährt ein Taxi mit Hilke Dreesmann vor, die von ihrem Mann brutal zusammengeschlagen wurde. Und da ist wohl etwas in ihm durchgebrannt. Er wollte etwas unternehmen und hat Dreesmann nach der Beerdigung besucht. Er wollte mit ihm reden, aber Dreesmann hat ihn ausgelacht und wollte ihn rausschmeißen.«

Roolfs blätterte in seinen Unterlagen. »Er sagt, Dreesmann hätte ihn geohrfeigt. Das lässt sich natürlich nicht mehr nachprüfen, klingt aber auch nicht unwahrscheinlich. Schatz hat im Zorn eine Messingfigur gegriffen und Dreesmann eins verpasst. Vermutlich hat er gleich festgestellt, dass Dreesmann tot war und dass nichts mehr zu machen war. Er fuhr zurück in die Praxis. Hilke Dreesmann war immer noch dort. Genau genommen war Schatz nicht ihr Alibi, sondern sie war seines. Aber das haben wir natürlich nicht gemerkt, weil Schatz nie zum Kreis der Verdächtigen gehörte.«

»Und Pohl?«

»Unser lieber Weert Pohl, Frau Staatsanwältin, hat fleißig in Dreesmanns Garten gearbeitet und etwas vom Hausbesuch des

Doktors mitbekommen. Er hat Dr. Schatz erpresst. Und dabei war er schlau. Er hat den Betrag so festgesetzt, dass ein Arzt mit einer gut gehenden Praxis die Summe ohne Probleme aufbringen konnte. Schatz hat die ersten Male bar bezahlt, aber dann wurde ihm die Sache zu heikel und er wollte nicht mit Pohl zusammen gesehen werden.«

»Und er hat das Geld auf Pohls Konto einbezahlt – von nahezu allen Banken und Sparkassen in Niedersachsen aus. Fast immer nur einmal.« Gesine Akkermann lächelte zufrieden. Dann war ein loser, hoher Ton zu hören und irritierte die Staatsanwältin.

»Richtig«, antwortete Roolfs. »Doktor Schatz ist alle möglichen Wege und Umwege zu seinen Lehrveranstaltungen nach Hannover gefahren und hat das Geld auf Pohls Konto eingezahlt. Und so hat Pohl jeden Monat ein schönes Taschengeld bekommen.«

»Dabei hätte er es belassen sollen.« Staatsanwältin Akkermann drückte auf den Deckel der Kaffeekanne, und das Ziepschen verschwand.

»Hat er aber nicht. Und konnte er wohl auch nicht. Irgendwie hat ihn sein kleines, beschissenes Leben angenervt, wenn ich das mal so brutal sagen darf.«

Die Staatsanwältin lächelte milde. »Dürfen Sie.«

»Er hatte die Chance, sich in eine Fischzucht einzukaufen und neu anzufangen. Aber dafür brauchte er richtig viel Geld.«

»Und Sie, Herr Fabricius? Warum sollten Sie Opfer Nummer drei werden?«

Johannes Fabricius sah auf. »Ich wäre vor allem fast ein Opfer meiner eigenen Dummheit geworden. Ich hatte einen Verdacht, war mir aber unsicher. Bei der Schwester von Frau Feldhausen habe ich mir die Liste der Gäste von der Beerdigung zeigen lassen und mich wohl zu auffällig nach Dr. Schatz erkundigt. Sie hielt mich für einen Betrüger, der ihrem lieben Hausarzt etwas Böses will, und darum hat sie gleich bei ihm angerufen.«

»Dr. Schatz hat das alles gestanden. Er bittet Herrn Fabricius aufrichtig um Verzeihung und sagt, dass der Anschlag auf dich eine Kurzschlusshandlung gewesen war, eine reine Panikaktion, überhaupt nicht vorbereitet und schlecht durchgeführt. Er sagt, er sei erleichtert und glücklich, dass nichts passiert ist. Ich glaube, über ein Dutzend Mal hat er uns gebeten, Ihnen das auszurichten und Sie um Verzeihung zu bitten.« Staatsanwältin Akkermann sagte den letzten Satz in einem so flehentlichen Ton, als ob sie selbst um Verzeihung bäte.

Johannes Fabricius winkte ab.

Gerrit Roolfs raffte seine Papiere zusammen. »Das war's.«

JOHANNES HAT AHNUNGEN

»Und?«

Johannes antwortete mit vollem Mund auf Gerrits Frage. »Gut. Habe schon lang nicht mehr einen so guten Sauerbraten gegessen.«

Die beiden aßen wie so häufig im Gasthaus *Jerusalem*.

Alexander Klein war freigelassen worden, aber er hatte noch ein Verfahren vor sich und Christina de Boer würde alles in Bewegung setzen, um für ihren Mandanten die mildeste Bestrafung herauszuholen.

»Wirklich gut«, bestätigte Johannes noch einmal und schob sich die Hälfte einer in der Rosinensauce getränkten Krokette in den Mund.

»Freut mich, dass es dir schmeckt. Aber ich meine den Fall.«

»Ja«, antwortete Johannes und trank einen Schluck Rotwein.

»Und?«

»Was und?«

»Enttäuscht?«

»Wieso enttäuscht?«

Gerrit wischte sich den Mund mit der Serviette ab und legte sie auf den leer gegessenen Teller. »Du hast an Wirtschaftskriminalität, politische Intrigen und Bestechung gedacht, eine Riesensache. Und jetzt ist es nur das Übliche: Mord wegen Liebe und Geld. Wie immer. Mach dir nichts daraus. Du hast gute Arbeit geleistet. Ehrlich.«

»Gerrit, als du dich mit dem Fall der Eheleute Feldhausen beschäftigt hast, da hast du immer von einer Verbindung zu den anderen Fällen geredet. Aber du hattest nichts in der Hand.«

»Richtig«, bestätigte Gerrit. »Ich hatte keinen wirklichen Hinweis. Erst im Nachhinein stellte sich heraus, dass alles zusammenpasste.«

»Und trotzdem warst du dir irgendwie sicher.«

»Ich hatte so ein komisches Gefühl, vielleicht so eine Art Instinkt. Ermittlungsarbeit ist nicht nur eine Sache von Fakten. Manchmal weiß man etwas, was man eigentlich noch gar nicht wissen kann. Man hat eine Art Ahnung.«

»Genauso geht es mir jetzt. Irgendwie ist da noch etwas offen. Da stimmt etwas noch nicht so ganz, aber ich kann es noch nicht benennen.«

»Johannes, wenn du wieder auf eigene Faust etwas unternimmst, dann kannst du was erleben! Ich meine es ernst. Wir sind kein Detektivclub oder die ›Fünf Freunde‹!«

»Ich werde nichts ohne dich unternehmen. Versprochen.«

»Ich hoffe, du hast dich bei diesem Versprechen nicht versprochen. Ich meine es ernst!«

UWE OSTERLOH KOCHT

»Keine Ahnung. So etwas ist mir eigentlich noch nie passiert.« Pastor Uwe Osterloh weitete vorsichtig seine schwarze Krawatte, ohne den Knoten zu lösen, und hängte sie an die Garderobe.

»Heute muss ich kochen, meine Frau orgelt in Norddeich und kommt später. Du bist eingeladen.« Mit diesen Worten schob er seinen Besucher in die Küche.

Johannes Fabricius hatte am Sonntagmorgen auf einmal Lust gehabt, zu Osterloh in den Gottesdienst zu gehen. Er und Osterloh hatten sich beim Kirchenkaffee abgeseilt, und Johannes hatte die Gelegenheit genutzt, um sein unbestimmtes Gefühl etwas aufhellen zu lassen.

»Ich fühle mich wie jemand, der vor einer abgeschlossenen Tür steht. Ich weiß genau, da ist etwas dahinter, aber ich komme nicht rein. Mit so etwas musst du dich doch auskennen. Die Tür ist doch ein Vergleich, der häufig in der Bibel vorkommt.«

»Manchmal ist es auch eine Metapher«, berichtigte Uwe. »Meine Einladung bezog sich nicht nur auf das Essen, sondern auch auf das Kochen. Hier, du kannst die Zwiebel schneiden. Es gibt Gemüselasagne.«

»Ich habe keinen Schlüssel. Ehrlich gesagt weiß ich noch nicht einmal, wo das Schlüsselloch ist.«

»Dann brauchst du Abstand. Vielleicht gibt es ja einen zweiten Eingang und du siehst ihn nicht, weil du mit der Nase zu dicht an deiner verschlossenen Tür stehst. Schneide die Zwiebel nicht so klein! Ich fange schon mal mit der Sauce an.«

»Hast du noch so einen Tipp auf Lager?«

»Manche Türen gehen nur von innen auf. Übrigens, heute Nachmittag sind wir bei Familie Klein zum Tee eingeladen. Sie wollen sich bedanken. Du kommst doch mit? So, jetzt kannst du mit den Tomaten weitermachen.«

Johannes Fabricius wird eingeladen

Johannes Fabricius und Uwe Osterloh standen um Punkt vier Uhr vor dem Mietshaus, in dem sie vor ein paar Tagen die Großeltern von Alexander Klein besucht hatten. Das Ritual wiederholte sich. Nachdem Osterloh auf ein Geräusch aus dem Türlautsprecher, das sich wie eine Tonstörung im Radio anhörte, geantwort hatte, summte die Tür auf und sie stiegen die Treppe hinauf. Die Großeltern hatten die beiden zum Tee mit der ganzen Familie eingeladen, um zu feiern und ihnen dafür zu danken, dass Alexander wieder frei war.

Die Tür war angelehnt und sie traten in das Wohnzimmer. Wo sie in der vergangenen Woche eine Andacht mit dem Ehepaar gehalten hatten, waren nun zwei verlängerte Tische zusammengestellt. Etwa fünfzehn Familienmitglieder der Kleins saßen um die Tische. Gegenüber von den Plätzen, die für Johannes Fabricius und Uwe Osterloh freigehalten worden waren, saßen Helena und Waldemar Klein mit Alexander und Ludmilla.

Der Tisch war überfüllt mit Geschirr, Schüsseln, Serviertellern und Platten. Hier gab es in Schweineschmalz ausgebackene Kuchen, gebratene Hähnchenschenkel und Frikadellen, Kartoffelsalat in selbstgemachter goldgelber Mayonnaise, eingelegte Gurken und Tomaten, Vulkane aus Kartoffelpüree mit Kraterseen aus flüssiger Butter und gebratenen Zwiebeln, Schalen mit gedünstetem Gemüse und zwei gigantische Schüsseln mit Pudding, bedeckt mit Obstkompott und Schlagsahne.

Johannes Fabricius seufzte: »Ich denke, das ist eine Einladung zum Tee?«

»Ach, ja. Tee gibt es natürlich auch«, erwiderte Uwe Osterloh und deutete zur Tür. Großmutter Klein kam mit einem großen Tablett herein, auf dem inmitten zuckerbestreuter Kuchenberge eine riesige Teekanne dampfte.

JOHANNES UND GERRIT TRETEN AUF

»Dieser Abend geht bestimmt in die Hose.« Gerrit Roolfs rückte seine Krawatte zurecht.

»Komisch, das wollte ich auch gerade sagen. Aber da müssen wir nun irgendwie durch.« Johannes Fabricius trank den letzten Schluck aus der Teetasse.

Sie saßen in der Küche im hinteren Bereich der Buchhandlung. Angesichts der Umstände hätte Johannes den Abend lieber verschoben, aber dazu war es nun zu spät.

Während Gerrit zwei bis drei Erzählungen pro Halbjahr verfasste, hatte Johannes in den letzten drei Jahren fast nichts mehr komponiert. Er sammelte viele Ideen, aber es gelang ihm einfach nicht, aus einem Einfall ein Stück zu komponieren.

Zum Glück hatte er viele Arbeiten aus früheren Jahren, auf die er dann zurückgreifen konnte. Für den heutigen Abend hatte er ein Stück aus seinen Anfangsjahren im Schuldienst herausgesucht: »Le Matin – der Morgen«, eine nicht ganz ernsthafte Cellosuite, die anhand der Form Bachscher Cellosuiten die morgendlichen Tätigkeiten, Alltagsgeräusche und Assoziationen wiedergeben sollte.

Gerrit und Johannes trugen stahlgraue Anzüge mit grellbunten Krawatten. Gerrit sah zur Uhr und nickte. Sie standen auf und wurden in der Buchhandlung mit einem freundlichen Applaus von etwa sechzig Besuchern begrüßt, die auf Klappstühlen, Zeltgarniturbänken und den wenigen Sesseln Platz genommen hatten.

Johannes führte kurz in das Programm ein, und Gerrit merkte, dass der Freund mit seinen Gedanken woanders war. Erst als er mit seinem Spiel begann, schien er Ruhe zu finden und konzentrierte sich.

Der Abend wurde ein Erfolg. Besonders der Anfangssatz »Prélude: Vogelstimmen und Radiowecker begrüßen den Morgen«, in dem Fabricius Vogelstimmen und Anfänge von bekannten Schlagern nachahmte, begeisterte das Publikum. Als Johannes eine Zuhörerin den Kopf zu einer Schlagermelodie wiegen sah, erkannte er seine Sitznachbarin von Krino van Westens Wahlauftaktveranstaltung wieder.

Nach den ersten beiden Sätzen und vor dem letzten Satz las Gerrit Roolfs zwei Kurzgeschichten. Als Überschriften hatte er ostfriesische Schimpfwörter gewählt und als Hauptpersonen bestimmte Charaktertypen aus dem öffentlichen Leben.

In »Windmaker« charakterisierte er einen Angeber, der bei keinem gesellschaftlichen Anlass fehlte und jede Gelegenheit nutzte, sich selbst zu inszenieren. Roolfs bewertete und verurteilte nicht, sondern beschrieb nur. Und gerade damit erzielte diese Geschichte eine enorme Wirkung.

Hinter dem wenig schmeichelhaften Titel »Neeischgierig Höhnermors« verbarg sich ein gelangweilter Mann, dessen Anteilnahme am Leben anderer die eigenen Defizite kaum mehr als notdürftig überdeckte. Auch wenn Gerrit die Hauptperson nicht »Hannes Johnsen« genannt hätte, wäre Johannes nicht entgangen, dass er diesmal zur Zielscheibe geworden war. Er wusste auch, dass dies völlig zu Recht geschah, und in diesem Moment konnte er sogar darüber lachen.

Er spielte als Schluss die beiden Sätze »Courante: Die Zahnbürste umtanzt die Zähne« und »Sarabande: Im Dialog mit dem Rasierapparat«.

Der überaus freundliche und anhaltende Beifall ließ ihn dann sogar für ein paar Augenblicke vergessen, was ihn in den letzten Tagen belastet hatte. Auf einmal bekam er Lust, eine Cellosuite für den Alltag im Büro zu schreiben.

Dr. Schatz bekommt ein Geschenk

Der Mann, den Roolfs und Fabricius Montag früh beim Verhör wiedersahen, hatte wenig Ähnlichkeit mit dem Arzt, den sie vor Tagen in seiner Praxis besucht hatten. Er wirkte übernächtigt und sah blass und ungepflegt aus. Als er bei Fabricius um Verzeihung bitten wollte, winkte der ab.

Gerrit Roolfs holte ein Päckchen heraus.

»Hier. Ich habe etwas für Sie. Ein Geschenk von Frau Dreesmann. Ich habe mich vorher erkundigt. Der Kriminaldirektor hat es erlaubt.«

Schatz packte fast zärtlich den Inhalt des Päckchens aus. Er merkte nicht, wie genau Roolfs und Fabricius ihn beobachteten, als er die Doppel-CD mit der Matthäuspassion in den Händen hielt.

»Das ist nun auch vorbei«, flüsterte Schatz. »Für einen Kantoreisänger wird man leicht Ersatz finden.« Er versuchte zu lächeln, aber seine Augen schimmerten feucht.

»Ich glaube, Sie kennen diese Aufnahme noch nicht. Es ist eine Aufführung mit dem Gabrieli Consort. Sie ist erst vor wenigen Wochen erschienen«, sagte Johannes Fabricius.

Dr. Schatz wirkte fast erleichtert, dass er über ein anderes Thema reden konnte als über das, was seit drei Tagen alle Gespräche und Gedanken bestimmte.

»Die Matthäuspassion habe ich schon seit langem nicht mehr gehört. Ich höre außerdem nie etwas auf CD, das wir gerade mit dem Orchester einstudieren.«

Er wollte ansetzen, um noch etwas zu sagen, da merkte er an Fabricius' und Roolfs' Gesichtern, dass er in eine Falle getappt war. Irgendwie musste er sich veraten haben, aber er wusste nicht, wie.

Tonlos fragte ihn Roolfs: »Herr Doktor Schatz, mit Sicherheit waren Sie nicht die Person, die am Freitagabend in die Buchhandlung eingedrungen ist. Wer war Freitagabend in der Buchhandlung? War das auch der Mörder von Weert Pohl?«

Schatz hielt immer noch die CDs in der Hand. Er schloss die Augen und schüttelte ganz langsam den Kopf.

Gerrit Roolfs ist anstössig

»Woher wusstest du das?«

»Es war genauso, wie du sagtest, Gerrit. Manchmal ahnt man etwas, was man noch gar nicht wissen kann.«

»Los, raus mit der Sprache.« Gerrit Roolfs stellte den Kaffeebecher so ungeduldig auf seinen Schreibtisch, dass sich eine hellbraune Lache auf der sauberen Oberfläche ausbreitete.

»Doktor Schatz hat den Mord an Dreesmann begangen«, stellte Johannes Fabricius fest und holte ein Papiertaschentuch aus seiner Jackentasche. Er legte es mit einer Spitze in den Kaffeefleck, so dass die Flüssigkeit langsam vom Papier aufgesogen wurde.

»Ich weiß«, antwortete Gerrit ungeduldig, und nahm das Papiertaschentuch, um den Kaffee mit einer Handbewegung wegzuwischen. Dabei stieß er den Becher um, und ein See breitete sich auf dem Tisch aus.

»Schatz hatte überhaupt nicht vor, Dreesmann zu ermorden. Er war todtraurig über das Schicksal der armen Frau Feldhausen. Er war aufgewühlt, weil Hilke Dreesmann von ihrem Mann geschlagen worden war. Und als er Dreesmann zur Rede stellte und der ihn auslachte und handgreiflich wurde, da ist er ausgerastet. Dr. Schatz ist kein richtiger Mörder.«

Als Roolfs darauf eingehen wollte, hob er abwehrend die Hände.

»Ich weiß, ich weiß. Aber eines ist klar: Sogar wenn er Pohl in einer ähnlichen Situation erschlagen haben sollte, so ist Schatz kein Mensch, der kaltblütig einen Mord plant und seelenruhig auf eine Gelegenheit wartet, einen Menschen umzubringen. Und außerdem: Glaubst du, dass einer wie Schatz mit jemandem, den er ermorden will, so nebenbei ganz nett über CDs plaudert? Der hat mit mir gesprochen wie sonst auch.«

»Das ist kein Beweis«, widersprach Roolfs. »Und außerdem hat er den Angriff auf dich selbst als eine Art Aussetzer bezeichnet.«

»Tja«, sagte Johannes Fabricius. »Manche Türen gehen eben nur von innen auf. Und der Schlüssel dazu ist Hilke Dreesmann. Ich glaube, dass sie uns sagen kann, wer hinter mir her war. Frag mich nicht warum.«

Bevor sie hinausgingen, warf Johannes Fabricius ein paar Papiertücher in die Kaffeepfütze.

Hilke Dreesmann wird überrascht

Hilke Dreesmann kam gerade vom Joggen zurück.

Ihre Tante, die jeden Morgen zu ihr herüberkam, um ihr im Haushalt zu helfen, erwartete sie. »Da ist wieder der Herr von der Polizei, und noch ein anderer ist bei ihm. Ich habe ihnen gesagt, dass du läufst und gleich wieder da bist.«

»Ich komme gleich. Ich mache mich nur schnell frisch.« Hilke Dreesmann verschwand im Badezimmer.

Nachdem sie sich kurz abgeduscht und den verschwitzten Jogginganzug gegen Jeans und Pullover ausgetauscht hatte, begrüßte sie Gerrit Roolfs, der im Wohnzimmer auf sie wartete. »Moin, Herr Roolfs, ich habe erfahren, dass Sie jemanden verhaftet haben. Wissen Sie schon Genaues?«

»Ja. Dr. Jörg Schatz hat zugegeben, Ihren Mann und Weert Pohl ermordet und einen Anschlag auf eine weitere Person verübt zu haben. Er wird ein alter Mann sein, wenn er aus dem Gefängnis kommt. Aber es sind noch ein paar Fragen offen, Kleinigkeiten. Mein Kollege ist mitgekommen, er wartet in Ihrem Arbeitszimmer.«

»In meinem Arbeitszimmer?« Hilke Dreesmann war verunsichert.

Als sie von Roolfs gefolgt ihr Arbeitszimmer betrat, saß Johannes Fabricius mit dem Rücken zu ihr am Schreibtisch und blätterte in einem Bildband. Aus dem CD-Player kamen die letzten Takte vom Anfangschor der Matthäuspassion. Auf dem Fußboden lag ein Schraubenschlüssel.

Hilke Dreesmann blieb im Türrahmen stehen.

Fabricius drehte sich mit dem Schreibtischstuhl zu ihr um und hob den Schraubenschlüssel auf. »Vermutlich haben Sie ihn schon vermisst. Jedenfalls fehlt er im Werkzeugkasten in Ihrer Garage!«

Hilke Dreesmann erstarrte und drehte sich dann zu Roolfs um. Auf einmal wirkte sie zerbrechlich und müde.

Sie sagte: »Ich bin froh, dass es vorbei ist. Darf ich noch ein paar Sachen packen?«

Eilert Dreesmann hat bezahlt

»Am Tag nach der Beerdigung meines Mannes kam Jörg Schatz zu mir. Zwischen uns hatte sich in den Monaten davor eine Art Freundschaft entwickelt. Wir hatten kein richtiges Verhältnis, wenn Sie das meinen ...«

Gerrit Roolfs und Johannes Fabricius saßen gegenüber von Hilke Dreesmann und Rechtsanwältin Christina de Boer, die ihre Verteidigung übernommen hatte.

Roolfs antwortete: »Ich meine nichts. Ich höre Ihnen zu.«

»In Ordnung«, fuhr Hilke Dreesmann fort. »Schatz erzählte mir alles, was geschehen war.«

»Erzählte er auch von Pohls Erpressungsversuchen?«

»Ich denke, Sie hören zu?«, fragte Hilke Dreesmann gereizt.

Christina de Boer legte beruhigend ihre Hand auf die ihrer Klientin und sagte betont sachlich: »Ich schlage vor, Sie lassen Frau Dreesmann erzählen und stellen dann Ihre Fragen. Sie hat sich bereit erklärt, ein Geständnis abzulegen, und ich bitte Sie das zu respektieren.«

Roolfs nickte. »Bitte.«

Hilke Dreesmann erzählte weiter: »Ich brauchte erst einmal Zeit, um das Ganze zu verarbeiten. Ein paar Tage später bin ich zu Jörg gefahren und habe mir noch einmal alles erzählen lassen. Ich blieb über Nacht. Aber irgendwie merkten wir, dass es mit uns beiden nie etwas werden würde, weil der Tod meines Mannes zwischen uns stand.«

Hilke Dreesmann schwieg einen Moment und sah aus dem Fenster auf die weinbewachsenen Giebelfronten der Volkshochschule auf der anderen Straßenseite.

»Morgens erzählte mir Jörg dann, dass Pohl etwas mitbekommen hatte und ihm einen Besuch abgestattet hatte. Pohl wollte Geld, und Jörg war bereit zu zahlen. Da habe ich ihm einen Vorschlag gemacht. Mein Mann hat mich sehr gut versorgt, ich habe das Haus geerbt, bekomme keine schlechte Rente und habe durch meine Familie diverse Anteile an gut gehenden Firmen. Und dann beziehe ich noch einige Gelder, von denen ich gar keine Ahnung habe, woher sie kommen. Mein Steuerberater macht das alles. Ich bin – wenn Sie so wollen – so richtig wohlhabend.«

Sie trank einen Schluck aus dem Wasserglas. »Eilert hatte zusätzlich noch eine Lebensversicherung abgeschlossen. Dieses Geld habe ich dann gut angelegt und aus den Zinserträgen wurde Weert Pohl das Schweigegeld bezahlt. Ich habe Jörg das Geld erstattet. Ich habe darauf bestanden.«

Roolfs war verblüfft. »Sie wollen sagen, Ihr Mann ...«

»Ganz genau. Mein Mann hat das Schweigegeld für seinen eigenen Mörder bezahlt.«

Hilke Dreesmann gibt Einblicke

»Ich habe Ihnen erzählt, dass ich meinen Mann geliebt habe. Das stimmt auch. Aber in den Wochen nach seinem Tod begann ich ihn zu hassen. Vor allem fing ich an, mich selber zu hassen, dass ich mich nie gewehrt hatte, dass ich nie weggegangen war, dass ich mich so behandeln ließ. Ich habe mich zum Opfer machen lassen, und das kann ich mir bis heute nicht verzeihen.«

Sie nahm das leere Glas in die Hand und stellte es wieder auf den Tisch.

»Egal. Ich habe mich in den Wochen und Monaten danach sehr verändert. Jörg und ich sahen uns nur ab und zu, weil ich nicht wollte, dass er verdächtigt würde. Außerdem hatte ich vor, erst einmal allein zu bleiben. Wir telefonierten regelmäßig. Dann kam Jörg vor etwa zwei Wochen zu mir und sagte, Pohl wollte zweihundertfünfzigtausend Euro. Dazu hätten wir das Konto auflösen müssen, was so schnell nicht ging, weil das Geld fest angelegt war. Jörg wollte einen Kredit aufnehmen. Seine Praxis läuft noch nicht so lange und er muss noch einiges abzahlen.«

Sie schenkte sich aus der Mineralwasserflasche nach.

»Ich bin zu Pohl hingefahren. Ich dachte, vielleicht macht es auf ihn ein bisschen Eindruck, wenn die Witwe des Mordopfers persönlich bei ihm vorspricht. Ich wollte ihm nichts antun, ich wollte ihm ein faires Geschäft vorschlagen und ein bisschen Zeit gewinnen. Hunderttausend jetzt und den Rest in einem Jahr. Dreißigtausend habe ich ihm als Anzahlung in einem Umschlag bar mitgebracht. Er hat das Geld genommen und meinte, nun könnte er mich ja wegen Mitwisserschaft oder vielleicht sogar Mittäterschaft anzeigen. Er drohte sogar, der Versicherung einen Hinweis zu geben, damit die Versicherungssumme für Eilert zurückgefordert würde.«

»Und dann haben Sie ihn erschlagen.«

»Ja. Ich war gerade zur Tür hinaus, da überkam mich ein Hassgefühl auf diesen Dreckskerl. Ich werde mein Eheleben lang misshandelt, mein Mann wird ermordet, und so ein Schwein will noch etwas daran verdienen.« Hilke Dreesmann wurde heftig.

»Ich ging noch einmal zurück und wollte ihm drohen, dass er bei Krino van Westen entlassen wird. Ich war gerade in seinem Haus, da kam er mir schon entgegengestürzt. Er packte mich. Im Flur hatte er so ein Regal mit Bierkrügen. Davon habe ich einen gegriffen und habe zugeschlagen.«

»Und das Geld?«

»Ich habe kurz danach gesucht, aber ich konnte es in diesem Müll nicht so schnell finden. Ich wollte nicht länger als nötig dableiben und riskieren, dass mein Auto gesehen wird. Ich war extra etwas weiter auf das Grundstück gefahren. Dann habe ich nicht weiter gesucht. Das Geld hatte ich von verschiedenen Konten abgehoben und nur mit Handschuhen angefasst. Ich sah keine Gefahr darin, das Geld in seinem Haus zu lassen. Ich konnte gut darauf verzichten.«

»Und dann?«

»Dann bin ich nach Hause gefahren und habe Jörg angerufen. Er meinte, dass nun sowieso alles herauskommt und dass er die Verantwortung übernehmen wollte. Ich wollte das nicht, aber er war nicht zu überzeugen. Zunächst schien aber keine Gefahr zu bestehen. Ein Tatverdächtiger wurde festgenommen, aber ich habe damit gerechnet, dass sich seine Unschuld bald erweisen würde. Mir wurden die üblichen Fragen gestellt und Jörg gehörte wieder überhaupt nicht zu den Verdächtigen. Er wurde nur als unbeteiligter Zeuge befragt. Ich hatte die Hoffnung, dass sich so wie nach dem Tod meines Mannes alles im Sande verläuft und dass der Zusammenhang zwischen beiden Fällen im Verborgenen bleibt.«

»Wie haben Sie erfahren, dass wir Ihnen auf der Spur sind?«

»Ihr Hobby-Detektiv hat sich bei Frau Büscher nach Jörg erkundigt. Die hat ihn daraufhin angerufen, weil sie Angst hatte, dass ihm jemand etwas will. Und Jörg hat mich angerufen. Ich habe ihm versprochen, mit Fabricius zu reden.«

Erschrocken sah Johannes Fabricius sie an.

»Nehmen Sie es nicht persönlich«, sagte Hilke Dreesmann zu ihm. »Ich habe nichts gegen Sie, aber Sie standen auf der falschen Seite. Sie standen auf der Seite meines Mannes und Weert Pohls.«

Johannes Fabricius wollte etwas entgegnen, aber sie schnitt ihm das Wort ab.

»Wissen Sie, in all den Jahren hat nicht ein Mensch etwas für mich getan. Nicht ein einziger hat mit Eilert geredet oder mir geholfen. Alle haben gewusst, dass er mich schlägt. Und niemand stand auf meiner Seite. Noch nicht einmal ich selber stand auf meiner Seite. Und nun hatten auf einmal alle nichts Wichtigeres zu tun, als den Mord an einem Schläger und an einem Erpresser zu untersuchen. Herr Fabricius, stecken Sie Ihre Spürnase mal in die Häuser und Familien um sich herum. Da können Sie etwas ans Tageslicht bringen, worum sich keine Polizei kümmert. Sie haben den einzigen Menschen ans Messer geliefert, der zu mir gehalten hat.«

Unbewegt entgegnete ihr Fabricius: »Es war Ihre Entscheidung, Dreesmann zu heiraten und bei ihm zu bleiben. Sie können nicht andere für Ihre eigenen Entscheidungen verantwortlich machen.«

»Ersparen Sie mir Ihre Belehrungen«, unterbrach Hilke Dreesmann ihn gereizt.

»Darf ich noch eine Frage stellen, die etwas privater Natur ist?«, fragte Gerrit Roolfs.

Hilke Dreesmann sah ihre Anwältin an. Christina de Boer antwortete für sie: »Sie stellen Ihre Frage, und Frau Dreesmann entscheidet, ob sie antwortet.«

Roolfs schaltete den Kassettenrecorder aus, der während des Verhörs mitlief. »Frau Dreesmann, warum haben Sie das die ganzen Jahre mitgemacht? Warum sind Sie so lange bei Ihrem Mann geblieben?«

Hilke Dreesmann lehnte sich zurück. »Das kann ich Ihnen genau sagen. Ich war der festen Überzeugung, dass ich nichts anderes wert war.«

Johannes Fabricius wird geweckt

Niedergeschlagen fuhr Johannes Fabricius nach Hause. Er rief beim Fürsten an und berichtete vom Abschluss des Falles. Die Lobes- und Dankesworte Carl Edzards nahm er gar nicht mehr richtig auf.

Er rief in der Buchhandlung an und teilte Hansen mit, dass er ein paar Tage frei machen und nicht erreichbar sein würde.

Auf einmal fühlte er sich unendlich müde und erschöpft. Er zog die Vorhänge zu, schaltete Türklingel und Telefon aus und legte sich hin. Vermutlich würde er keine Sekunde schlafen, dachte er, aber schon nach wenigen Minuten war er fest eingeschlafen.

Erst am Nachmittag wurde er durch den Rufton seines neuen Handys geweckt, der ihn über den Eingang einer SMS informierte.

Er war erstaunt über die Nachricht. »Hallo, Johannes, darf ich dich zu einem Kaffee einladen? Um siebzehn Uhr in Groningen im Café in der Küsterei der Martinikirche. Ich mache hier ein paar Tage Ferien. Beverly.«

Den Gedanken an Beverly hatte er in den letzten Tagen verdrängt. Auf keinen Fall wollte er dieses Angebot annehmen. Am Ende würde sie ihn noch überreden, mit ihr gemeinsam ein paar Tage in Holland zu verbringen. Diese Frau war gewiss nicht die Richtige für ihn.

Als Johannes Fabricius durch den Emstunnel zwischen Oldersum und Bingum fuhr, schob er eine CD ein: Gerald Finzis »Introit for solo violin and small orchestra« entfaltete sich wie der Duft eines schönen Sommertages im Wageninneren.

Johannes Fabricius sah auf die Uhr. Es war erst fünf vor vier, und auf der Autobahn nach Groningen war wenig Verkehr. Erleichtert ging er etwas vom Gas. Er würde auf jeden Fall rechtzeitig da sein.